사랑의 질감

사랑의 질감

윤우진 장편소설

차례

1부 · 7
2부 · 105
3부 · 205

작가의 말 · 281

"엄마는 남들 앞에서 착한 척하는 거 지겹지도 않은가 봐요."

선우의 말이 끝나자마자 찢어질 듯한 소리가 공기를 매섭게 갈랐다. 선우는 벌겋게 충혈된 눈으로 은희의 손이 지나간 뺨을 조용히 어루만졌다. 뜨거웠다. 이런 순간마다 가슴속에서 이상한 것들이 치밀어 올라 속이 다 아팠지만, 선우에게 이 고통은 너무나 익숙했다.

은희는 손찌검 이후에도 마치 아무 일도 일어나지 않았던 것처럼, 무심한 얼굴로 선우를 내려다보고 있었다. 그 눈빛에는 겨울바람처럼 시린 감각이 어려 있었다. 은희는 밖에

선 그 누구를 만나도 한결같이 지어주던 따뜻한 웃음을 선우에게는 한 번도 지어준 적이 없었다.

"회개 기도하자, 우리 딸. 주님께서 너를 용서해주실 거야."

이내 은희가 선우의 두 손을 붙들고 낮게 깔린 목소리로 말했다. 선우는 두 눈을 살포시 감는 은희를 지켜보았다. 텅 비어버린 선우의 눈동자엔 기도하는 은희의 모습이 담겨 있었다. 엄마는 왜 항상 신에게만 죄송할까. 어째서 나한테는 미안해하지 않을까. 아주 어렸을 때부터 선우가 마음 깊은 곳에서 품은 궁금증이었다. 아니면, 마지막으로 내 작품을 망가뜨렸던 때만이라도 미안하다고 말해줬더라면…….

무겁고도 긴 시간 동안 은희의 흔들림 없는 기도 소리가 들려왔지만, 선우는 정신을 딴 데 두고 있었다. 은희는 그런 선우가 손을 빼지 못하도록 손을 단단히 부여잡고 있었다. 은희에게 붙들려 있던 선우의 시선은 은희의 손, 얼굴, 진주 귀걸이 그리고 은희의 등 너머에 걸린 가족사진으로 천천히 옮겨 갔다. 대학에 입학하기 직전에 엄마와 단둘이 찍은 사진이었다. 이혼하고 얼마 지나지 않아 다시 사진을 찍자고 말하던 엄마의 표정엔 조금도 슬픈 기색이 보이지 않았다. 마치 아빠는 처음부터 우리 가족이 아니었다는 것처럼.

사진 속 웃는 은희의 얼굴을 가만히 보고 있노라면, 선우는 결국 눈을 질끈 감게 됐다. 거짓으로 점철된 은희의 미소를 계속 마주하기란, 여간 힘든 일이 아니었다. 사진 속 은희와 지금 저의 손을 잡고 차분히 기도하는 은희의 모습은 늘 완벽해 보였다. 은희를 아는 사람들은 이렇게 말하고는 했다. 큰 키 덕분인지 옷 취향 덕인지 늘 우아하고 세련되어 보인다고.

은희의 목선을 따라 흘러내리는 구불구불한 갈색 머리카락에는 윤기가 돌았고, 이목구비는 부드럽고도 정갈한 곡선을 그렸다. 그러나 순종적인 눈매에 반해 경련이 일 것 같이 올라간 입꼬리는 늘 같은 자리에 있었다. 40대 후반의 나이에도 여전히 아름다웠지만, 그 아래에는 그녀의 온기만큼이나 차디찬 위선이 숨겨져 있었다.

우아하고 신실한 위선자.

은희의 본모습을 가장 가까이서 지켜봐 온 선우가 내린 결론이었다.

＊＊＊

선우는 어서 일어나 아침을 먹으라는 은희의 날카로운 목소리에 눈을 떴다. 조금 더 뭉그적거리고 싶었지만, 그랬다가는 엄마에게 무슨 말을 들을지 몰라 힘겹게 윗몸을 일으켰다. 찬물 세수로 잠을 깨던 선우가 거울을 멍한 눈으로 바라보았다. 오른쪽 볼에 생긴 흉터는 없어질 기미가 보이지 않았다. 딱지가 떨어지면 흉이 지지 않을 거라고 생각했는데, 아마 이대로 없어지지 않을 모양이었다. 마치 저의 삶에 영구적으로 각인되어버린 은희의 억압처럼.

식탁 위에는 얼마 남지 않은 저의 생일을 맞이해 잘 차린 밥상이 있었다. 갈비찜, 미역국 그리고 잡채…….

"어젯밤에 기도하고 잤니?"

밥 한술도 뜨지 않은 상황에서 들려오는 은희의 질문에 선우가 미간을 살짝 구겼다. 안 그래도 없던 입맛이 더 떨어지는 참이었다. 그러나 선우는 아무 말 없이 고개를 끄덕이는 것 말고는 할 수 있는 게 없었다. 이 질문은 매일 아침 저에게 돌아왔다. 정말 자신이 기도하고 잤는지가 궁금해서 묻는 것인지, 아니면 처음부터 듣고 싶은 대답을 정해놓은 것인지 알 수 없었다.

그 이후로는 주님께 네 죄를 고백했느냐는 질문과 함께, 네 마음을 진실하게 열었느냐는 질문이 뒤따라왔다. 항상 그런 질문을 해대는 은희는, 마치 선우의 영혼을 구원하지 않으면 큰일이라도 날 것처럼 보였다. 선우는 가슴께가 퍽 답답했다. 씹어 넘긴 음식들이 명치에 걸려 내려가지 못하는 것만 같았다.

"교회 갈 때 입을 옷 걸어놨어. 네 방 옷걸이에."

"네."

"제발 그런 거적때기 같은 옷 말고 단정하게 좀 입고 다니면 안 되니?"

너도 그렇고 우리 학교 애들도 그렇고. 예술한다는 애들이 다들 왜 그렇게 입고 다니는 건지 모르겠어. 이어지는 은희의 말을 듣다 말고 선우는 다 먹은 밥그릇을 들고 일어났다. 자신이 뒷정리를 할 테니 나갈 준비부터 하라는 은희의 말에 선우가 몰래 탄식을 내뱉었다. 예술가라고 해서 다 엄마처럼 고상한 게 아니라고, 예술은 원래 자유로운 거라는 말이 턱끝까지 차올랐다. 그것도 모르는 사람이 어떻게 미술계 권위자가 된 것인지 알다가도 모를 일이었다. 하지만 저에겐 이런 식일지언정, 분명히 자기 학과 학생들 앞에선 예쁜 옷을 입었다며 마음에도 없는 말을 할 것이다. 온화하게 웃으면서.

선우는 저의 방으로 들어와 옷걸이에 걸린 점잖은 셔츠와 슬랙스를 보았다. 아마 저가 자는 사이에 은희가 걸어둔 것 같았다. 이렇게나 포멀한 옷은 평소 선우의 스타일과는 완전히 딴판이었다. 캐주얼한 옷을 즐겨 입는 선우였지만, 은희와 함께 교회에 갈 때만큼은 은희가 골라주는 옷을 입어야만 했다. 은희는 선우가 아끼는 옷들을 하나같이 좋아하지 않았다. 귓바퀴에 은색 피어싱을 했을 때도 싫어한 사람은 은희뿐이었다.

옷을 갈아입고 마지막으로 성경책을 찾던 선우의 이마에서 땀이 삐질삐질 났다. 예배를 다녀올 때마다 성경책을 아무 곳에나 내팽개쳐 놨더니, 마지막으로 팽개쳐둔 자리가 기억나지 않았다. 얼굴이 굳은 채로 성경책의 행방을 물을 은희를 떠올리니 이제는 목덜미에서도 식은땀이 배어나왔다.

발목이 바닥에 묶인 듯 가만히 서 있던 선우는, 은희가 방에서 준비하는 틈을 타 재빨리 은희의 작업실로 뛰어갔다. 지난번 이곳에서 여분의 성경책을 본 기억이 남아 있었다. 초조한 마음으로 책상 서랍을 뒤지다가, 맨 아래 서랍에서 간신히 성경책을 찾아낸 뒤에야 선우가 안도의 한숨을 내쉬었다.

오늘도 흐트러짐 없는 모습으로 준비를 마친 은희와, 그런 은희를 따라 차에 올라탄 선우가 안전벨트를 맸다. 지난주에 막 4학년 1학기를 마쳤지만, 졸업 작품 때문에 정신없이 바쁜 건 마찬가지였다.

"다음 주 중에 작품 보러 갈게."

운전대를 잡은 은희가 나지막이 말했다. 선우는 두 눈이 커진 채 놀란 목소리로 되물었다.

"다음 주에요?"

이전까지는 한 달에 한 번씩 저의 작업실을 찾아왔던 은희였다. 마지막 방문이 지난주였기에, 다음 방문까지는 아직 한참 남았을 터였다. 그런데 다음 주에 또 오겠다고? 당황해서 말문이 막힌 선우와 달리, 은희는 선우에게로 시선을 미끄러뜨리며 그게 뭐가 문제냐는 듯 입을 열었다.

"얼마 안 남았잖아. 1차 라운드까지."

아, 그놈의 유학······. 선우가 눈을 질끈 감으면서 조수석 등받이에 신경질적으로 몸을 기댔다. 저는 졸업 후에도 한국에 남고 싶다는 말이 목구멍까지 올라왔다가 사라졌다. 이전에 그렇게 말했다가 어떤 일이 일어났는지, 기억하고 싶지도 않은 일들이 불현듯 머릿속을 스쳐 지나갔다. 소란스러운 기억은 늘 불청객처럼 찾아왔다.

그와 동시에 슈슈가 떠올랐다. 슈슈는 선우가 다니는 단과대학 건물인 미술관 근처에서 살고 있는 고양이였다. 선우는 그 고양이에게 남다른 애착을 가지고 있었다. 처음으로 고양이를 쓰다듬어보았던 날엔 왜인지 모를 위안을 얻었고, 억눌린 감정들이 파편처럼 흩어지는 것만 같았다.

선우는 고양이에게 애정을 담아 슈슈ChouChou라는 이름을 지어주었다. 프랑스어로 '귀염둥이'라는 뜻이었다. 프랑스에서 모든 학위과정을 마친 은희의 영향으로, 선우도 어린 시절부터 자연스럽게 프랑스어를 익힐 수 있었다.

야작을 하는 날엔 작업실에서 슈슈와 시간을 보내고는 했지만, 그 순간마저도 길지 않다는 사실이 선우를 슬프게 만들었다. 집에 언제 오느냐는 은희의 재촉은 늘 선우의 목을 조여왔다.

"넌 좋겠다. 자유로워서."

선우는 고양이의 삶을 갈망하고 때로는 질투했다.

길에서의 생활은 분명 고되겠지만, 적어도 저와 달리 자유로울 것이라 믿었다. 밤사이 다른 짐승으로부터 공격을 당한 슈슈가 피를 흘리며 상처를 핥고 있는 모습을 보기 전까지는.

선우는 다음 수업도 뒤로한 채 슈슈를 품에 안고 급하게 병원으로 향했다. 심장이 너무 빨리 뛰어서 가슴이 울렁거렸다. 혹시라도 슈슈에게 좋지 못한 일이 생길까 봐, 병원으로 가는 일 분 일 초가 지옥처럼 길게 느껴졌다.

무사히 치료를 받은 뒤 회복하고 있는 슈슈의 모습을 보면서, 선우는 마음 한켠이 뭉개지는 것만 같았다. 안쓰러운 마음이 들었다. 저의 집으로 데려가 슈슈의 안녕을 지켜주고 싶었다.

"꿈도 꾸지 마."

그러나 돌아오는 건 은희의 냉담한 반응이었다. 그 서늘한 표정은 은희와 늘 그림자처럼 붙어 다녔다. 차라리 엄마가 노발대발했다면 체념이라도 좀 쉬웠을까. 그런 거 키울 시간에 유학 준비에나 집중하라는 쌀쌀맞은 말에 선우가 아랫입술을 꽉 깨물었다. 비록 그 노란 고양이는 선우의 집으로 올 수 없었지만, 다행히도 재이의 집으로 갈 수 있었다.

몇 달 전이었다. 선우의 입에서 학사 졸업 후 영국으로 떠나지 않고 한국에 남아 있고 싶다는 말이 나왔던 그 순간이었다. 은희가 선우에게 집어 던진 것은 선우가 슈슈를 형상화해 석고로 조각한 작품이었다.

내가 너를 어떻게 키웠는데, 라는 말과 함께 조각품이 얼굴로 날아왔다. 네가 이러고도 주님께서 기뻐하실까? 네가 이러고도 주님 앞에서 떳떳할 수 있어? 은희의 입에서 마구 쏟아지는 말들을 들으며 손등으로 오른쪽 볼을 가볍게 쓸자 빨간 피가 묻어나왔다. 그 이후로 더 이상 은희에게 자신이 원하는 것을 입 밖으로 꺼낼 수 없었다. 뺨은 여러 번 맞아

보았지만 은희가 물건을 던지는 것은 처음이었으므로.

"그리고 조만간 그 흉터 없애는 수술 하자. 교회 사람들 보기에 창피해서 안 되겠어."

선우의 속눈썹이 약하게 떨렸다. 엄마 때문에 생긴 흉터인데, 창피하다고. 그러나 선우는 떠오르는 말들을 속으로만 삼키면서 참담한 마음으로 고개를 끄덕였다. 교회 사람들 보기에 창피할 것 같으면 애초에 집어 던지지를 말았어야지. 내가 얼마나 아끼는 작품이었는지도 알았으면서.

선우는 창밖으로 고개를 돌렸다. 아침부터 먹구름이 잔뜩 낀 하늘은 납빛이었다. 곰팡이처럼 낀 기억들은 아무리 씻어내려 해도 불쾌하게 남아 있었다.

"안녕하세요 교수님, 오늘도 일찍 오셨네요. 선우도 일주일 동안 잘 지냈지?"

교회에 들어서자 익숙한 얼굴들이 은희를 교수님이라고 부르며 선우에게 안부를 묻기 시작했다. 은희는 언제나 그렇듯 부드러운 미소를 지으며 한 명 한 명에게 포근한 인사를 건넸다. 그런 은희의 모습은 봄 햇살 같기도 했고 스산한 그늘 같기도 했다.

선우는 은희가 짓는 그 미소가 얼마나 가식적인 것인지 알고 있었기에, 비아냥대고 싶은 마음을 간신히 참아냈다.

그래봤자 다른 사람들은 은희의 본모습을 꿈에도 모르고 있을 거라 생각하니 가슴이 짓눌리는 것만 같았다.

"우리 선우도 일주일 동안 주님께 순종하면서 지냈어요."

안부에 대신 대답해주는 은희의 말을 들으면서, 선우는 억지로 입술 끝을 비틀며 웃어 보였다. 은희의 이중적인 태도에 하마터면 입술이 떨릴 뻔했다. 은희는 집에서 단 한 번도 저에게 그런 말을 해준 적이 없었다. 늘 저가 지었다는 죄에 대해서만 언급하고는 했다.

은희의 바로 옆자리에 앉아 예배를 드리는 동안, 선우는 오늘도 어김없이 다른 생각을 했다. 한 번도 설교에 집중해본 적이 없었다. 선우는 청년부 예배에 가기를 원했다. 청년부 예배는 대예배와 시간도 공간도 달랐기에, 그 정도면 은희로부터 충분히 해방될 수 있는 기회라고 생각했다. 그러나 저의 요청에도 은희는 싸늘하게 대꾸할 뿐이었다.

"네가 따로 예배를 드리면 주님께서도 기뻐하지 않으실 거야. 주님께서도 우리가 함께 예배드리길 바라실 거라고."

얼음장이 기어다니는 듯한 냉랭한 목소리로 그런 말을 할 뿐이었다. 은희의 대답을 듣자마자 선우는 그게 말도 안 되는 소리임을 알았다. 그저 저를 곁에 두고 싶어서 해대는 핑계라는 것쯤은, 모르고 싶어도 모를 수가 없었다. 그리고 왜 이제 와 저를 곁에 두지 못해 안달이 난 건지도 알 수 없었다.

선우는 은희를 따라 눈을 감고 두 손을 모았지만, 기도는 커녕 어떻게 하면 은희의 굴레에서 벗어날 수 있을지에 대한 궁리에만 잠겨 있었다. 차라리 엄마 말대로 영국으로 떠나면, 이 숨 막히는 곳에서 자유로워질 수 있을까. 비록 내가 원하는 삶은 아니더라도……

하지만 그런 희망마저도 막연하게 느껴져 옅은 한숨을 탁 내쉬었다. 선우는 지금 이 순간 은희가 어떤 기도를 하고 있을지 대충이나마 짐작이 갔다. 아마도 이런 거겠지. 주님, 우리 선우가 저를 더 잘 따를 수 있게 도와주세요. 지금보다 제 말을 더 잘 들을 수 있도록요.

은희보다 먼저 눈을 뜬 선우는 답답한 기운을 떨쳐내려는 듯 손에 힘을 줘 성경책을 덮었다. 그와 동시에 성경책에서 작은 종이 한 장이 팔랑거리며 바닥으로 떨어졌다. 허리를 숙여 바닥을 더듬거리던 선우의 손에 잡힌 것은 낡은 사진 한 장이었다.

젊은 은희의 사진. 그리고 그 옆에는 모르는 얼굴의 남자가 있었다. 아빠가 아닌 다른 남자였다. 순간, 얼마 전 은희의 노트에서 우연히 보았던 그림 한 장이 오버랩되었다. 연필로 마구 휘갈긴 듯했던 러프와 사진 속 남자가 같은 사람이라는 걸 깨닫자마자 선우의 손이 차갑게 식었다. 남자가 누구인지 궁금해할 새도 없이, 기도 중인 은희가 눈을 뜰까 봐 서둘러 사진을 성경책 안으로 다시 밀어 넣었다.

#

선우는 은희 몰래 야구 유니폼과 응원 도구들을 가방에 챙기며 주변을 살폈다. 혹시라도 은희가 보고 있을지도 모른다는 생각에 심장을 졸이면서. 오늘은 재이와 졸업 작품을 준비하다가 야구장에 가기로 한 날이었다. 선우가 응원하는 구단인 하피 마린즈가 간만에 타이탄 블레이즈와 경기를 치르는 날이었다. 선우가 사는 지역은 타이탄 블레이즈의 연고지였기 때문에, 하피 마린즈와의 홈경기는 항상 있는 기회가 아니었다. 종강도 했겠다, 오늘이야말로 그동안 쌓인 스트레스를 풀 수 있는 날이었다.

물론 은희에게 야구장에 간다는 것은 무조건 비밀이었다. 은희에게는 밤늦게까지 야작을 하다가 갈 예정이라고 말해뒀다. 재이와 야구장에 다녀올 거라고 사실대로 말했다가는 어떤 사달이 날지, 생각만으로도 충분히 끔찍했다. 이런 중요한 시기에 정신이 제대로 박힌 거냐고 몇 시간 내리 혼이 날 게 뻔했다. 아니, 혼만 나면 다행인 거고.

"오늘 어차피 타이탄이 이길 건데 뭐 하러 유니폼 챙겨 왔냐?"

학교에서 마주치자마자 재이가 또 자존심 긁는 소리를 했다. 그래도 전체 순위는 하피가 타이탄보다 더 높거든? 선우가 재이를 째려보며 맞받아쳤다. 물론 하피가 타이탄한테 상대 전적이 불리한 건 맞지만…….

재이는 1학년 때 프랑스어 교양 강의에서 만난 친구였다. 은희의 영향으로 프랑스어를 기본 정도로 구사할 줄 알았는데 그게 재이의 눈에는 잘하는 걸로 비추어졌던 모양이다. 저의 옆에 딱 붙어서는 너 프랑스어 되게 잘한다며 살다 왔냐고 묻지를 않나. 잘 알지도 못하는 사이에 그렇게 낭창한 모습으로 말을 걸어대니, 처음에는 뭐 저런 애가 다 있나 싶었다. 지금은 학교에서 제일 친한 친구가 되었지만.

재이는 순하게 생겼으면서도 능글맞은 녀석이었다. 가슴께까지 부드럽게 흘러내리는 머리칼과 귓불까지 내려오는 자연스럽게 넘긴 앞머리, 살짝 처진 듯한 섬세한 눈매는 강아지를 연상시켰다. 그러나 속으로는 무슨 생각을 하고 있는지 통 알 수 없는 여자애였다.

선우는 재이와 두 가지 공통점이 있었는데, 첫 번째는 재이도 미대에 재학 중이라는 점이었다. 물론 조소과는 아니고 시각디자인학과였지만. 두 번째는 재이도 야구를 좋아한다는 점이었다. 물론 하피 마린즈는 아니고 타이탄 블레이즈였지만. 차이점이라고 한다면, 재이는 담배를 피웠으며 저와는 달리 자유분방하다는 것이었다.

"잠깐만, 나 담배 좀 피울게."

재이가 조형관 흡연 구역에서 전자 담배를 꺼내 들며 말했다. 재이가 다니는 단과대학 건물인 조형관은 미술관 바로 옆에 붙어 있었다. 경기는 저녁 여섯 시 반부터 시작이었고, 재이와는 다섯 시에 만나 일찍 출발하기로 한 참이었다. 야구장에 도착하면 맛있는 것들을 이것저것 사 들고 가야 하니까.

선우는 담배를 피우는 재이를 멀리서 지켜보다가 문득 그런 생각이 들었다. 담배를 피우면 기분이 좋아지나? 저번에 한 번 피워봤을 때는 맵기만 하고 영 모르겠던데. 한재이는 왜 항상 담배를 피울까.

"나도 한 입만 피워볼래."

"갑자기 또 왜?"

그야, 저번 주말에 엄마한테 또 뺨을 맞았으니까……라는 말은 차마 하지 못했다. 엄마한테 처음으로 뺨을 맞기 시작했던 게 아마도 고등학생 때부터였던가. 그래서 이제는 익숙해진 것도 같았는데 그것도 아니었나 보다. 사실 괜찮아지는 게 이상한 거지. 그래도 저번 주말엔 물건을 던져대지 않은 것만으로도 다행이었다.

지난번에도 호기심으로 담배를 한 번 피워보았다. 그때도 원인은 은희이긴 했으나, 늘 자유로워 보이는 재이가 피우는 담배 맛이 궁금하기도 했다. 그런데 저는 재이와 달리 담배 연기가 일직선으로 뻗어 나가지 않았더랬다. 이유를 물으니 속으로 들이마셔야 한다나.

선우는 재이의 전자 담배를 한입 물었다가, 이번에야말로 연기를 삼켜보았다. 그러나 연기를 다시 내뱉기도 전에 곧바로 괴상한 소리를 내며 연기를 사방으로 내뿜었다. 목구멍이 따끔해 켁켁거렸고, 기침을 하다 보니 눈물이 맺혔다.

"넌 예술하면서 이깟 담배 하나 피울 줄도 모르냐?"

재이가 키득거리면서 말했다. 선우는 담배 피우는 게 뭐 자랑이냐고 한마디 하려다가 화끈거리는 목구멍 때문에 참았다. 아무래도 예술계라 그런지 주변에 흡연자가 꽤 많기는 했다.

어쨌든 재이의 담배가 연초가 아닌 전자 담배라고 얕본 게 화근이었다. 담배에 든 멘솔이 워낙에 강해서 주위의 흡연자 친구들도 잘 피우지 못한다고 했던 게 뒤늦게 생각났다. 선우는 기침이 멈추지 않았다. 숨을 쉴 때마다 박하를 목구멍에 박박 문지르는 것 같았다.

"하긴, 너 담배 피운 거 걸리기라도 하는 날엔 너희 어머니 난리 나시겠다. 정확히 말하자면 내가 죽겠지."

난 그날 생각하면 아직도 오금이 저린다. 재이가 고개를 가로저으며 말을 덧붙였다. 그날이라 함은, 몇 달 전 미술관 앞 흡연 구역에서 재이의 담배를 처음으로 피워보다가 은희에게 걸렸던 날이었다. 졸업 작품 진행 상황을 보러 오겠다고 했던 은희가 약속 시간보다 한 시간 정도 일찍 등장해서는, 난데없이 흡연 구역 앞에서 마주친 것이었다.

당시 사색이 된 선우를 보며 재이가 갑작스럽게 변호를 해주었더랬다. 담배는 자신의 것이고 선우에게 한번 피워보지 않겠느냐 꼬신 것이라고. 사실 선우가 먼저 피워보고 싶다 했던 것이었는데도, 재이는 은희의 앞에서 그렇게 둘러댔다. 그때 선우의 머릿속은 실타래처럼 꼬여 있어서 변명거리도 떠오르지 않았다. 그저 이제 어떻게 되는 건가 싶은 두려움에만 사로잡혀 있었다. 설마 친구 앞에서 뺨을 때리지는 않겠지 생각했다.

"선우 친구니?"

은희는 선우의 앞으로 성큼성큼 다가와 선우의 손에 들려 있던 전자 담배를 휙 낚아챘다. 그러고는 재이의 손에 거칠게 쥐여주면서 강압적인 어조로 말했다.

"앞으로 우리 선우한테 이런 거 알려주지 마, 알았지?"

말투는 분명히 상냥했고, 심지어는 눈도 웃고 있었는데, 어째서인지 은희에게서는 엄청난 한기가 느껴졌다. 앞으로 한 번만 더 이런 일이 생기면, 그때는 절대 웃으면서 넘어가지 않겠다고 무언의 압박을 주는 것만 같았다.

은희가 돌아가고 나서는 하루 종일 재이에게 미안하다고 말해야 했다. 괜찮다고, 신경 안 써도 된다고 말해주는 재이였지만 그럴수록 더 미안한 마음이 들었다. 그때 구조 신호를 보내지도 않았는데 구원투수처럼 저를 구해줬으니까. 그런데도 엄마의 반응 때문에 얼마나 무안했을까 싶었다. 재이로서는 느닷없이 공격을 당한 기분이었을 텐데.

아무튼 이딴 거 왜 피우냐, 나도 끊을 거야 곧. 재이가 담배를 가방에 집어넣으며 말했다. 마음이 힘들어서 피워보고 싶었던 건데, 앞으로는 박하를 목구멍에 문대느니 그냥 마음이 힘든 게 낫겠다는 생각이 들었다.

"그나저나 왜 넌 어머니 따라서 회화 안 해?"

너희 어머니 A대 교수라며. 나라면 무조건 회화 쪽으로 갔을 텐데. 재이가 별생각 없는 듯한 말투로 물었다. 선우는 대답 없이 입맛을 다셨다. 은희가 미대가 유명한 명문대의 서양화과 교수이긴 했다. 하지만 선택의 이유에는 저가 조소를 좋아했던 것도 있지만, 회화에 신물이 났던 것도 있었다. 은희와 같은 길을 걷고 싶지 않기도 했다.

선우가 가진 가장 최초의 기억에 은희는 없었다. 선우의 첫 번째 기억에는 엄마도 아빠도 아닌, 할아버지와 할머니가 있었다. 하지만 할아버지와 할머니조차 자신들 일에 바빴기에 외롭게 자란 선우는 어렸을 때부터 흙 만지는 것을 좋아했다. 흙을 만지면서 원하는 형태로 만들어가는 것은 선우가 자신의 감정을 표현하는 유일한 수단이었다. 그것은 선우가 전공으로 조소를 선택하게 되기까지 지대한 영향을 미쳤다.

"그냥 안 해."

물론 그 과정이 순탄하지만은 않았다. 중간중간 몇 번이나 은희가 가로막았으니까. 정확한 이유는 알려주지도 않고, 무작정 조소는 안 된다며 회화를 강요하기만 했으니까. 그런 은희의 태도가 도저히 이해되지 않아서 분노를 참지 못했던 날, 선우는 처음으로 뺨을 맞았다. 정작 때려놓고서 저보다 더 혼란스러워하는 은희를 보며 그날 일은 일단락되었다. 원래도 그렇게 친밀한 사이는 아니었지만, 정확히 그 날을 기점으로 은희와 미묘하게 더 어색해지고 멀어지게 되었다.

그 뒤로 몇 주 정도가 지나고 은희가 말했다. 조소가 그렇게 하고 싶으면 한번 해보라고. 그렇게 말하는 은희의 얼굴은 예전보다 더 수척했다. 뺨을 때린 죄책감 때문이었을까. 그렇다기엔 그 뒤로도 많이 맞았는걸…….

"야, 있잖아."

"왜?"

"……아니야."

선우는 하고 싶은 말을 입속에서 조용히 웅얼거리다가 결국 삼켜냈다. 며칠 전 은희의 성경책에서 보았던 사진 속 남자가 잊히지 않았다. 처음 발견했을 때는 너무 놀라서 은희에게 아무것도 묻지 못했다. 그저 스쳐 지나가는 궁금증에 불과할 거라 생각했지만, 이상하게도 남자는 머릿속을 떠나지 않았다. 그도 그럴 것이, 은희가 남자의 어깨에 기대어 있는 모습은 누가 봐도 연인 사이가 분명했으니까. 은희가 그렇게 맑은 얼굴로 웃고 있는 건 그동안 본 적이 없었다. 심지어 아빠와 사는 동안에도.

그날, 예배를 마치고 집으로 돌아오자마자, 선우는 은희 몰래 작업실에 성경책을 가져다놓으며 오래된 캔버스들이 쌓여 있는 곳으로 다가갔다. 은희가 결혼하기 전에 만났던 남자가 어떤 사람인지 궁금했다. 은희를 그렇게나 웃게 만들고, 은희가 지금까지 사진과 낙서로나마 간직하고 있는 그 남자가.

메마른 손끝으로 캔버스를 하나씩 들출 때마다 가슴이 두근거렸다. 겹겹이 쌓인 캔버스들 사이에서는 같은 얼굴이 반복해서 나타났다. 사진 속 남자를 꼭 닮은 얼굴이었다. 금발 머리와 파란 눈. 이국적이고 잘생긴 외모 탓에 처음 봤을 땐 엄마가 좋아한 연예인인가 싶었다. 그러나 이내, 저가 유치원에 다닐 적 외할머니가 해주었던 말이 떠올랐다. 네 엄마가 처음엔 프랑스 남자랑 결혼하려고 했어. 지금 네 아빠랑 결혼을 해서 다행이지.

캔버스를 들고 있던 선우의 손에 힘이 들어갔다. 색이 바랜 사진과 캔버스는 모두 오래되었다지만, 최근까지 노트에 그렸던 러프는 뭐였을까. 단순히 옛날에 만났던 사람이 아니라, 엄마가 여전히 마음에 두고 있는 사람인 걸까.

"여기서 뭐 해?"

사진과 그림을 비교하며 한참 동안 들여다보고 있을 때였다. 선우의 등 뒤에서 인기척과 함께 은희의 목소리가 들려왔다. 캔버스를 놓치듯이 내려놓은 선우가 사색이 되어 뒤를 돌아봤다. 그러나 경직된 얼굴을 하고 있는 건 은희도 마찬가지였다. 은희는 선우의 손에 들려 있던 낡은 사진과, 선우의 앞에 놓여 있는 캔버스들을 번갈아가며 보다가 마지막으로 선우와 눈을 마주했다. 은희의 눈빛은 언제부턴가 불안하게 흔들리고 있었다.

"이 사람 누구예요?"

선우가 최대한 담담한 척하며 물었다. 지금이 아니면 묻지 못할 것 같았다.

"……넌 왜 남의 작업실에 마음대로 들어오는 거야? 엄마 물건 함부로 손대지 마."

은희는 빠르게 다가와 남자의 얼굴이 그려진 캔버스를 다시 뒤집으며 대답했다. 그런 은희의 손이 미세하게 떨리고 있었다.

"얘기해주시면 안 돼요?"

선우가 용기 내어 한 번 더 물었지만, 은희는 선우의 손에 들린 사진을 낚아챌 뿐이었다. 그러고는 빼앗은 사진을 서랍 깊숙한 곳에 넣어버렸다. 선우의 물음은 끝까지 따돌린 채로.

"얼른 나가."

은희가 젖은 나무처럼 무겁고 습하게 깔린 목소리로 말했다. 결국 아무 말도 하지 못하고 문을 나서던 선우가 마지막으로 힐끗 작업실을 돌아봤다. 은희는 쌓인 캔버스 앞에 가만히 멈춰 서 있었다. 더 이상 묻지 않는 게 나을지도 모른다는 생각이 들면서도, 복잡한 감정들이 마음속으로 흘러들어왔다.

"맥주 두 개 살까?"

"난 콜라 마실게."

"야구장에선 맥주 마셔줘야 되는 거 몰라?"

"너나 마셔."

야구장 앞 편의점에서 마실 것들을 사는 동안 재이가 혼자서 궁시렁거렸다. 야구장에선 무조건 맥주인데 뭘 모른다며, 어디 가서 야구 직관 다녀왔다는 소리하지 말라며, 언제까지 어머니에게 그렇게 잡혀 살 거냐며…….

따지고 보면 재이의 말이 모두 맞았다. 음주 관련해서는 엄격하게 관리하는 은희 때문에 술은 입도 못 대고 살았던 선우였다. 게다가 오늘은 거짓말까지 한 날이었기 때문에 더 위험했다. 혹여나 술 냄새라도 난다면 큰일이었다.

핫도그와 감자튀김까지 산 뒤에야 둘은 야구장 좌석이 있는 곳으로 들어왔다. 경기가 시작하기까지는 아직 꽤 남았는데도 구장 안은 사람들로 바글바글했다. 관중석에는 재이처럼 타이탄 블레이즈의 유니폼을 입고 있는 사람들이 특히 많이 보였고, 저를 포함한 하피 마린즈의 팬들은 드문드문 보였다.

"오늘은 왠지 하피가 질 것 같지 않아."

"아닐걸?"

선우는 오늘만큼은 꼭 이겼으면 좋겠다는 생각에 말해봤다가, 기다렸다는 듯 바로 반박해오는 재이를 또 한 번 째려봤다. 선우와 재이는 1루나 3루로 치우치지 않은 중앙석에 앉았다. 각자 다른 팀을 응원했기에 공평하게 중간 자리에서 보자고 해서 나온 결론이었다. 그런데 이 경기, 생각보다 쉽게 풀리지 않는다. 투수전이라 그런지, 9회 말까지 0대 0에서 점수가 나지 않아 결국 연장까지 가게 된 것이다.

선우가 초조한 마음으로 손목에 걸린 시계를 확인했다. 시간은 어느새 밤 아홉 시 반을 넘어갔다. 은희는 선우가 집에 곧 도착할 것이라 알고 있을 것이다. 어쩌지, 연장까지 갈 거라고는 생각 못 했는데.

모처럼 바쁜 일상 중에 시간을 내서 야구장에 놀러 온 거였다. 그것도 재이와 함께, 은희의 감시를 피해서. 그런 기회를 그냥 날려버리고 싶지는 않았다. 이렇게 응원가를 부르면서 마지막으로 신나게 놀아본 게 언제였는지도 모르겠고, 앞으로 언제가 될 수 있을지도 기약이 없었다.

선우는 결국 은희에게 메시지를 보냈다. 작품을 조금만 더 손보다가 출발할 테니 걱정하지 말라는 내용으로. 그러나 경기는 10회 말까지도 승부가 나지 않았다. 시간은 밤 열시였다.

"너무 늦어서 이제 나가야 할 것 같아."

"11회까지만 보고 가면 안 돼? 이제 진짜 점수 날 것 같은데."

선우가 목덜미를 긁적거리며 고민에 빠졌다. 그럴까 그럼. 솔직히 이대로 가버리면 너무 아쉽잖아. 어차피 엄마한테 연락도 남겼으니까 괜찮겠지?

하지만 괜찮을 거라고 생각했던 게 큰 오산이었다. 11회 내내 선우의 핸드폰은 조용할 줄을 몰랐다. 계속해서 울려대는 게 발신자를 확인하지 않아도 은희임이 분명했다. 선우는 마른침을 삼키며 애써 무시하려 했다. 오늘따라 집착 장난 아니네 진짜…….

결국 11회까지도 승부가 나지 않아서, 선우와 재이는

12회를 뒤로한 채 경기장을 빠져나왔다. 경기장을 빠져나오자마자 선우는 다급하게 은희의 전화를 받았다. 경기장 내에서는 응원 소리가 시끄러워 받을 수 없었지만, 주변이 조용해진 지금은 괜찮을 거라고 생각했다.

선우가 능청스럽게 은희의 전화를 받았을 때였다. 바닥까지 들썩거릴 정도로 엄청난 환호가 경기장에서 터져 나왔다. 이 정도 환호면 최소 홈런이라도 터진 모양이었다. 당혹스러운 와중에도 누가 점수를 낸 건지 궁금해지는 스스로가 미친 것 같기도 했다.

"이게 무슨 소리야?"

"네?"

"너 지금 어디야? 학교 아니지?"

선우가 눈을 질끈 감으며 저의 이마를 손으로 탁 짚었다. 버스라도 타고 나서 전화를 받았어야 했는데. 경기 중에 밖으로 나온 건 처음이라 이렇게 환호가 크게 들릴 줄은 꿈에도 몰랐다.

선우는 아무 말도 하지 못했다. 혀끝이 말라붙고 입안이 바짝바짝 타들어갔다. 야구장에 왔다는 말은 혀를 깨무는 한이 있더라도 하지 못할 것 같았다. 죄를 지은 것도 아닌데 무어라 소명해야 할지 알 수 없었다.

"유선우. 집에 오면 보자."

은희의 고압적인 말투와 함께 전화가 뚝 끊겼다. 선우는 전화가 끊긴 핸드폰 화면만 멍청하게 보고 있었다. 그 옆에 선 재이가 선우의 눈치를 살피고 있었다. 통화 내용이 다 들렸던 모양이다. 게다가 자신이 졸라서 11회까지 있었던 거였으니까. 괜찮냐는 재이의 물음에 선우는 잘 모르겠다고 대답했다.

은희가 가장 싫어하는 행동은 바로 거짓말을 하는 것과 예배 시간을 어기는 것이었다. 까무룩해진 선우는 호흡이 빨라지고 당장이라도 눈물이 날 것 같았다. 손바닥에선 땀이 났고 몸살이라도 난 것처럼 오한이 들었다. 이제 집에 가면 어떻게 되는 거지? 뺨을 맞는 것부터 시작할까? 아니면 엄마가 작품을 던지는 것부터 시작할까.

재이도 옆에서 꽤 심각한 표정을 짓고 있었다. 은희를 한 번 대면한 적이 있으니, 어떤 사람인지 대충이나마 알고 있기 때문일 것이다. 은희는 딱 봐도 재이를 좋아하지 않았다. 아무래도 잘 보일 필요가 없는 사람이라고 생각했던 모양이었다. 늘 교회와 학교에서 위선을 떨고 다니는 사람이니까, 딸 친구한테까지 위선적일 필요는 없다고 생각했을지도 모르고.

"너 진짜 안 괜찮아 보이거든? 집에 데려다줄게."

"아니, 그게⋯⋯."

"미안하다 야, 나 때문에⋯⋯."

"이게 왜 너 때문이야. 너도 나 때문에 12회 못 보고 나온 거잖아."

선우는 집으로 향하는 동안에도 머릿속이 포화 상태였다. 불안한 생각들이 덩굴처럼 얽히고설켰다. 전화가 끊기기 전 은희의 선득한 목소리가 너무나도 얼음장 같았다. 그 목소리를 떠올릴 때마다 섬뜩함이 척추를 타고 올라왔다. 옆에서는 재이가 왜 이리 떠느냐고, 정신 차리라고 무어라 말하는 것 같았는데 선우의 귀에는 하나도 들리지 않았다.

집에 거의 도착할 즈음에 선우는 눈물이 나기 직전이었다. 제발 별일 없이 지나갔으면 좋겠는데, 그럴 리 없을 거라는 걸 잘 알았다. 선우는 불현듯 지훈 생각이 났다. 이럴 때 아빠가 집에 있어줬더라면, 지금 이 상황을 무마시켜 줄 수 있었을 텐데.

나도 이대로 집에 들어가지 말까? 한재이한테 하루만 재워달라고 할까. 그게 아니면 그냥 과실에 가서 쪽잠이라도 잔다든지, 아빠 집으로 간다든지. 그런데 만약 그렇게 해버린다면 그땐 정말로 되돌릴 수 없게 되겠지. 선우는 마음 같아선 저의 머리를 쥐어뜯고 싶었다. 어디서부터 잘못된 건지 알고 싶었다. 거짓말을 하지 말았어야 했나? 10회까지만 보고 집에 왔어야 했나? 아니면 전화를 더 늦게 받았어야 했나? 아니면…… 애초에 야구장을 가지 말았어야 했나.

"안녕."

그런데 예상치 못한 일이 벌어졌다. 은희가 집 앞까지 나와 있던 것이었다. 딱 집 앞까지만 선우를 데려다줄 생각이었던 재이는 그대로 은희와 마주쳤다. 기어이 상상도 하기 싫은 현실이 덮쳐왔다. 고요가 무섭게 흘렀고, 은희는 자신의 머리를 쓸어 넘기며 작게 한숨을 내쉬었다.

"또 너였구나. 나 골치 아프게 하는 애가."

재이를 물끄러미 바라보던 은희가 따뜻하게 웃으면서 말했다. 목소리는 마치 구름처럼 부드럽고 눈꼬리는 눈썹달처럼 휘어져 있어서, 표정만 보면 마치 칭찬이라도 해주는 사람처럼 보였다.

#

"안녕하세요. 선우 친구 한재이라고 합니다."

오랜만에 뵙네요. 지난번에 학교에서 뵌 뒤로 처음 뵙죠?

조롱 섞인 은희의 인사에도 아랑곳하지 않고 인사를 건네는 재이를 보면서, 선우는 그냥 이 자리에서 기절해버리고 싶었다. 서글서글한 성격인 건 알았지만, 지금 이 순간까지 굴하지 않고 은희에게 맞대응을 할 줄은 몰랐다.

"안 좋은 거 할 거면 너 혼자 하면 되지, 왜 우리 선우까지 끌어들이는 건지 물어봐도 될까?"

"아, 그래서 골치 아프셨던 거구나. 안 그래도 선우가 많이 힘들어해서요. 제가 선우한테 거짓말하고 같이 야구장 가자고 그랬어요."

선우가 안 된다고 했는데, 제가 억지로 끌고 갔어요. 물러서지 않고 생글생글 웃으며 죄송하다고 말하는 재이의 모습에, 은희는 기가 차다는 얼굴로 재이를 보고만 있었다. 그러다가 입꼬리가 위쪽으로 실그러지면서 헛웃음을 쳤다. 그 표정을 해석해보자면, 대충 '얘 좀 봐라?' 정도가 될 것이다. 눈치 빠른 재이가 은희의 아니꼬운 기색을 눈치채지 못했을 리 없다. 선우는 재이의 팔을 붙잡고 너 왜 그러느냐고 조용히 입 모양으로 말해봤지만 소용없었다.

은희는 재이의 앞으로 가까이 다가와서 고개를 슬쩍 옆으로 기울였다. 선우와 키가 엇비슷한 재이는 은희보다 조금 작은 편이었기에, 은희를 올려다봐야 했다. 그런 상황에서도 재이는 재밌기라도 한 건지 웃음을 잃지 않으며 은희를 똑바로 쳐다보고 있었다.

"우리 선우가 멋모르고 몇 번 어울려주니까 신났니? 선우는 그런 거 좋아하는 애가 아니야."

"몇 번이라기엔 사 년째라서요. 그리고 안 좋아한다기엔……. 아줌마는 살면서 선우가 그렇게 웃는 거 본 적 있으세요?"

지금 우리 엄마랑 기싸움을 하고 있는 게 분명하다. 은희가 비아냥댈 때마다 거뜬하게 받아치는 재이를 보며 선우가 아랫입술을 잘근잘근 씹었다. 네가 지금 왜 우리 엄마랑 싸우고 있는 거냐고 당장이라도 말리고 싶었는데, 입도 몸도 생각처럼 쉽게 움직이지 않았다. 애 진짜 실성했나 봐.

결국 가볍게 웃으며 대꾸하던 은희의 얼굴에선 점차 웃음기가 사라졌고, 경멸의 눈빛이 점차 자리 잡았다. 한재이는 미친 걸까, 아니면 용기가 가상한 걸까. 대체 뭐 때문에 저리도 반항하는지 알 수 없었다. 집으로 오는 길에 잔뜩 겁먹은 저의 모습을 보고서 덩달아 화라도 난 걸까. 아니면 담배 사건 때 엄마한테 쌓였던 걸 지금 풀고 있다거나.

재밌는 애네. 은희가 다시 모멸 섞인 말투로 방긋 미소를 지으며 말했다. 그런데도 재이는 감사하다고 대답하고는,

끝까지 웃는 얼굴을 유지한 채로 꾸벅 인사를 건네고 돌아가버렸다. 내일 보자 유선우, 라는 말로 대미를 장식하면서.

은희와 함께 집 안으로 들어온 선우의 심장은 진정될 줄을 몰랐다. 은희는 화가 머리끝까지 난 사람처럼 보였다. 도대체 한재이는 나를 도와주려 했던 걸까, 아니면 그냥 낭떠러지로 밀쳐리고 저 혼자 도망을 가버린 걸까. 헷갈릴 때쯤, 은희가 선우에게 짜증 섞인 목소리로 물어왔다.

"걔 대체 뭐야? 걔도 조소과야?"

"아뇨, 시디과예요. 그리고 걔가 아니라 재이예요."

"친구는 네가 알아서 가려 사귀어야지. 그렇게 질 떨어지는 애랑……."

한심하다는 듯 한숨을 내쉬는 은희의 태도에 선우가 주먹을 꽉 쥐었다. 재이를 무시하는 말이 화살처럼 가슴에 박혔다. 재이는 그런 취급이나 당할 애가 아닌데, 도대체 뭘 안다고 재이에 대해서 나쁘게 얘기하는 건지. 선우의 그러쥔 주먹이 분노에 차 조금씩 떨리기 시작했다.

그동안은 일부러 재이가 은희의 눈에 안 띄게끔 조심스럽게 지냈다. 저와 가장 친한 친구라고 은희에게 낙인찍히는 순간 불똥이 튈 게 분명했기 때문이다. 그런데 불똥이 튀어도 이렇게 최악으로 튈 수가 있나 싶었다. 4학년까지 잘 숨기고 다녔는데, 담배 사건 때부터 연달아 벌어지는 일 때문에 머리가 지끈거렸다.

"그 애는 너한테 도움이 하나도 안 돼. 담배나 권하고, 거짓말이나 시키고."

"담배는 제가 먼저 피우고 싶다고 한 거였어요. 오늘도 제가 먼저 재이한테 놀러 가자고 한 거였고요."

선우의 말을 들은 은희는 아연한 표정을 지었다가 이내 잔뜩 인상을 썼다. 그러고는 선우의 가방을 거칠게 빼앗아 안을 뒤지기 시작했다. 선우의 가방에선 야구 유니폼과 응원 도구 등이 쏟아져 나왔다. 은희는 선우가 거짓말을 했다는 사실에 극도로 배신감을 느낀 모양인지, 유니폼을 구겨서는 걸레짝처럼 바닥에 집어 던져버렸다.

그다음엔 응원 도구들까지 죄다 벽에 던져서 물건들이 시끄러운 소리를 내면서 벽에 부딪혔다. 그중 몇 가지는 패이고 구겨지면서 그대로 부서졌다. 선우는 거실 바닥에 널브러지는 자신의 소중한 물건들을 무력하게 쳐다보며 생각했다. 이제는 넌더리가 난다. 엄마가 내 물건을 마음대로 부수고, 나는 모욕감을 느끼지만 아무런 저항도 할 수가 없는 거.

"그동안 네가 한 짓들은 죄다 주님을 배반한 짓들이야."

분명히 이번 주 중으로 작품을 보러 간다고 했는데, 준비를 하지는 못할 망정 거짓말이나 하고 팔자 좋게 놀러 다닌 다며, 나는 네 유학 때문에 바쁜 와중에도 이것저것 알아보 느라 힘들어 죽겠는데 너는 이딴 식으로 내 뒤통수나 친다 며, 하나같이 상처가 되는 말들이 선우의 안으로 짓쳐들어 왔다.

"너 같은 애는 절대로 구원 못 받아."

은희가 바르작거리며 말했다. 이번에도 신앙심을 무기 삼아 선우를 억압하기 시작한 것이었다. 그 순간 재이와 학교에서 웃으며 이야기했던 순간이나, 야구장에서 목 터져라 응원하며 신나게 놀았던 순간 들이 파노라마처럼 선우의 머릿속을 스쳐 지나갔다. 구원이라고? 그까짓 구원이나 받으려고 이런 행복들을 놓칠 바에야 차라리 지옥불에 떨어지는 게 나았다.

"그딴 신한테 구원 못 받아도 상관없어요."

선우의 목 안쪽이 조여드는 것처럼 떨렸다. 은희를 지나쳐 방으로 들어가려 하자, 은희는 선우의 손목을 세게 붙잡고 끌어당겼다. 얼마나 세게 잡았는지 손목뼈가 화끈거렸다. 어디서 엄마가 이야기하는데 그냥 무시하고 들어가냐며, 방금 한 말을 다시 한번 해보라며 큰 소리로 따져 묻는 은희에게 선우가 외쳤다.

"구원은 그냥 엄마 혼자 받으라고요! 난 필요 없으니까."

억눌렸던 감정이 결국엔 목까지 치밀어 올랐다. 그리고 외치는 순간 선우는 직감했다. 곧 저의 얼굴로 손바닥이 날아올 것이라고. 그러나 가장 친한 친구를 욕보이는 은희를 도저히 참을 수 없었다. 이렇게 매일 싸우는 것도 진절머리가 났다. 역시나 또다시 한쪽 손을 드는 은희를 보며 선우가 두 눈을 질끈 감았다. 선우의 몸이 굳어지면서 목구멍이 서서히 죄어왔다. 또 때리는구나, 또.

그런데 이상하게도 뺨이 아프지 않았다. 무슨 일인가 싶어 눈을 떠 보니, 거친 숨을 몰아쉬며 천천히 손을 내리고 있는 은희가 보였다. 그러고는 잡고 있던 선우의 손목을 내던지듯 놓고 안방으로 들어가 문을 닫아버렸다.

선우 역시 저의 방으로 들어왔을 땐, 언제 흘러내렸는지도 모를 눈물이 턱끝에 매달려 있었다. 재이에게 연락을 해야 한다는 생각에 손등으로 대충 눈물을 닦고 핸드폰을 찾았는데, 재이에게서 부재중 전화가 와 있었다. 선우는 간신히 마음을 추스린 뒤 재이에게 전화를 걸었다. 은희와 마주칠 때마다 이런 일이 생기니, 이제 재이에게는 미안한 마음밖엔 들지 않았다.

"괜찮아?"

자신이 다 미안하다고 말했어야 했는데 속에서부터 먹힌 눈물 때문에 입이 떨어지질 않았다. 선우가 미세하게 떨리는 목소리로 괜찮다고, 미안하다고 말했다.

"나도 미안해. 네가 어머니 때문에 그동안 힘들어했던 게 생각나서 나도 모르게 그랬어. 그래도 너희 어머니인데 내가 너무 예의 없었지."

"아니, 속 시원하던데."

선우는 소리 없이 숨을 크게 들이마셨다. 그리고 이어지는 재이의 말들에 귀를 기울였다.

"있잖아. 내 친구 중에 A대 도예과 다니는 애가 있는데, 거기서 너희 어머니 평판이 엄청 좋대. 화도 절대 안 내시고, 우아하고 능력도 좋으셔서 미대에서 인기 진짜 많으시다던데……."

"아…… 그래?"

"내가 그동안 본 사람은 누구야 그럼?"

선우는 이미 잘 알고 있는 사실이었다. 은희가 밖에서 얼마나 가식을 떨고 다니는지는. 회화과에서만이 아니라 미대 전체로 소문이 퍼져 나갈 정도로 이미지 관리를 열심히 하고 있을 줄은 몰랐지만.

자신이 보았던 은희의 모습과는 딴판이라며 어떻게 된 거냐는 재이의 질문에, 선우는 결국 모든 걸 털어놓았다. 이전까지는 엄마의 간섭이 조금 심한 정도로만 알고 있던 재이였지만, 이제는 은희의 위선과 폭력성까지 모두 알게 된 셈이었다. 선우는 일단 비밀을 지켜 달라고 부탁했다. 이런 와중에도 은희의 안위를 걱정하는 제 모습이 우스웠지만, 왜인지 당장은 그게 맞는 것 같다는 생각이 들었다.

"이런 소리 해서 미안한데, 너희 어머니 좀 이상해. 지난번에 학교 오신 것도 그렇고. 어떤 학부모가 딸내미 졸작 진행 상황을 보러 오냐? 그리고 나한테 하시는 것 좀 봐. 소문이랑 완전히 다른 사람이잖아. 이쁘면 다야?"

그러니 혹시라도 도움이 필요하면 언제든지 전화하라는 말과 함께 재이와의 전화가 끊어졌다. 선우는 그렇게 긴 밤을 지새워야 했다. 재이의 말이 머릿속을 떠나지 않았기에.

처음부터 엄마한테 거짓말하지 말고 솔직하게 말했어야 했던 걸까. 두 무릎을 끌어안고 있던 선우가 저의 무릎에 얼굴을 파묻으며 생각했다. 은희를 화나게 만든 것도, 애꿎은 재이가 듣지 않아도 될 욕까지 들어먹게 한 것도, 모든 게 다 자기 때문인 것 같았다. 자신이 은희의 화를 돋운 것처럼 느껴졌고, 은희를 실망시켰다는 데 두려움이 밀려왔다. 은희가 저 때문에 힘들어하던 모습마저 죄스럽고 온전히 제 탓인 것 같아, 스스로가 싫어지기까지 했다. 몸과 마음이 짓밟혀 땅속으로 처박히는 기분이었다.

오늘따라 지훈의 부재가 더 크게 느껴졌다. 엄마가 아니라 아빠였다면 분명 날 이해해줬을 텐데. 엄마는 왜 나를 있는 그대로 사랑해주지 않는 걸까. 어째서 딸인 나를 이렇게까지 싫어하는 건지 모르겠어. 내가 어떻게 행동해야 엄마가 나를 사랑해줄 수 있을지도 모르겠고……. 정말 엄마가 시키는 대로만 하면, 그땐 엄마가 나를 사랑해줄까. 이번 일로 엄마가 나에 대한 일말의 애정조차 버려버리면 어떡하지. 선우는 불안에 가득 차 끝없이 저의 마음을 어지럽혔다. 은희와 저의 사이에는 은하처럼 광활한 틈이 있는 것 같다고 생각하면서.

***

캄캄한 예배실 안으로 들어온 은희가 한쪽 자리에 가방을 두고 앉았다. 오늘은 일정이 늦게 끝난 바람에 바로 집으로 가서 쉬고 싶었지만, 꼭 기도해야 할 일들이 있었다. 은희는 잔잔한 찬양을 들으면서 어젯밤 선우와 있었던 일들을 떠올렸다.

은희는 지금까지 하나님의 뜻에만 맞춰 삶을 살아왔다. 단연코 자신의 뜻은 단 하나도 없었다. 그런 은희에게 있어서 유일하게 통제할 수 있는 대상이 바로 선우였다. 그것은 은희에게 숨 쉴 구멍이 생긴 것이나 마찬가지였다. 그렇기 때문에 선우만큼은 자신이 원하는 대로 행동해주길 바랐고, 자신의 말을 잘 들어주길 바랐다. 어차피 이것도 다 신의 뜻이라고 생각하면서. 분명 어릴 때는 저의 말에 고분고분 따랐던 것 같은데, 머리가 커갈수록 통제가 안 되는 선우가 불편하기도 했고 때로는 무섭기도 했다. 더 이상 선우를 통제할 수 없을까 봐.

그런데 어젯밤 선우와 이야기하며 받았던 감정적 충격은 은희에게 너무도 컸다. 차마 저의 손을 선우에게 더 뻗을 수 없을 정도로. 그딴 신의 구원은 필요 없다며, 엄마 혼자 구원받으라는 말을 듣자마자 온몸의 세포가 활동을 멈추는 듯한 기분이었다. 선우가 점점 자신의 통제권 밖으로 벗어나고 있다는 것이 느껴졌다. 어쩜 그렇게 불경스러운 말을 아무렇지도 않게 할 수가 있을까.

특히 재이라는 그 아이가 유독 눈에 거슬렸다. 재이는 자신의 영향력이 조금도 통하지 않는 아이였다. 자신의 손이 닿지 않는 곳에 있기 때문인지, 재이는 저에게 예의조차 차리지 않았다. 선우가 담배를 피우다 걸린 날 자신의 본모습을 알게 된 건지는 모르겠지만, 어젯밤에 마주쳤을 때도 기분 나쁘게 눈치가 빠른 느낌이었다. 마치 약점을 들켜버린 것 같았달까. 무엇보다 선우가 일탈할 가능성을 바로 옆에서 제공하고 있는 존재였다. 은희에게 재이는 너무나도 불쾌한 눈엣가시였다. 하루빨리 선우의 곁에서 떨어져 나가주길 바랐다.

"하나님 아버지, 우리 선우가 다시 주님의 자녀가 될 수 있도록 인도해주세요……."

은희가 천천히 저의 두 손을 모으고 눈을 감았다. 자신이 대학생 때 잠시 방황했던 것처럼 선우도 그런 시간을 지나가는 거라 믿고 싶었다. 은희의 진심 어린 기도 소리와 함께, 어두운 밤이 느직하게 깊어가고 있었다.

#

"오늘 야작하다가 늦게 올 거예요."

학교 갈 준비를 마친 선우가 안방에서 외출 준비를 하고 있는 은희에게 말했다. 방학인데도 계속 학교로 출근하는 은희는 화장대 앞에 앉아 화장을 하고 있었다. 안방으로 고개만 빼꼼 들이민 채 문간을 잡고 말하는 선우를 은희가 정면으로 쳐다보며 물었다.

"오늘도 거짓말하고 딴 데로 새려는 거 아니지?"

순식간에 선우의 입꼬리가 일그러졌다. 또 왜 저러는 거야 진짜. 그러는 엄마야말로 내게 뭔가를 숨기고 늘 거짓말을 하고 있으면서. 선우는 은희에게 따지고 싶은 마음을 꾹꾹 누르며 겨우 참아냈다. 그날 내 물건이 부서지는 걸 내 두 눈으로 똑똑히 봤는데, 잘도 거짓말을 하겠다.

선우는 은희의 물음에 대답 없이 현관으로 가서 신발을 신었다. 그런데 어느새 저를 따라 안방에서 나온 은희가 다시 되물어왔다.

"유선우, 대답 안 해?"

"의심되면 불시에 찾아와 보시든가요."

"너 말버릇이 그게 뭐야?"

재이와 야구장 사건이 있었던 이후로 며칠이 지났다. 이제 선우는 은희와 말만 섞어도 짜증이 났다.

신발을 다 신은 선우가 말을 무시한 채 문을 열고 나가려 할 때였다. 은희가 그새 가까이 다가와서는 선우의 손목을 낚아챘다. 선우는 손을 세게 뿌리치려 했는데, 그럴수록 은희의 손아귀에 힘이 더 들어가서 뿌리쳐지지도 않았다. 이제는 이런 은희에게 염증이 났다. 그래, 때릴 거면 또 때리고, 부술 거면 또 부숴 보든가.

"너 지난번부터 말하는 거 아주 못 들어주겠어. 알아?"

못 들어주겠으면 처음부터 시비를 안 걸면 되는 거 아닌가 싶었다. 내가 너를 위해서 얼마나 많이 기도하는데 너는 왜 항상 엄마 마음을 몰라주냐며, 너 때문에 마음고생을 얼마나 많이 하고 있는지 알고 있냐며, 학교에 가서도 일이 손에 안 잡힌다며, 아침부터 불만을 쏟아붓는 은희와 실랑이를 하다가 오늘도 겨우 집을 나설 수 있었다.

학교로 가는 동안 선우는 지훈과 함께 살았던 시간을 떠올렸다. 그렇게 아침 댓바람부터 현관에서 은희와 시끄럽게 싸우고 있을 때면, 지훈이 나타나 자신을 감싸주고는 했다.

"선우가 알아서 어련히 하겠지. 애 좀 작작 잡아."

지훈이 옆에서 한마디씩 거들 때마다, 곁에서 그를 바라보는 은희의 표정은 저에게 화낼 때보다 훨씬 더 살벌하게 굳어 있었다.

"알아서 못 하니까 이러는 거잖아. 당신 요즘 선우 어떤지 알기나 해? 그리고 당신은 그런 말할 자격 없어. 집에도 잘 못 들어오면서, 이럴 때만 내 탓하는 거야?"

"그건 또 무슨 소리야, 선우도 내 자식인데."

"그런 사람이 나 선우 낳을 때 옆에 안 있어줬어?"

"그때 내가 얼마나 미안했는지 모르잖아. 나는 너 이럴 때마다 피가 말라 죽겠어!"

대화의 끝은 언제나 같았다. 결국 부부 싸움으로 번지고는 했으니까. 그럴 때마다 선우는 한숨을 푹 내쉬고 집에서 조용히 빠져나왔다. 집 밖으로 나오고서도 집에서 빨리 멀어지고 싶다는 생각에 걸음을 재촉한 날이 스무 번은 되었던가. 선우에게 집이란 그런 곳이었다. 숨만 쉬어도 기도가 말라붙는 것만 같은 곳.

졸업 작품 준비를 하던 선우는 쉬는 시간이 되자 창가 자리에 앉아 창밖을 내다보았다. 오늘부터 본격적으로 장마가 시작됐다. 비가 오면 좀 시원해질까 싶었는데, 습하기만 엄청 습하고 후덥지근한 건 마찬가지였다. 그래도 작업실 내부는 시원했기에, 작업실에서 본 바깥 풍경은 그저 운치 가득한 여름 풍경 같았다. 하늘은 완전히 회색빛이었고, 쏴아아 소리와 함께 빗방울이 무섭게 쏟아지고 있었다.

그러다가 갑자기 지훈 생각이 났다. 그러고 보니 방학한 뒤로 더 바빠지는 바람에 아빠한테 연락도 못 하고 있었네. 선우는 알 수 없는 죄책감을 느꼈다. 지훈과 시간을 같이 못 보낸 지가 얼마나 됐는지 셀 수도 없었다. 마침 오늘 지훈이 쉬는 요일이라고 했던 게 생각났다.

선우는 망설이다가 지훈에게 전화를 걸었다. 지훈이 금방 전화를 받았다.

"아빠, 뭐 하고 있어? 나 점심 좀 사 주면 안 돼?"

"벌써 용돈 다 썼어?"

"응."

사실 용돈은 아직 남아 있었지만, 그냥 다 썼다고 대답해 버렸다. 간만에 아빠와 시간을 보내고 싶다고 말하기엔 너무도 부끄러웠다.

비도 오는데 괜히 번거롭게 집 근처로 오지 말라고, 자신이 차를 몰고 학교 근처로 오겠다는 지훈의 배려에 선우가 알겠다고 대답했다. 먹고 싶은 음식이 있느냐고 묻길래, 더우니까 냉면이 먹고 싶다고 말했다. 더 맛있고 좋은 음식을 먹어도 된다고 하는 지훈이었지만, 선우는 차갑고 시원한 냉면이 당겼다. 아마 은희 때문에 속이 답답해서 그랬을지도 모른다.

선우는 지훈을 만나자마자 지훈의 얼굴색부터 살폈다. 혼자서 잘 지내고 있는 건지 모르겠다. 못 본 사이에 얼굴이 더 상한 것 같기도 하고.

"엄마랑 싸웠구나?"

"……어떻게 알았어?"

"얼굴에 써 있어."

"걱정 마, 시간 지나면 자연스럽게 풀려."

혹시라도 지훈이 걱정할까 봐 아무렇지 않은 척 대답하는 선우였지만, 그런 게 자연스럽게 풀릴 리가 없다는 사실을 잘 알고 있었다. 그런 감정은 해소시키지 않는 이상 긴 시간 동안 마음속에 쌓이는 거라고 선우는 단언할 수 있었다.

"……그냥,"

선우가 말끝을 흐리다가 기어들어가는 목소리로 다시 말을 덧붙였다.

"그냥 미술 하지 말 걸 그랬나 봐. 엄마랑 살기 싫어."

예상치 못한 발언에 지훈이 두 눈을 동그랗게 뜨며 젓가락질을 멈췄다.

"엄마 때문에 네가 하고 싶은 걸 못 하는 게 말이 돼?"

이혼 전부터 꾸준히 지훈과 단둘이 살고 싶었던 선우였지만, 결국엔 은희와 함께 살게 되었다. 미술을 전공하려면 은희의 도움을 받을 수밖에 없었으니까. 어쩌면 미술을 택한 순간부터, 은희와 사는 건 당연하게 정해져 있었던 걸지도 모른다. 그 생각에 선우의 마음이 울적하게 가라앉았다.

"엄마랑 사는 거 너무 숨 막혀. 아빠도 살아봐서 알잖아."

선우가 은희에 대한 이야기를 꺼낸 순간부터 지훈은 냉면을 먹지 않았다. 지금도 대답 없이 무언가를 골똘히 생각하고 있는 얼굴이었다. 저가 괜한 소리를 하고 있는 건가 싶었지만, 선우는 진심으로 은희에게서 벗어나고 싶었다. 은희와 싸우는 것도 지긋지긋했고, 지훈의 부재로 괴로워해야만 했던 순간들도 지겨웠다.

처음 이혼 소식을 들었을 땐 차라리 잘됐다고 생각했다. 이혼하길 바랐던 순간도 많았다. 둘이 교류도 없는 데다가, 만나기만 하면 싸우기나 했고, 자신이 초등학생 때까지만 해도 분명 안방에서 같이 잤던 것 같은데 언제부턴가 각방을 쓰기 시작했으니까. 그렇게 티가 많이 나는데 부부 사이가 소원하다는 걸 눈치채지 못할 정도로 몰지각한 천치는 아니었다. 그러니 각자의 자리에서 각자의 방식대로 살아가는 게 서로를 위한 선택이라고 생각했다. 다만 엄마가 저에게서 아빠를 빼앗아갔다는 느낌만큼은 지울 수 없었다.

"아빠랑 같이 살 수 있는 방법 없을까?"

"아빠랑 살면 외로울 거야."

"외로운 건 지금도 외로워."

아빠는 최소한 엄마처럼 나를 옥죄지는 않을 거잖아. 그건 확신할 수 있어. 잠자코 선우의 말을 듣고 있던 지훈은 결국 들고 있던 젓가락을 식탁에 내려놓았다. 지훈의 그릇엔 냉면이 처음 나왔을 때처럼 많이 남아 있어서, 선우는 저 때문에 입맛이라도 떨어진 건가 싶어 괜스레 눈치를 봤다. 지훈은 선우를 빤히 바라보면서 입을 달싹거리고 있었다. 무언가를 말할지 말지 고민하고 있는 것처럼 보였다.

"어쩌면 네 엄마랑 더 잘 살 수 있었을지도 몰라. 그런데 어쩌다 보니까 갈라서게 되어버렸네. 이유는 단순하지만…… 아마 너는 이해 못 할 거다. 나도 여전히 네 엄마를 이해 못 하니까."

왜 은희와 잘 살 수 있었던 건지, 그런데 어째서 갈라서게 된 것인지, 그래서 그 단순한 이유가 무엇인지, 단순하다면서 왜 이해할 수 없을 거라고 말하는 건지. 선우는 지훈에게 물어보고 싶은 게 산더미 같았지만 굳이 묻지 않기로 했다. 둘의 관계를 깊게 파고들수록 상처받는 건 자신뿐일 거라고 생각했다. 냉면을 그대로 남긴 지훈은 이내 지갑에서 지폐 여러 장을 꺼내 선우에게 쥐여주었다. 지훈의 얼굴엔 씁쓸한 미소가 어렸다.

"용돈으로 써. 아빠가 도와주지 못해서 늘 미안하다, 딸."

다시 학교로 돌아온 선우는 창가에 앉아 한동안 책상에

엎드려 있었다. 굵어진 빗줄기가 나뭇잎과 창문을 세차게 두드렸다. 지훈을 만나고 오니 은희의 옛 연인이 더욱 선명하게 떠올랐다. 아빠도 그 남자의 존재를 알고 있을지 궁금했지만 물어서는 안 될 것 같았다. 아빠가 말했던 단순한 이유에 혹시라도 그 남자가 포함되어 있을까 봐.

그 남자와 아빠 중 누가 더 엄마를 행복하게 만들어줬을까. 아마도 그 남자겠지. 아빠랑 사는 동안엔 계속 힘들어하기만 했으니까. 참 어울리지 않는다. 엄마도 사랑을 할 줄 아는 사람이었다는 게.

선우가 두 눈을 꽉 감았다. 그러자 은희의 캔버스 속 그림들이 떠올랐다. 그린 사람의 감정이 그토록 강하게 느껴지는 그림을 본 건 오랜만이었다. 엄마는 그 사람을 그리면서 대체 어떤 감정들을 담았던 걸까. 그때 나는 그리움밖에 읽지 못했었는데.

엄마도 사랑을 했고, 사랑을 잃고, 그걸 꾹꾹 눌러 담은 채 살아온 사람이었다. 그럼 엄마도 외롭고 불행했을까. 그 생각을 하며 선우는 입술을 깨물었다. 몸이 질척한 진흙탕 속에 서서히 잠기는 기분이었다. 동시에 분노나 원망만으로는 설명할 수 없는 감정이 밀려 들어왔다. 엄마가 매 순간 자신을 망가뜨리지만, 사실은 엄마도 이미 망가진 게 아니었을까 싶어서. 하지만 그렇다고 한들, 이제 와서 엄마를 이해하거나 용서하고 싶지 않았다. 그저 예전처럼 마음 편히 엄마를 미워하고만 싶었다.

그게 더 쉬울 것 같았다.

***

은희가 퇴근 후 집으로 돌아왔을 때 시계는 밤 아홉 시를 가리키고 있었다. 연구실에서 해야 할 일들을 미처 끝내지 못하고 퇴근을 했다. 은희는 일단 집으로 돌아와서 쌓인 업무를 마저 할 생각이었다. 연구실에 계속 남아 있어봤자였다.

하지만 여전히 머릿속이 복잡해 일이 손에 잡힐 리 만무했다. 결국 은희는 서재에서 나와 거실 소파에 앉아 선우를 기다리게 됐다. 열 시 전에 들어오겠다고 했으니까 이제 곧 돌아오겠지. 아침에 그렇게 당당하게 말했던 걸 보면 또 거짓말을 한 건 아닌 것 같으니까.

선우에게 어디쯤이냐고 연락을 해볼까 싶어 핸드폰을 만지작거리던 은희는, 끝내 핸드폰을 내려놓고 대신 리모컨을 집어 들었다. 당장 오늘 아침에 싸웠기에 선우에게 연락하는 게 껄끄럽기도 했고, 휑한 거실에서 혼자 선우를 기다리려니 집 안이 너무 적막했다. 다리를 꼰 채 팔짱을 끼고 있는 은희의 시선은 티비 화면을 향했지만, 정작 머리로는 계속해서 다른 생각을 하고 있었다.

"매일 열심히 기도하고 있으니까 주님께서 응답해주실 거야……."

은희가 아무 생각 없이 채널을 돌리면서 혼잣말을 했다. 그러다가 채널 변경을 꾹꾹 누르던 은희의 손이 야구 경기를 중계하는 방송에서 뚝하고 멈췄다.

왼쪽 하단에는 하피라는 글자가 쓰여 있었다. 캐스터와 해설자도 하피 마린즈의 타선이 어쩌고저쩌고 하는 소리가 들려왔다. 뭐라고 하는 건지 하나도 알아들을 수 없었지만, 그게 선우가 좋아하는 팀이라는 건 알 수 있었다. 그날 선우의 유니폼에서 분명 Harpy라는 글자를 보았으니까.

이런 경기를 재이라는 애랑 직접 보러 갔다는 거지? 보고 싶으면 집에서 티비로 보면 될 것이지 뭐 하러 야구장까지 직접 보러 갔담. 야구의 룰이라고는 공을 던지고 배트로 친다는 것밖에 모르는 은희였지만, 저도 모르는 새에 중계 방송을 가만히 지켜보고 있었다.

"이런 게 뭐가 재밌다는 거야. 하여튼 애들이란……."

하지만 결국엔 채널을 다시 돌려버리는 은희였다. 야구장 사건으로 선우와 한바탕 싸웠던 다음 날, 잠이 오지 않아서 새벽같이 눈을 뜬 은희는 전날 밤의 잔해를 보고서 한 번 더 가슴이 철렁 내려앉았다. 이성을 찾은 뒤 본 거실의 모습은 생각보다 더 엉망진창이었다. 자신이 집어 던졌던 물건들을 선우가 다시 방으로 가지고 들어갔을 거라고 생각했는데, 유니폼도 응원 도구들도 구겨진 모습 그대로 바닥에서 나뒹굴고 있었다. 물건을 던지지는 말 걸 그랬나 싶은 후회와 동시에, '구원'에 대해서 선우가 했던 말들을 떠올려보니 마음이 물먹은 솜처럼 먹먹해졌다.

은희는 망가져서 다시는 못 쓸 것 같은 물건들을 쓰레기통에 버렸고, 덜 망가진 물건들은 한곳에 가지런히 모아두었다. 그리고 선우의 유니폼을 집어 들고서 잠시 망설였다. 여기저기 묻어 있는 얼룩들 때문에 한숨이 나왔다. 결국 유니폼을 손빨래하던 은희는 뭉글뭉글한 비눗물을 문지르면서 선우를 생각했다. 애는 대체 나이가 몇 살인데 아직까지도 뭘 흘리면서 다니는 거야. 역시 내 손길이 하나하나 닿을 수밖에 없는 아이라니까. 내가 잘못된 게 아니라……. 그렇게 은희는 정성스레 손빨래한 유니폼을 햇볕에 말리고 곱게 개어 선우의 침대 위에 올려두었다. 그래, 나 같은 엄마가 어딨어? 생각하면서.

벌써 열 시가 다 되어가고 있었다. 은희는 티비를 끄고 다시 서재로 들어왔다. 내일은 오늘보다 더 바쁠 예정이었다. 지금 이러고 있을 때가 아니었다. 자기 전에 부지런히 오늘 일을 끝내야 내일의 일을 할 수 있을 테니까. 책상 앞에 앉아 있던 은희는 선우가 들어오는 현관문 소리를 듣고 나서 다시 일에 집중했다.

다음 날, 학교로 출근한 은희는 빠른 걸음으로 연구실을 향해 걸었다. 오늘 오후에는 갤러리 후원자와 미팅이 있는 날이었기에 학과 업무를 최대한 빨리 마쳐야 했다. 그리고 전시 기획 회의에도 참여해야 하고…….
"야, 어제 하피랑 그리핀 경기 봤어?"
은희는 우연히 저의 앞을 걸어가던 학생들의 이야기를 듣게 되었다. 졸업 작품을 준비하는 회화과 학생들이었다. 은희는 저도 모르게 학생들의 대화에 귀를 쫑긋 세웠다. 이 학생들도 우리 선우처럼 야구를 좋아하나? 아니면 요즘 애들이 다 야구를 좋아하는 건가. 그 재이라는 애도 그렇고.
"하피 진짜 잘하더라. 타이탄한텐 맨날 지면서."
"하피는 불펜이 세잖아."
타이탄…… 불펜…… 뭐? 도대체 무슨 소리를 하는 건지.

하피라는 단어를 제외하고서는 통 알아들을 수 없는 말 천지였지만, 선우의 관심사라는 걸 생각하면 왜인지 대화를 그냥 지나칠 수가 없었다.

은희는 학생들에게 다가가서 언제나처럼 상냥하게 웃으며 인사를 건넸다. 그리고 늘 하던 대로 부드러운 말투를 써가며 야구에 대해서 물었다. 학업적인 내용도 아니고, 한갓 스포츠에 대해 굳이 학생들에게 묻고 있는 스스로의 모습이 어쩐지 한심하게 느껴지기도 했다.

"하피가 잘하는 팀이니?"

"네, 하피가 지금 전체 1위예요. 교수님도 야구 좋아하세요?"

"나는 야구 잘 모르는데 우리 딸이 좋아해서. 하피…… 뭐라고 했지?"

"하피 마린즈요."

그래 맞다, 하피 마린즈. 하피 마린즈가 현재 1위라는 학생들의 말에 은희는 이유를 알 수 없는 미소를 지었다. 선우가 좋아하는 팀이 제일 잘하는 팀이라니까 내심 뿌듯하기도 했다. 팔도 안으로 굽는다는 게 이런 걸 말하는 걸까. 연구실로 향하는 은희의 발걸음에는 조금 전보다 활력이 붙어 있었다.

#

"슈슈, 언니 왔다."

재이가 자취방에 들어오자마자 가방을 내려놓으며 슈슈의 이름을 나지막이 불렀다. 해 질 녘의 주홍색 빛은 지평선 너머로 사라지고 있었다. 재이의 부름에 자고 있던 슈슈가 한껏 기지개를 켜며 재이를 반겨주듯이 야옹대기 시작했다. 슈슈는 선우가 구조한 고양이였다. 기껏 치료해놓고, 자신이 데려가고 싶은데 엄마가 반대한다며 아주 죽상을 하길래, 재이의 집으로 오게 된 치즈색의 고양이.

선우가 학교에서 슈슈와 친하게 지내는 동안 저도 그 옆에서 정이 들어 데려온 것이었는데, 결론적으로 세상에서 가장 잘한 선택이었다. 재이에게 슈슈는 선우만큼이나 의지할 수 있는 대상이 되어주었으니.

얼마 전, 졸업 작품 때문에 지도 교수와 한바탕 싸우고 하염없이 무너지는 기분이던 날이었다. 집으로 돌아온 재이는 불도 켜지 않은 어두운 방에서 침대에 걸터앉아 한참을 울었다. 앞이 보이지 않을 정도로 눈물을 쏟았다. 얼마나 울었을까, 간신히 진정하고 침대 옆을 보자 슈슈가 앉아 있었다. 언제부터 저의 곁을 말없이 지켜준 건지는 알 수 없었지만,

그 순간 재이는 괜스레 마음이 나아지는 걸 느꼈다.

재이는 빠르게 씻은 뒤 옷을 갈아입고 침대에 누웠다. 담배를 피우는 게 혹여나 슈슈에게 안 좋은 영향을 미칠까 봐, 슈슈를 자취방에 들인 뒤로는 비누칠을 더 열심히 하고 있었다. 이럴 바에야 그냥 담배를 끊는 게 최선이라는 걸 알고는 있지만 쉽지가 않았다. 그래도 슈슈를 생각하면 조만간 반드시 끊을 예정이었다.

그나저나 졸업 한 번 하기 더럽게 힘드네 진짜. 졸업 작품 주제가 몇 번째 엎어지고 있는 건지 모르겠다. 재이는 몸을 옆으로 돌려 그르릉거리는 슈슈를 부드럽게 쓰다듬었다. 오늘 하루 종일 집에서 잠만 잔 모양이었다. 부러워 죽겠네. 나도 다음 생에는 고양이로 태어나게 해달라고 빌어볼까?

"슈슈. 언니 졸업할 수 있겠지?"

저의 볼에 정수리를 부딪치며 비벼대는 슈슈 때문에 재이가 웃으면서 말했다. 정말, 유선우 아니었으면 슈슈도 못 만날 뻔했지. 그럼 얼마나 외로웠을지 상상만 해도 끔찍하다. 사실, 슈슈를 만나기 전에는 집에서 외로움을 어떻게 견디면서 지냈는지도 기억이 잘 나지 않는다. 그래서 계속 밖으로 나돌았던 것 같기도 하다. 그때는 정적만 흐르는 집에 있는 게 하루 종일 쌓인 피곤함보다 더 견디기 힘들었던 것 같다.

재이의 학교는 본가에서 꽤 멀리 떨어진 곳이었기에 입학과 동시에 혼자서 자취를 시작했다. 차라리 잘된 일이었다. 만약 본가에서 살았더라면 재이 또한 슈슈를 데려올 수 있었을지 미지수였을 테니까. 슈슈가 없었더라면 지금도 힘들어하고 있었을 거라 생각하니, 재이는 어쩐지 가슴이 뻐근해졌다. 선우도 슈슈도 재이의 삶에서 많은 부분을 채워주고 있었지만, 무얼 해도 채워지지 않는 공허함 같은 게 마음 한구석에 여전히 자리 잡고 있었다. 재이에게 외로움이란 암흑천지 같은 어둠이었다.

어릴 적부터 가족들과의 관계가 소원했던 걸 생각해보면 이렇게나 외로운 게 딱히 놀랄 일도 아니긴 했다. 부모님은 두 분 다 바쁜 회사 일 때문에 재이를 보살펴주지 못했다. 모두 무뚝뚝한 데다 건조했기에 애정 표현도 부족했으며, 가족을 포함한 타인에게 관심이 없는 사람들이었다. 그런 재이의 집안은 자연히 개인주의적인 분위기가 흘렀다. 재이의 부모님은 재이에게 관심을 가져주지 않았다. 재이의 위로 터울이 많은 언니 하나가 있었지만, 언니 역시 부모님을 닮아 마찬가지였다. 재이와 가족들 간의 거리는 마치 보이지 않는 터널 안쪽 같았다.

재이가 가장 처음으로 생생한 외로움을 느꼈던 순간은 초등학교 입학식이었다. 입학식이 끝난 뒤, 다른 친구들은 모두 엄마나 아빠의 손을 잡고서 집으로 돌아갔지만 재이는 혼자서 쓸쓸하게 돌아가야만 했다. 학교에서도, 집에 가는 길에서도, 엄마와 닮은 사람이 보이기만 하면 재이는 큰 소리로 엄마를 외치고는 했다. 물론 그게 진짜 엄마인 적은 없었기에, 어린 재이는 천국과 지옥을 끊임없이 오갔다.

초등학교 저학년 때는 매일 밤늦게까지 혼자서 집에 남아 내복 차림으로 엘리베이터 앞에서 가족들만 목 빠져라 기다렸다. 혹시라도 엘리베이터 층수가 저의 층에서 멈출까 봐, 그리고 그게 부모님이거나 언니일까 봐. 그렇게 추위를 버텨가며 가족만 기다렸던 게 기억이 났다.

"슈슈. 언니는 너 절대 혼자 안 둬. 언니가 널 얼마나 사랑하는데. 너도 알지?"

어느새 저의 가슴팍 위로 올라와 식빵을 굽고 있는 슈슈를 보며 재이가 말했다. 이제 졸업까지 한 학기밖에 남지 않았는데, 가족들이 재이를 보러 이곳에 온 적이 그간 단 한 번도 없었다. 일 년도 이 년도 아닌, 무려 사 년 동안.

어린 시절의 회상으로 시작된 재이의 아픈 기억은 현재까지 곁가지를 쳐대고 있었다. 부모님은 자신에게 무관심하다. 부모님은 자신을 다른 부모들만큼 사랑하지 않는다. 한

번 알아버린 사실은 결코 지워지지 않았다. 그 사실을 처음 깨달았을 때부터 지금까지, 진흙 덩어리 같은 게 재이의 가슴을 꽉 짓누르고 있었다.

　재이가 부모님에게 애정 어린 무언가를 갈구할 때마다, 그들은 애정 대신 물질로 대신하려고 했다. 사람들이 그렇게 무정하니까 내가 애정결핍으로 자랄 수밖에 없었던 거야. 재이는 자신의 활발하고 밝은 성격도 어쩌면 그로 인해 형성된 걸지도 모른다고 생각했다. 처음부터 이렇게 잘 웃거나 주위에 사람이 많은 성격도 아니었다. 제 기억에 따르면, 유치원에 다닐 때까지만 해도 낯을 많이 가리고 부끄러움도 많이 탄 것 같았다. 그런데 초등학교에 입학하면서부터 장난기가 많은 성격으로 변했다. 그렇게 하면 친구들이 저를 좋아해주었다.

　재이는 어떻게 하면 사람들로부터 사랑을 받을 수 있는지를 스스로 터득했다. 사람을 대할 때 항상 진심으로 대하고, 상대방을 배려하며, 재밌는 이야기를 하면서 저와 있는 시간을 편안하게 만들면 되었다. 그렇게 살아오다 보니 자연스럽게 인기가 많아지게 되었지만, 그것과는 별개로 재이가 극복해야 하는 부분 또한 분명했다.

　재이는 핸드폰을 집어 들어 가족들의 전화번호를 쭉 훑어

보았지만 전화를 걸 수 있는 사람은 아무도 없었다. 부모님은 전화를 받을지도 모르겠고, 설령 받는다 한들 반응도 미적지근한 데다 귀찮아하기만 할 게 뻔하니까. 아니면 언니한테라도 전화를 해볼까 싶었지만 이내 그 생각도 접었다. 가정이 생기면서 안 그래도 바쁜 언니가 신경 쓰게 하고 싶지는 않았다. 가족의 애틋함이라는 건 대체 어떤 걸까.

사실, 이따금씩 선우가 부러웠다. 저와 같이 있을 때마다 지겹도록 울려대는 핸드폰이 부러웠고, 엄마의 간섭에 대한 선우의 푸념이 부러웠다.

"너 프랑스어 진짜 잘한다. 살다 왔어?"

문득 선우에게 처음으로 말을 걸었던 순간이 떠올랐다. 솔직하게 말하자면, 첫인상이 워낙에 날카로웠던 터라 말을 붙이는 게 조금 무서웠다. 귓바퀴에 피어싱은 뭐가 또 그리 많은지, 동물로 치자면 늑대를 닮았다고 생각했다. 선우는 자연스러운 생머리와 얼굴 옆선을 따라 내려오는 옆머리가 매력적이었고, 차가운 눈매는 차분해 보이면서도 어딘가 슬퍼 보여서 저도 모르게 마음이 갔다.

"아…… 엄마 또 왔어."

재이가 선우의 단과대학으로 놀러 갔을 때, 선우가 창밖을 바라보며 말했다. 선우의 착잡한 시선 끝은 하얀색 외제

차 한 대를 향하고 있었다. 모던하고 우아해 보이는 세단이었다. 어떤 일 이후로 엄마가 저를 불신하기 시작했다며, 수업이 끝날 때가 되면 한 번씩 저렇게 멋대로 자신을 데리러 온다고 했다. 재이는 선우가 말하는 그 '어떤 일'이라는 게 무슨 일을 말하는 건지 궁금했지만 묻지 못했다. 그리고 최근에서야 알게 되었다. 영국으로 강제로 유학을 보내려는 엄마 때문에 대판 싸웠다고.

선우와 은희의 내막을 자세히 알지 못했던 시기의 재이는 그것도 다 사랑이고 관심이지 않을까 생각했다. 유선우네 엄마가 집착이 좀 심해서 그렇지. 비뚤어진 사랑이라고 해야 하나, 아무튼 뭐 그런 게 아닐까 싶었다. 저도 제대로 된 사랑을 받아본 경험이 없어서 그때는 잘 몰랐다.

선우의 사정을 모두 알고 나서는, 선우에게 부러운 마음을 가졌다는 사실조차 선우에게 상처가 될 것만 같아서 미안했더랬다. 가장 친한 친구인 선우가 그렇게나 속박당하고 상심하면서 살고 있는지 몰랐다는 사실에, 스스로가 부끄러워지기도 했다.

"아줌마는 살면서 선우가 그렇게 웃는 거 본 적 있으세요?"

은희에게 대들었던 순간은 지금 생각해도 머리가 잠시 어떻게 됐던 것 같다. 그런데 선우를 쥐 잡듯 잡다 못해 자신까지 통제하려 드는 은희를 보고 있자니 배알이 꼴려서 참을 수가 없었다. 미술계에서 방점을 찍었다는 사람이 자식 사랑에는 왜 저리도 미숙한가 싶었다. 처음 봤을 때는 마치 고요한 호수 같아 보이는 사람이었다. 물결 하나 일지 않는, 잔잔한 호수. 적어도 저의 손에 전자 담배를 거칠게 쥐여주며 빈정대기 전까지는 그랬다.

만약 우리 엄마가 항상 나를 통제하려 들었다면 그걸 사랑이라고 볼 수 있었을까. 재이가 상념에 젖었다. 아니, 그건 사랑이 아니었을 것이다. 지금 선우가 느끼는 것처럼. 그리고 지극히도 무심한 것 또한 사랑이 아니겠지. 지금 내가 느끼는 것처럼. 결국 오늘도 힘든 기억들이 재이의 머릿속을 들쑤시며 지나가고 있다.

재이는 굳이 자신의 이야기를 자세하게 털어놓지 않았지만, 선우는 이미 다 알고 있었던 것 같다. 저가 얼마나 텅 빈 감정과 싸우면서 살고 있는지. 그런 자신을 이해해주는 사람은 선우밖에 없었으니까. 아마도 우리는 비슷한 결핍에 이끌려서 친해진 게 아닐까. 비슷한 아픔이 있으니까 서로의 부족한 점을 채워줄 수 있었던 거지. 유선우는 과한 관심, 나는 과한 무관심. 그 사이에는 애정결핍이라는 공통점이 있었으리라.

"어떻게 보면 우리 둘 다 금이 간 수저를 물고 태어난 거야."

금수저 은수저가 아니다. 재이가 우스갯소리로 말했을 때 선우가 공감하며 웃었다. 우리 둘 다 녹록지 않게 살아왔네 정말, 그치? 재이의 물음에 선우가 고개를 끄덕였다. 막상 둘 다 웃고는 있었지만 아마 속으로는 부대가 껴서 마음이 울렁거렸을 것이다.

그래도 우리 그거 숙명이라고 여기지 말자. 같이 극복해 보자. 나는 너랑 슈슈 만난 것만으로도 충분히 기적 같으니까. 재이가 서글픈 미소를 지으며 뒷말을 덧붙였다. 선우와 서로의 아픔을 공유할 때마다, 마음이 물에 불어 터진 휴지처럼 물크러졌다.

지금이야 선우와 슈슈가 저의 곁에 있어주니까 버티고야 있지만 문득 오랜 시간이 지난 후에도 잘 버텨낼 수 있을지 두려워졌다. 유선우가 영국으로 아예 떠나버리면, 슈슈가 고양이 별로 떠나버리면…….

쓸데없는 생각인 것 같아 재이가 고개를 저었다. 그래도 선우와 슈슈를 만난 것처럼 기적은 계속되겠지. 그럴 수 있을 거야.

"슈슈. 너 어디 가지 말고 언니 곁에만 있어. 나랑 같이 행복해야 돼. 알았지?"

슈슈의 야옹 소리와 함께 재이의 목소리가 허공으로 흩어졌다. 재이가 슈슈를 끌어안자 따스한 온기가 재이의 몸으로 전해졌다.

#

선우는 조형물 표면을 다듬다 말고 잠시 방진 마스크를 벗었다. 요즘은 작업을 할 때마다 계속 이런 식이었다. 디테일 작업을 하는데 넋이 나가거나, 통 집중이 되지를 않았다. 기어이 장갑까지 벗어 던진 선우가 마른세수를 하면서 앓는 소리를 냈다. 그토록 하고 싶었던 조소인데, 지금은 죽도록 하기 싫었다.

선우의 졸업 작품은 미켈란젤로의 다비드상을 모티브로 한 조각상이었다. 선우가 자발적으로 선택한 주제가 아니라 은희의 강요로 시작한 것이었다. 어째서 다비드상이어야 하느냐고 물었을 땐, 은희답지 않은 모호한 대답이 돌아왔다. 그야 다윗이 하나님께 순종했으니까.

미켈란젤로는 대리석으로 조각을 했으니 너는 유리 섬유

로 재해석을 해라, 조소는 창의성이 중요하니까 흔해 빠진 진부한 작품이 되면 안 된다. 은희가 지겹게 했던 말들이 선우의 귓가를 맴돌며 끊임없이 괴롭혔다. 반강제로 정해진 작품 주제는 선우가 원하는 작업물이 아니었다. 선우는 이 작업 과정이 즐겁지도, 보람차지도 않았다. 그러다 보니 작업 속도는 자연히 더뎌졌으며 작품을 확인하러 오는 은희에게도 늘 모진 말을 들어야 했다.

네가 만든 건 신성한 다윗이 아니라 그냥 돌덩어리야, 유선우. 칼처럼 날아와 저를 찌르던 은희의 말이 또다시 떠올랐다. 그나마 작업실이 시원해서 망정이었다. 이 한여름에 야외 작업실에서 땀을 뻘뻘 흘리다 그런 말까지 들었더라면, 아마 견디지 못했을지도 모른다.

"여기 근육을 생동감 있게 표현해. 살아 있는 것처럼."

항상 명확한 요구를 하는 은희였지만, 이번만큼은 자신이 하고 싶은 대로 표현해보았다. 이 작품은 도저히 내 작품이라고 볼 수 없어⋯⋯ 이렇게 정도 안 가는 작품은 처음이란 말이야. 선우가 속으로 생각했다. 유리 섬유로 조각할 때의 거친 느낌을 좋아했던 선우는 은희의 요구보다 덜 매끈하게 조형물을 작업했다. 미묘한 차이니까 이 정도는 눈치채지 못할 거라 생각했다.

한 달에 한 번이 아닌 일주일에 한 번씩 작품을 확인하러 오겠다는 은희의 통보 이후로, 선우는 사람이 많은 시간대를 피해서 일부러 늦은 밤에 작업을 하기 시작했다. 날이 갈수록 작업을 시작하는 시간은 점차 늦어졌고, 어느새 오늘은 밤 열한 시를 향해 가고 있었다. 여기에는 은희가 시키는 대로 해야 하는 몇 가지가 더 있었다. 자정 전까지는 칼같이 귀가해야 했으며, 작업실에 있다는 연락을 은희에게 한 시간에 한 번씩은 해야 했다. 밤늦게까지 작업을 해도 작품을 같이 준비하던 사람들이 한두 명씩 있기 마련이었는데, 어쩐지 오늘따라 작업실에는 선우 혼자만 남았다.

조금만 더 작업하다가 집에 가야겠다, 선우가 혼잣말을 하며 힘없이 방진 마스크를 다시 쓰려 했을 때였다. 뒤에서 저의 이름을 부르는 차가운 목소리가 들려왔다. 깜짝 놀라 뒤를 돌아보니 그곳엔 은희가 서 있었다. 어쩐지 무언가 뒤통수를 찌르는 느낌이 들더라니.

"이 늦은 시간에 어쩐 일이세요?"

"나도 조금 전에 퇴근했어. 갤러리 전시 때문에 요즘 골치가 아파."

은희가 선우에게 한 걸음씩 다가오며 말했다. 은희의 시선은 이미 선우가 아닌 작품에 꽂혀 있었다. 그러고는 작품

위에 더께로 쌓인 분진 가루를 옆에 있던 장갑으로 툭툭 털어내기 시작했다.

은희가 한 달에 한 번씩 선우의 작업실을 방문하면 같이 작업하던 동기가 선우의 이름을 대신 불러주고는 했다. 밖에 너희 어머니가 오셨다는 말과 함께. 선우는 그럴 때마다 저에게로 집중되는 시선이 싫었다. 은희에게 혼나고 나면 괜찮냐고 물어봐주는 동기들의 걱정이 미치도록 창피했다.

선우의 조각상은 무겁고 컸기 때문에 집에서 작업을 할 수도 없었다. 집에 커다란 작업실이 있었지만, 만약 집에서 작업을 하게 된다면 은희에게 온종일 시달려야 할 게 뻔했다. 그렇다고 학교에서 작업을 하자니 은희가 학교에 오는 게 싫었다. 진퇴양난이었다.

게다가 실내 작업실은 외부인도 출입 금지인데, 어떻게 저리도 아무렇지 않게 4학년 작업실을 들락날락거리는 건지도 알 수 없었다. 암묵적인 것인지 아니면 합의가 된 것인지, 다른 사람들도 은희를 저지하지 않았다. 저지하지 못한 게 맞는 거라고 해야 할까. 웃기지도 않는 노릇이었다. 자신이 지도 교수였다면 진작에 자존심이 상해서 참을 수 없었을 것이다.

"유선우, 엄마한테 뭐 할 말 없어?"

"뭐…… 뭐가요?"

"여기 이 부분, 생동감 있게 표현하라고 말하지 않았어? 내가 너한테 어려운 거 시킨 거야?"

은희의 반응은 예상했던 것과 별반 다르지 않았다. 다른 때와 다름없이 오늘도 싫은 소리를 퍼붓기 시작했다. 질감의 미묘한 차이를 어떻게 눈치챘는지 작품을 훑어보자마자 그것부터 지적하기 시작했고, 이래 가지고 유학은 꿈도 못 꾼다고 말했다. 정작 선우는 가고 싶지도 원하지도 않았던 유학이었다.

"내가 너 프랑스 데려가서 작품들 보여줬던 거, 다 헛짓거리였니?"

은희가 냉소를 지으며 말했다. 선우는 이제 은희가 하는 말마다 죄다 골이 났다. 정말 원하는 주제에 대해서는 고민해볼 기회조차 주지 않았으면서, 왜 이리도 화를 내는 건지 알 수 없었다. 고개를 푹 떨군 선우는 얼굴을 들지 못했다. 은희의 얼굴을 보게 되면 환멸감에 눈물이 날지도 모른다고 생각했다.

선우는 원하는 주제로 작품을 준비하던 친구들과 재이가 생각났다. 부러운 마음이 들었다. 특히 재이는 시각디자인학과이니만큼 USB와 노트북 하나만 덜렁 들고 다니고는 했다. 그 모습이 어찌나 다른 세상 이야기 같고 샘이 나던지.

"너는 대체 왜 엄마 말을 안 듣는 거야?"

"······죄송해요."

"너처럼 자기 뜻대로만 하는 애가 어떻게 다비드상을 조각할 수 있겠어? 다윗은 하나님께 순종했기 때문에 그분의 은혜를 입을 수 있었던 거야. 네가 이렇게 대충하려는 게 눈에 보일 때마다, 네가 어쩌다 내 자식으로 태어난 건지 정말 모르겠어."

은희의 말 한마디 한마디가 선우의 마음을 짓찧어놓았다. 선우는 그 말들이 너무 무참하고 쓰라려서 덜컥 울고 싶어졌다. 울지 않으려 이를 악다물어 보았지만, 은희의 마지막 문장에서 결국 눈물이 터졌다. 저의 작품이 형편없어서가 아니었다. 자신의 존재 자체를 부정해버리는 은희의 말 때문이었다. 마음이 끔찍하게 아팠다. 그렇게 따지면 자신이 딸로 태어난 것도 신의 뜻이라 여기고, 그 사실에 순응해서 받아들여야 맞는 게 아닐까 싶었다.

선우는 은희를 원망하면서도 늘 은희의 따뜻한 미소를 원했다. 모든 사람이 다 가질 수 있는 은희의 미소를, 왜 정작 저만이 가질 수 없는 것인지 알고 싶었다. 다른 사람들에게 지어주는 은희의 미소는 마치 늦겨울의 얼어버린 눈도 서서히 녹여내는 봄볕 같았다. 그럴 때마다 선우는 무던히도 애를 썼다. 자신도 그 따스한 봄볕을 쬐고 싶었다. 그러나 선우에게 돌아오는 건 항상 식어버린 봄볕의 온기였다. 이미 꽃샘추위가 지나가고 있는 차가운 온기.

작업실 바닥으로 선우의 눈물이 한 방울씩 뚝, 뚝 떨어졌다. 은희가 보는 앞에서 우는 건 아주 오랜만이었다. 참으려 했던 눈물이 터지자 선우는 눈물을 닦아야겠다는 생각도 하지 못했다. 그렇다고 은희가 저의 눈물을 알아주길 바란 것도 아니었지만, 이렇게나 아예 모른 체하길 바란 것도 아니었다.

"유선우. 에베소서 6장 1절 읊어 봐."

선우가 속으로 한숨을 삼켰다. 또 시작이다, 또. 선우가 은희에게 못마땅해하는 모습을 보일 때마다 은희는 이렇게 성경 구절을 읊도록 강요하고는 했다. 심지어 저 구절은 이미 너무 많이 읊는 바람에 이제는 다 외워버린 상태였다.

"……자녀들아 주 안에서 너희 부모에게 순종하라, 이것이 옳으니라."

선우가 울먹거리는 목소리로 간신히 구절을 내뱉었고, 이내 아멘이라는 은희의 대답이 들려왔다. 선우가 이를 부드득 갈았다. 은희가 신앙적으로 강요하는 순간마다 선우는 식도를 타고 신물이 끓어오르는 것 같았다. 자신에게 순종하는 것이 곧 신에게도 순종하는 것이라는 말을 하고 싶은 걸 테지. 엄마는 완전히 교조주의에 빠져 있는 거야.

이번 졸업 작품은 종교적 의미가 담겨 있어서 그런지 은희는 평소보다 더 집착적인 면모를 보였다. 작품을 평가할 때마다 성경책을 들이밀면서 이 구절을 잘 읽어보라는 둥, 하나님을 신뢰하는 게 작품에서 느껴져야 하는데 네 작품에선 그런 게 전혀 느껴지지 않는다는 둥, 은희는 계속해서 선우를 짓눌러댔다. 이제는 부모에게 순종하라는 구절에 이어 다윗과 관련된 성경 구절까지 외워버리게 생긴 선우였다.

"먼저 갈 테니까, 작품 좀 더 손보고 집에 알아서 와."

선우는 더 이상 작업을 할 기분도 상태도 아니었지만, 차라리 잘됐다고 생각했다. 은희의 차를 타고 집으로 같이 가는 동안 끝없이 쓴소리를 들을 바에야, 작업실에 혼자 남겨져 생각을 정리하는 게 비교할 수 없을 만큼 더 나았다.

선우가 말없이 고개를 끄덕였다. 선우의 눈언저리에 위태롭게 매달려 있던 눈물이 떨어지면서 다시 바닥을 적셨다. 엄마와 나 사이에 웃음이 많았던 날이 있기는 있었나. 설령 있었다 한들 이제는 안개 속에 파묻혀서 다시는 되돌아갈 수 없을 것 같다.

그 순간 은희가 손을 뻗어 선우의 머리를 살짝 쓰다듬었다. 선우는 은희의 이런 모습들 때문에 은희를 거역할 수 없었다. 화를 낼 만큼 내고, 마지막엔 조금이나마 달래주는 식. 야구장에 다녀와서 은희와 대판 싸웠던 다음 날에도 이랬다. 은희가 전날 밤 집어 던졌던 응원 도구 중 망가진 것은 버려져 있었고, 멀쩡한 것들은 다시 정리되어 있었다. 유니폼은 아예 사라졌길래 꼴도 보기 싫어서 버렸나 싶었는데, 알고 보니 빨래를 한 뒤 저의 침대 위에 깔끔하게 개어두었던 게 아닌가.

곱게 갠 유니폼은 선우의 마음을 어수선하게 만들었다. 이럴 때마다 엄마를 미워하고 싶어도 완전히 미워할 수 없었다. 엄마가 사랑했던 그 남자를 알게 되었을 때처럼. 차라리 그때 내 앞에서 깽판을 친 채 그대로 놔뒀더라면, 지금도 모진 말들만 내뱉고 차갑게 가버렸더라면, 그랬더라면 그냥 온전히 엄마를 미워할 수 있었을 텐데. 그럴 수도 없게 됐잖아. 이것도 어쩌면 엄마의 기술 중 하나일까? 나를 잘 길들이기 위한.

"다음 전시 기획 때 네 졸업 작품도 전시할 생각이야. 그러니까 지금보다 더 열심히 해. 아무 작품이나 전시될 수 있는 곳이 아니니까."

핏발이 선 선우의 눈이 휘둥그레졌다. 은희는 그게 큰 특권인 것처럼 말했지만, 선우는 전시를 원하지 않았다. 자신의 이름을 내걸고 어딘가에 전시하고 싶은 작품이 결코 아니었다. 선우는 싫다고 대답하고 싶었다. 그러나 목구멍에 걸린 말은 끝내 밖으로 나오지 못했다. 애초에 저에게 선택권 따위는 없을 테니까.

선우는 은희에 의해 제 모습을 잃어가고 있었다. 마치 밀랍과 불처럼. 선우는 그중에서도 밀랍이었다. 선우는 그렇게 피가 타들어가는 마음으로 은희가 떠나가는 뒷모습만 지켜보고 있을 뿐이었다. 역시 나는 엄마를 이해할 수 없을 거야. 엄마가 아무리 외롭고 불행한 사람이라 하더라도.

#

은희는 몸을 양쪽으로 한 번씩 돌리며 전신 거울을 들여다보았다. 하이넥의 소매가 짧은 검은색 티와, 종아리를 반 정도 덮는 모카색 스커트를 입은 은희는 다시 한번 옷매무새를 다듬었다. 그러고서는 진주 귀걸이와 은목걸이, 가는 손목시계까지 착용하고 나서야 나갈 준비를 완전히 끝마쳤다.

선우는 저보다 일찍 집을 나섰다. 일주일에 한 번씩 작업실을 방문하겠다는 말에 마음이 조급해진 모양이었다. 은희라고 해서 시간이 남아도는 건 아니었다. 교수로서 그리고 어머니로부터 물려받은 갤러리의 소장으로서 해야 할 일들이 아주 많았다.

차에 올라타 학교로 향하던 은희는 신호등에 빨간 불빛이 들어온 사이 잠시 차를 세웠다. 사실 선우가 저를 따라 미술의 길을 걷게 되리라고는 생각지 못했었다. 정확히 말하자면 조소를 하게 될 줄은 꿈에도 몰랐다고 해야 할까. 그런데 벌써 대학을 졸업한다며 졸업 작품을 준비한다니. 그게 기특하기도 하고…….

초록 신호가 켜지자 은희가 다시 차를 출발시켰다. 선우가 조소를 전공하고 싶다고 처음으로 말했을 때가 생각났다. 그런 선우를 낳았을 때와, 그보다 전, 부모님의 강요로 결혼했을 때. 그리고 그보다 더 전……. 한번 밀려 나온 기억은 터진 둑처럼 소용돌이치듯 밀려 나왔다.

"항상 하나님께 봉사하는 마음으로 살아가야 한다. 알고 있지?"

은희의 어머니는 깊은 신앙심을 가진 사람이었다. 어머니는 은희가 교리에 무조건적으로 따르도록 통제하고는 했다. 어머니에게 있어서 은희의 결과물은 신앙심의 척도였다. 은희가 해낸 모든 성취들은 하나님 덕분에 잘된 것이라 말했고, 은희가 해내지 못한 모든 실패와 좌절 들은 신앙이 부족해서 그런 것이라 말했다.

  은희의 아버지는 유명한 화백이었다. 그는 유화로 이름을 널리 알린 서양화가였으며, 어머니는 작품을 보는 눈이 탁월한 갤러리 소장이었다. 은희는 아버지의 재능과 어머니의 안목을 모두 물려받아 뛰어난 미술 감각을 가질 수 있었다. 딱 하나 문제가 있었다면, 그런 은희의 능력이 어머니의 성에는 차지 않았다는 것이었다.

  "이런 형편없는 그림은 미술계에서 쳐주지도 않는다."

  은희가 고등학생이었을 때, 어머니가 유화용 나이프로 은희의 캔버스를 북북 찢으며 말했다. 푸른 하늘에 데이지 꽃밭을 그린 유화였다. 뒷말을 덧붙이는 어머니의 말투에는 가시가 비어져 나왔다.

  "더 정진해야 해. 네 아버지 작품 보면서 드는 생각이 없니? 내 갤러리에 걸린 작품들 보면서 드는 생각이 없어?"

  그 말은 곧 은희에게 이렇게 말하는 듯했다. 더 완벽해야 해.

  은희에게는 형제자매가 없었다. 그래서였을까, 은희에 대한 어머니의 기대는 날이 갈수록 높아져만 갔다. 은희는 모든 면에서 완벽해야만 했다. 예술에서도, 신앙에서도. 어머니에게 인정받기 위해서 그리고 자신의 가치를 증명하기 위해서. 은희는 끊임없이 스스로를 억압하고 억눌러야 했다.

그렇다고 해서 속을 털어놓을 만한 친구가 있는 것도 아니었다. 외동딸로서 평생을 압박당하고 강요당하며 살아온 은희는 다른 사람에게 마음을 쉽게 열지 못했고, 늘 방어적으로 상대를 대하기 일쑤였다. 그러다 보니 또래 친구들과 어울리는 건 점차 어려워졌다.

신앙은 은희를 유일하게 위로해주었다. 은희가 의지할 수 있는 대상은 가족도, 친구도 아닌 신뿐이었다. 그런 은희에게 신앙은 단순히 '믿음'을 넘어서는 것이었다. 그렇게 자신의 감정과 욕구를 무시하는 습관이 몸에 밴 채 고등학교를 졸업한 은희는 프랑스로 떠났다. 명문 미술 학교로 진학하기 위함이었다.

"Ton œuvre est magnifique(네 그림 정말 아름답다)."

드로잉 수업을 마쳤을 때였다. 처음 보는 남학생이 은희에게 다가와 갑작스러운 칭찬을 건넸다. 키가 171센티미터인 자신이 한참을 올려다봐야 할 정도로 키가 큰 학생이었다. 그는 곱슬거리면서도 부스스한 금색 머리와 반짝거리는 푸른색 눈동자를 가지고 있었다. 은희가 학창 시절 자유를 선망하며 그렸던 하늘처럼.

"Et toi aussi(그리고 너도)."

그가 웃으며 말했다. 깜짝 놀란 은희의 눈이 번진 잉크처럼 확 커졌다. 이내 은희의 심장은 경고를 알리는 북소리처럼 둥둥 울렸다. 그런 낯간지러운 말은 태어나서 처음으로 들어보는 것이었다.

그의 이름은 마티유였다. 마티유 르블랑Mathieu LeBlanc. 은희의 시선은 어느새 그의 얼굴에 붙박인 채 머물렀다. 아마 그의 푸른 눈동자를 처음 봤을 때부터였을 것이다.

그는 깊숙한 눈매와 감은 듯한 눈꺼풀이 나른해 보이는 게 매력적인 남자였다. 또 적당히 각진 턱선과 광대뼈 아랫부분이 살짝 패여 있어, 얼굴의 윤곽이 더 뚜렷하고 입체적으로 보였다.

그는 2학년 필수 수업이었던 드로잉 수업을 은희와 같이 들었다. 은희는 회화를 전공했는데 그는 조소를 전공하는 학생이었다. 또래 친구와 쉽게 어울리지 못하는 은희와 달리, 그는 사람들과 쉽게 어울렸으며 작품에 자신이 표현하고 싶은 것을 모두 표현하고는 했다. 마티유의 작품은 거칠면서도 섬세했고, 작품을 통해서 자아를 해방시키는 것처럼 보였다. 그게 은희가 가장 좋아하는 부분이었다.

자유로워 보이는 마티유의 모습은 은희에게 있어서 새로

운 세계였다. 은희가 마티유에게 매료되는 것은 시간문제였다. 늘 정해진 길만을 걸어왔던 저로서는 상상도 해볼 수 없었던 것이 마티유의 인생이었으니까.

"우리 오늘 수업 빠질래?"

마티유와 가까워지고 몇 주 정도가 더 지났을 때였다. 수업이 시작되기 전, 강의실 앞에서 마티유가 은희의 손을 잡아 오며 장난스럽게 물었다. 수업을 빠지자고? 은희가 휘둥그레진 눈으로 되물었다.

"응, 오늘은 실습도 평가도 없는 날이잖아."

"그래도 그렇지……."

은희는 태어나서 단 한 번도 수업을 일부러 빼먹은 적이 없었다. 은희는 망설여졌다. 이래도 되는 걸까? 만약에 부모님이 이 사실을 알게 된다면 나는 어떻게 되는 걸까. 그렇지만, 부모님이 알 수 있는 방법은 없잖아. 그리고 나도 마티유처럼…… 자유로움이라는 게 뭔지 한 번이라도 경험해보고 싶어.

은희가 머뭇거리며 대답을 못 하는 사이 마티유가 다시 한번 말을 건넸다. 네가 원하지 않으면 가지 않아도 돼. 은희는 마른침을 삼켰다. 지금이 아니라면 또 언제 경험해볼 수 있을까. 그래, 그럼 우리 어디로 갈까? 은희가 다정하게 웃으며 대답했다.

　은희는 마티유와 학교를 빠져나와 몽마르트 언덕으로 향했다. 마티유는 사크레쾨르 대성당 앞 잔디밭에 앉아 각각 그리고 싶은 것을 그리자고 했다. 그다음엔 서로에게 그림을 선물해주자며.

　"이런 거구나, 자유라는 건······."

　은희가 끝없이 펼쳐진 하늘을 내다보며 중얼거렸다. 은희는 언덕에 앉았을 때 보이는 풍경을 그리기로 했다. 하늘이 마치 마티유의 눈동자 색깔만큼이나 파랬다. 자유를 처음으로 경험한 은희는 마음속 어딘가가 꿈틀거렸다.

　얼마나 지났을까, 마티유가 장난기 어린 미소를 지으며 다 그렸느냐고 물어왔다. 은희는 고개를 끄덕였다. 마티유가 그린 그림은 은희의 초상화였다. 게다가 다른 표정도 아닌 은희가 환하게 웃고 있을 때의 모습이었다. 마티유의 그림을 찬찬히 훑어보고 있을 때, 마티유가 다른 무언가를 건네며 말해왔다. 이번에는 사뭇 진지한 목소리였다.

　"널 좋아해."

　깜짝 놀란 은희가 그 어떤 말도 하지 못한 채 입을 앙다물었다. 숨결은 밭게 흐트러졌고, 두 볼은 석류처럼 발그레 번져나가는 것만 같았다. 마티유가 주얼리 케이스를 건넸다.

얼떨떨하게 케이스를 건네받은 은희가 조심스럽게 그걸 열었을 때, 안에는 진주 귀걸이가 들어 있었다. 늘 단정한 너랑 잘 어울릴 것 같았어. 마티유가 한 번 더 말했다.

"마티유, 내가 왜 좋았어?"

"음…… 넌 웃을 때 눈이 초승달 같아지거든."

그게 뭐야, 은희가 어이없다는 듯 배시시 웃어 보였다. 정말로 마티유가 그려준 저의 눈은 초승달을 연상시켰다. 내가 웃을 때 이런 표정을 짓는구나.

은희는 입술을 달싹거리다가 이내 마티유의 고백을 받아들였다. 저도 이미 마티유를 좋아하고 있었으므로.

"다음에는 센강으로 가자."

"다음에도 수업 안 들어갈 거야?"

"뭐, 하루 정도는 더 빠져도 괜찮지 않을까?"

사실, 너랑 같이 있으면 뭐든 좋아. 그게 수업이라 해도. 마티유가 싱그럽게 웃으면서 말했다. 마티유의 웃는 얼굴에 볼우물이 팰 때마다, 은희는 또 한 번 사랑에 빠졌다.

마티유는 은희의 이름을 부를 때 '유니'라고 불렀다. 프랑스에서만 쭉 살아온 마티유는 은희의 이름을 정확하게 발음하기 어려워했다. 은희는 그마저도 좋았다. 마티유만이 불러주는 애칭처럼 느껴졌다.

"교회는 계속 잘 나가고 있지?"

하지만 이따금 한국에서 걸려오는 어머니의 전화가 은희의 숨을 조여왔다. 네, 잘 나가고 있어요. 은희가 불안하게 떨리는 목소리로 거짓을 말했다. 마티유와 보내는 시간이 많아지면서 자연스럽게 예배도 자주 빠지게 되었다. 마찬가지로 기도하는 시간도 줄어들었다.

어머니와의 전화를 끊고 힘없이 침대에 걸터앉은 은희는 그동안 마티유와 있었던 일들을 떠올려보았다. 수업을 빠지고 몽마르트 언덕을 갔을 때, 그리고 센강을 갔을 때. 에펠탑이 한눈에 보이는 루프탑 바에서 술은 입에도 대지 말라던 어머니의 가르침을 처음으로 어겼을 때.

은희는 마음 한구석이 따끔거렸다. 이게 죄일까? 내가 지금 죄를 짓고 있는 걸까. 난 그저 자유로워지고 싶었을 뿐인데. 이제야 그 꿈을 이룬 것만 같은데, 그것도 죄가 되는 걸까. 은희는 신에게 기도를 해보려 했지만, 복잡한 머릿속 때문에 기도가 더 이상 이어지지 않았다.

시간이 흘러 마지막 해인 5학년이 끝날 무렵, 졸업 작품 전시회가 열렸다. 은희의 작품과 마티유의 작품은 같은 미술관에 전시되었고, 전시회 기간 중 졸업 축하 파티도 열렸다. 그동안 어머니의 가르침들을 많이 어겨왔다. 특히 마티유와 같이 있는 순간만큼은 그런 가르침들을 애써 생각하지 않으려 했다.

파티가 열리는 스튜디오에 먼저 도착한 은희는 마티유를 기다리면서 벽에 기대어 샴페인을 홀짝거리고 있었다. 이제 정말로 졸업이었다. 은희는 졸업을 하면 잠시 한국에 다녀올 생각이었다. 부모님을 만나지 못했던 시간만큼 부모님과 함께 시간을 보내면서, 석박사 과정을 밟을 학교를 준비하려고 했다.

"Tu m'attends depuis longtemps(오래 기다렸어)?"

은희가 멍한 눈으로 생각에 잠겨 있을 때였다. 익숙한 목소리와 함께 마티유가 은희의 앞에 나타났다. 은희가 해사하게 웃으며 고개를 저었다. 스튜디오에서는 음악이 흘러나오고 있었고, 마티유는 은희의 허리에 팔을 두른 뒤 다른 손으로는 은희의 손을 맞잡아왔다. 은희 역시 샴페인 잔을 들고 있던 손으로 마티유의 한쪽 어깨를 꼭 끌어안았다.

마티유에게는 늘 좋은 향기가 났다. 숲 냄새, 나무 냄새……. 혹시 우디한 향수를 뿌리느냐고 물어보자 마티유는 향수를 뿌리지 않는다고 말했다. 그럼 그냥 너한테서 나는 향기네. 은희는 마티유의 품에 얼굴을 묻을 때마다 맡아지는 자연스러운 향기가 좋았다.

이번에는 마티유가 은희의 이마에 저의 이마를 살며시 맞붙여 왔다. Je t'aime. 느릿느릿하게 그루브를 타던 마티유가 입 모양으로 사랑한다고 말했다. 처음 봤을 때처럼 소년 같았던 마티유는 남자가 다 되어 있었다. 그도 그럴 것이, 마티유와 만난 지 어느새 삼 년이 넘었으니까. 이제는 그와 미래를 기약하고 싶었다.

"Quand je reviens de Corée, On va se marier(나, 한국 다녀오면 우리 결혼할까)?"

은희가 마티유의 귓가에 속삭였다. 스튜디오의 분위기는 점점 무르익어 가고 있었다. 시끌벅적한 공간임이 틀림없는데, 은희는 이상하리만치 마티유와 단둘이 있는 것처럼 느껴졌다.

결혼 이야기는 처음으로 꺼내보는 것인지라, 은희는 호흡하는 것도 잊어버린 사람처럼 마티유의 대답을 기다렸다. 마티유는 은희의 말에 얼굴을 더 가까이 했다. 은희의 숨결이 마티유의 입술에 닿을 만큼 가까운 거리에 있었다.

"Oui, bien sûr, mon amour(당연하지, 내 사랑)."

마티유가 씩 웃으며 은희의 입술에 가볍게 입을 맞추면서 대답했다. 은희는 들고 있던 샴페인 잔을 테이블 위에 올려놓은 뒤 마티유를 두 팔로 꽉 끌어안았다. 은희의 붉은 눈자위에서 무언가 볼을 타고 흘러내렸다. 그게 눈물이었다는 걸 은희는 조금 뒤에야 알았다. 마티유와 결혼이라니 꿈만 같았다. 마티유와 결혼해서 아이를 낳는다면, 그 아이는 누구를 더 닮았을까. 그리고 그 아이는 어떤 이름을 갖게 될까.

우리가 아이를 가지면 어떤 이름으로 하고 싶어? 은희가 물었다. 글쎄, 같이 생각해볼까? 마티유가 대답했다. 졸업 전시회가 끝나는 날까지 각자 생각한 아이의 이름을 이야기해보자고. 딸인지 아들인지 모를 테니까, 중성적인 이름으로 지어보는 게 어떻겠냐고. 은희는 한국 이름을, 마티유는 프랑스 이름을 지어오기로 했다.

졸업 전시회가 끝나는 날, 은희가 먼저 꺼낸 이름은 '선우'였다. 마티유는 순수하고 빛나는 사람이니까, 마티유와의 아이도 그렇게 자랄 수 있기를 바라는 마음에서 착할 선善 옥돌 우玗, 선우로 지었다.

마티유가 지어온 이름은 'Éden(에덴)'이었다. 에덴동산을 의미하면서, 순수함과 평화로움이라는 뜻을 담고 있는 이름이었다. 우리가 아이를 낳게 된다면, 그 아이는 선우 르블랑 혹은 에덴 르블랑으로 불릴 것이다.

마티유의 이름은 신의 선물이라는 뜻이었다. 은희는 이제서야 신으로부터 응답을 받은 것이라고 생각했다. 마티유는 자신을 위해 신께서 보내주신 선물이라 확신했다. 너무 들뜬 나머지 술에 취한 채 부모님의 전화를 받기 전까지는.

#

 태어나서 처음 들어보는 아주 무서운 목소리에 은희의 몸이 그대로 얼어붙었다. 그제야 아차 싶은 마음에 각성이 되면서 거짓말처럼 술이 깨는 것만 같았다. 빠른 시일 내에 당장 한국으로 들어와라, 그렇지 않으면 자기가 프랑스에 찾아갈 것이다. 계속되는 어머니의 차가운 어조에 은희의 심장이 빠르게 쿵쿵거렸다.
 결국엔 학위 수여식이 열리기도 전에 한국으로 돌아가는 비행기 표를 급하게 끊어야 했다. 마티유에겐 집에 급한 사정이 생겼다고 둘러댔다. 한국으로 돌아가는 비행기 안에서도 은희는 저의 가슴을 끊임없이 다독이며 되뇌었다. 괜찮아, 졸업식 전에 다시 돌아오면 되니까. 원래 한국에 다녀오려고 했던 예정이 조금 앞당겨졌을 뿐인 거니까. 그다음엔 마티유와 결혼하면 되는 거니까······.
 한국에 도착한 은희가 캐리어를 끌고 본가에 들어서서 어머니와 마주친 순간이었다. 공기를 찢는 소리와 함께 은희의 고개가 한쪽으로 돌아갔다. 맞은 뺨이 얼얼했다. 목구멍부터 가득 차오른 서러움이 기어이 눈가를 축축하게 만들었다. 그리고 삽시간에 두려워졌다. 자유를 선망했던 때로 다시 돌아가게 될까 봐.

"너 도대체 어디서 뭘 하고 다니는 거야?"

은희는 아무런 대답도 하지 못했다. 무얼 하고 다니느냐는 말에 달리 할 말도 없었다. 대학생이 하고 다닐 만한 것들을 충분히 하고 지냈을 뿐이다. 은희의 침묵에도 불구하고 어머니의 마뜩잖은 파상 공세는 계속해서 이어졌다. 어릴 적부터 취하지 말라는 교리를 가르치지 않았느냐부터 시작해서, 부모 알기를 우습게 안다, 하나님께 죄송해서 어찌해야 할지를 모르겠다…….

"공부하라고 프랑스까지 보내놨더니, 경건하게 생활하지는 못할망정……."

어머니가 혀를 쯧 차며 말했다. 은희가 목울음 소리를 간신히 억눌러가며 힘겹게 입을 뗐다.

"프랑스에서 결혼하고 싶은 사람이 생겼어요."

"뭐?"

어머니의 손바닥이 바들바들 떨렸다. 마치 은희의 뺨을 한 번 더 내려치고 싶은 마음을 꾹 참고 있는 사람처럼.

"그놈 때문에 술도 취할 때까지 마시고 그런 거였구나. 그렇지?"

"그 사람 때문이 아니라 제가 원해서 그랬어요."

"긴말 필요 없다. 헤어지거라."

어머니는 자기가 볼 수 없는 곳에서 그놈과 문란하게 놀 것이 분명하다고 말했다. 딱 보니 교회도 성실하게 다니지 않을 놈인 게 뻔하다면서, 은희네 가문에 불명예를 안기게 될 것이라고 했다. 심지어는 이미 봐둔 남자가 있다는 어이없는 말까지 했다. 도대체 누구 마음대로 사람을 미리 봐둔 것일까.

"못 헤어져요."

"고은희."

"결혼할 거예요."

"넌 이게 정녕 하나님의 뜻이라고 생각하니?"

지금 네가 말하는 꼴을 보아하니 교회도 제대로 안 나가고 있겠구나. 뒤따라오는 어머니의 말들이 은희의 가슴을 쿡쿡 찔렀다. 그리고 마티유와 만나는 동안 마음 한켠에 몰래 숨겨두었던 죄책감 같은 것들이 스멀스멀 피어오르기 시작했다. 정말로 내가 신의 뜻을 어겨서 그런 감정을 느꼈던 거라면, 정말로 그랬던 거라면 어떡하지.

"네 고집 하나 때문에, 우리 가족 모두가 하나님께서 약속하신 구원을 잃게 될 거야. 책임질 수 있겠니?"

고함을 치며 괴로워하는 어머니의 모습을 보니 무언가 잘못된 것 같았다. 이대로 부모님으로부터 버림받게 된다거나, 영영 저의 가치를 인정받지 못하게 될까 봐 겁이 났다.

신의 뜻이라는 게 도대체 무엇일까. 한 가지 의문이 소라 껍데기처럼 계속해서 머릿속을 빙빙 맴돌았다. 그와 동시에 마티유와의 미래가 점점 희미해져 갔다. 프랑스로 다시 떠나기 전, 부모님께 결혼 허락을 받고 가족들과 행복한 시간을 보내려 했다. 그랬던 은희의 기대가 완전히 산산조각 나는 순간이었다.

나 하나 때문에 내 부모님이 구원받지 못하게 된다. 내가 신의 뜻을 거역하고 있어서. 그렇게 생각하게 된 시점부터 은희는 며칠 내내 마티유에게 연락하지 못했다. 어디서부터 어떻게 말해야 할지도 알 수 없었고, 연락할 엄두도 나지 않았다.

졸업식 직전까지도 연락이 닿지 않자 결국엔 마티유가 직접 한국에 왔다. 연락이 안 되는 은희가 걱정됐다는 이유에서였다. 오랜만에 본 마티유의 얼굴은 은희가 사랑했던 사람의 모습 그대로였다. 다시 만난 순간부터 쭉 어두운 표정을 짓고 있는 저 때문인지, 마티유의 얼굴 위로도 불안감이 연기처럼 퍼져나가는 게 보였다. 그럼에도 마티유는 웃음을 잃지 않으려 하는 것 같았다.

"Séparons-nous(헤어지자)."

돌연하게 헤어지자는 말이 떨어지자마자 마티유의 얼굴이 달빛처럼 창백하게 변해갔다. 그와 동시에 미소를 머금고 있던 마티유의 입꼬리가 일그러졌다. 헤어지자는 그 짧은 한마디를 내뱉는 것조차 숨통이 조여온 탓에 목소리가 가늘게 떨렸다. 깊은 침묵이 흘렀다. 마티유는 이유도 묻지 못하고 망연하게 저를 바라보고만 있었다. 말 대신 눈물이 그의 눈가를 적시며 서서히 번져나갈 뿐이었다.

"생각해보니까, 난 프랑스에서 살고 싶지 않아. 한국에서 계속 살고 싶어."

"내가 한국으로 올게. 계속 네 곁에 있을게."

"아니."

은희가 마티유의 말을 잘라먹으며 눈을 내리뜬 채로 아까보다 더 단호하게 말했다.

"한국에 있는 동안 네 생각이 한 번도 안 났어. 이제 네가 싫어진 것 같아."

은희는 눈물을 참기 위해 이를 악물고 말했다. 이를 어찌나 세게 악물었는지 이 사이사이가 아팠다. 게다가 눈가라도 붉어질 게 두려워 두 눈에 힘을 꽉 주어야 했다.

마티유는 그런 사람이었다. 자신이 싫다고 하면 절대로 강요하지 않는 사람. 사랑하지 않는다고 말하면 절대로 저를 붙잡지 않을 거라는 것을 은희는 알고 있었다. 그리고 이게 그를 위한 마지막 배려라며, 스스로를 위해 가증스러운 위로를 했다.

그는 이번에도 마찬가지였다. 네가 싫어졌다는 말에 더 이상 자기를 사랑해달라고 강요하지 않았다. 마티유는 말없이 은희의 발끝으로 시선을 내렸다. 얼마나 황당하고 비참할까. 이 먼 곳까지 날아와 사랑하는 여자에게 듣는 소리가 고작 이딴 소리라니.

"잘 지내, 마티유."

은희는 마지막 말을 남겨두고 뒤를 돌아 발걸음을 옮겼다. 행선지는 어디인지 자신도 알지 못했다. 그저 마티유와 멀어지는 것이 목표였고, 최대한 보폭을 넓게 해 발이 닿는 곳으로 무작정 걸었다. 어깨를 펴고 허리를 꼿꼿하게 세웠다. 발걸음을 앞으로 내딛을수록 절벽으로 곤두박질치는 것 같았지만 애써 아무렇지 않은 척 걸었다. 그런데도 자꾸만 종아리에 힘이 풀리려 했다.

마티유의 시선에서 멀리 벗어났을 때쯤, 은희는 바닥에 주저앉았다. 쓰러지듯 주저앉으면서 무릎을 아스팔트에 세게 찧었는지 한쪽 무릎이 쓰라렸다. 이제야 가슴 깊은 곳에서 터져 나온 눈물이 눈가에 차올랐다. 속에 맺힌 응어리가 고통스럽게 커지면서 머리끝까지 얽혀들어 갔다. 외마디 비명을 지르고 싶었다. 욱신거리던 무릎의 통증이 무뎌질 만큼.

마티유는 신의 선물이라는 뜻이었지. 그런데 신은 내게서 선물을 다시 앗아가버린 셈이었다. 그게 아니면, 애초부터 그가 신이 내게 주신 선물이 아니었거나.

"안녕하세요 은희 씨. 유지훈입니다."

은희는 결국 부모님이 정해준 사람과 사랑 없이 결혼했다. 연애 기간도 아주 짧았고, 아이도 곧바로 가지게 되었다. 자신의 행복을 위해서라도 부모님의 결정에 따르는 것이 신의 뜻이라고 여겼다. 그게 모두가 구원받을 수 있는 길이라고 생각했다. 아니, 그렇게 생각'해야만' 했다. 타오르는 불길에 사그라드는 얼음 조각처럼, 폭풍 속의 나뭇잎처럼. 은희는 그렇게 부모님의 결정에 속수무책으로 휩쓸려가고 있었다.

지훈은 은희에게 감정적으로 의미를 가지는 사람은 아니었지만, 그의 얼굴이 마티유를 닮았다는 사실은 은희에게 큰 의미가 있었다. 지훈의 깊숙한 눈매와 부드럽게 각진 턱선이 마티유를 떠오르게 했으므로. 마티유가 동양인이었더라면 분명히 이런 느낌이었을 것이다. 하지만, 하지만 이제 와서 이게 다 무슨 소용이란 말인가. 남편이 마티유를 닮았지만 그는 결코 마티유가 되지 못하는데.

지훈은 저보다 일곱 살이 더 많은 대학병원 의사였다. 집에 들어올 수 있는 날이 손에 꼽았다. 아이를 가진 은희를 보살펴주고 싶어도 그럴 수 없는 사람이었다. 은희는 아이를 품고 있는 동안 긴긴 외로움과 홀로 싸워야만 했다. 그럴수록 마티유에 대한 은희의 그리움은 더 커져만 갔다. 무의식적으로 마티유가 떠오르고는 했다.

'오늘도 집에 못 들어오는 거야?'

문자를 보낸 뒤 몇 시간 동안 지훈에게서 답장을 기다렸지만 끝내 연락이 오지 않았다. 나중에 듣기로는 너무 바빠서 답장하는 것을 잊어버렸다고 했으나, 그 말이 은희의 외로움을 책임져줄 수는 없었다.

그래, 워낙에 일이 바쁜 사람이니까 그 정도는 이해할 수 있었다. 하지만, 자신이 아이를 낳는 순간까지 곁을 지켜주지 못했던 건 아무리 생각해도 이해할 수 없었다. 그는 끝까지 가족보다 자신의 일이 더 중요한 사람이었다.

은희와 지훈의 아이는 딸이었다. 은희는 아이의 이름을 엄마인 자신이 직접 짓겠다고 나섰고, 그렇게 아이의 이름은 선우가 되었다. 마티유에 대한 회한이 담기지 않았다고 한다면 거짓말일 것이다. 애초에 은희는 아이에게 선우라는 이름을 붙인 것이 지훈에게 못할 짓이라는 걸 알았다. 지훈이 아닌, 진정으로 사랑했던 사람과 약속했던 이름이었으니까. 하지만 죄책감은 들지 않았다. 저를 먼저 외롭게 만든 사람은 지훈이었으니까.

당연한 거겠지만, 지훈과 낳은 아이 역시 마티유를 닮았다. 오히려 지훈보다도 더 마티유를 닮아서, 저와 마티유가 딸을 낳았더라면 이런 얼굴이 아니었을까 싶었다.

은희는 선우를 낳은 뒤 오래 지나지 않아 다시 프랑스로 떠났다. 은희는 선우와 떨어지고 싶지 않았다. 무엇보다 마티유와의 추억으로 가득 찬 파리에서 다시 잘 지낼 자신도 없었다. 그러나 은희는 부모님과 시터에게 선우를 억지로 맡긴 채 떠나야만 했다. 그게 바로 부모님이 말하는 '신의 뜻'이었다.

은희는 유학 기간 내내 시든 꽃잎처럼 하루하루 바짝 메말라갔다. 파리의 하늘은 푸르렀지만, 이제 그 끝없는 자유의 공간은 은희에게 텅 비고 고요하게 느껴질 뿐이었다.

"다 하나님의 뜻이야…… 하나님의 뜻."

아이를 엄마 없는 곳에 혼자 두고 왔다는 죄악감은 은희를 미치도록 괴롭히고 또 괴롭혔다. 마티유와 헤어지게 된 것도, 원치 않는 사람과 결혼하게 된 것도, 어린아이를 두고 멀리 떠나온 것도. 하나부터 열까지 자신이 원해서 선택한 것은 단 한 가지도 없었다.

그럴 때마다 은희는 울먹거리며 혼잣말을 했다. 이게 신의 뜻이라고 생각하지 않는다면, 자신이 선택한 것들의 대가를 제정신으로 마주할 수 없었을 테니까. 스스로를 세뇌하지 않는다면 정말로 미쳐버리게 될 것만 같았으니까. 지옥으로 끌려가는 것만큼이나 괴로운데도 정말 신의 뜻이 맞을까 의문이 들었지만, 그렇다고 해서 달리 방법이 있는 것도 아니었다.

은희는 자신의 선택을 정당화해야 했다. 스스로에게 용서를 구할 수 있는 수단이 필요했다.

그럴수록 신앙에 대한 은희의 집착은 더 커져만 갔다. 은희는 자신의 삶을 직면할 용기가 없는 사람이었다. 진정한 사랑과 자유를 잃은 공허함, 부모님의 기대에 부응하지 못했다는 죄책감, 사랑 없는 결혼을 한 것에 대한 허망함, 그리고 엄마로서 책임을 다하지 못하고 있다는 자기혐오까지.

'신의 뜻'은 그 모든 것에서 도피할 수 있게끔 해주는 탈출구였다.

"애가 흙 만지는 걸 좋아해. 네 남편 닮아서 공부로 성공할 줄 알았더니, 아니었나 봐."

은희가 프랑스에서 학위 과정을 마치고 완전히 한국으로 돌아왔을 때, 어머니가 말했다. 은희의 부모님은 선우가 흙을 잘 만지는 것에 대해 만족스러워하는 것 같았다.

"조소과에 가고 싶어요."

선우가 고등학교 1학년 때였던가. 그런 말을 했다. 초등학생이었을 때부터 조소에 대한 깊은 관심을 보였지만, 그럴 때마다 은희는 조소 대신 회화가 어떻겠느냐고 선우를 회유하고는 했다. 네 할아버지도 엄마도 모두 회화를 하니까 너도 그 길을 가보는 게 어떻겠느냐고.

마티유와 닮은 얼굴을 하고서 마티유의 전공이었던 조소까지 하게 된다면. 은희의 아픈 기억들이 끝없이 저를 들쑤시게 될 것만 같았다. 지금도 멈춰버린 은희의 시간 속에는 마티유가 살고 있었다.

"너 회화에도 재능 있잖아. 회화과로 가면 엄마가 많이 도와줄 수도 있고……."

"전 조소가 좋아요."

선우가 꺼져가는 불빛만큼이나 희미한 목소리로 말했다.

"아니, 회화 준비하는 걸로 하자."

이번까지 하면 총 다섯 번 정도 선우의 조소과 진학을 막는 것이었다. 저의 대답에 선우는 미간을 콱 구기며 기가 막힌다는 듯 실소가 섞인 한숨을 내뱉었다. 저를 노려보는 선우의 충혈된 두 눈엔 원망이 담겨 있었다. 저의 반응을 도저히 이해할 수 없다는 듯한 얼굴이었다.

"엄마가 뭔데요? 엄마는 나 어렸을 때 버려두고 혼자 프랑스에 있었잖아요."

선우의 반항에 은희의 심장이 철렁 내려앉았다. 프랑스에서 몇 년 동안 내리 느꼈던 죄악감이 다시 고개를 내밀었다.

"나 키워준 사람은 할머니랑 할아버지잖아요. 엄마가 나한테 그렇게 말할 자격이 있어요? 할머니 할아버지는 내가 조소 한다고 해도 좋아해주셨……."

은희는 그날 처음으로 선우의 뺨을 내려쳤다. 일순 멍했다. 때린 것은 저인데 어째서인지 피가 싸늘하게 식었다.

선우의 애처로운 눈망울에 눈물이 그렁그렁 맺혔다. 그리고는 눈을 껌뻑일 때마다 커다란 눈물방울이 뚝뚝 떨어져내렸다. 그 모습에서 어린 고은희가 보였다. 은희는 선우를 내려친 저의 손목을 자르고 싶었다. 그토록 원망스러워했던 행동이 대물림되어 답습하고 있다. 어머니도 날 때릴 때마다 이런 마음이었을까? 아니면 맞아도 싸다고 생각했을까.

 은희는 우는 선우를 보면서 그 어떤 말도, 행동도 할 수가 없었다. 그저 흩날리는 재처럼, 은희의 의식은 과거의 어머니만을 떠올리며 허공에 떠다니고 있었다.

2부

연구실에 멍하게 앉아 있던 은희가 한숨을 길게 내쉬면서 푹신한 의자 등받이에 몸을 푹 기댔다. 편안한 의자에 앉아 있었지만 은희의 마음까지 편안하게 해주지는 못했다. 얄따란 은희의 속눈썹이 흐르르 떨렸다. 새하얀 노트북 화면에는 'À Eunhee(은희에게)'라는 제목의 메일이 또렷하게 떠 있었다.

 은희, 오랜만이야.
 한국에서 교수가 됐다는 소식을 들었어.
 그곳에서 너는 잘 지내고 있을까.

난 이번 8월에 오르세 미술관에서 주최하는 현대 조각 특별전에 참가하게 됐어.

기억하고 있어? 오르세 미술관 말이야.

네가 꼭 와주었으면 좋겠어.

그때 우리가 함께 꿈꾸던 곳에서, 널 기다릴게.

자질구레한 감정들이 은희의 마음을 어지럽혔다. 왜 연락했을까, 이제 와서. 우리의 삶은 오래전에 완전히 달라졌다고 믿었는데.

별 내용도 없는 마티유의 메일을 몇 번이나 다시 읽었는지 모른다. 얼마나 오랫동안 읽었는지 두 눈이 시릴 정도였다. 마지막으로 메일에 첨부된 링크에서 특별 기획전의 소개 글을 정독하고 나서야 노트북을 덮을 수 있었다.

은희는 조용히 손끝을 어루만졌다. 단출한 메일 한 통은 오랜 기억을 뒤흔들어 놓았지만, 읽은 적 없는 것처럼 이대로 흘려보내려 했다. 그를 떠나온 지 이십 년이 넘었다. 이제 그는 저에게 바다에 젖어드는 물방울처럼 희미한 존재에 불과하다고, 그렇게 믿고 싶었다.

은희는 두 눈을 감고 그와 헤어진 뒤의 시간을 다시 머릿속에서 불러냈다. 그를 떠나면서 지우려 했던 기억과, 다른 남자와 결혼하며 어떻게든 덮으려 했던 상흔을. 그 결혼이 자신을 구원할 거라고 믿었던 시간과, 그 시간 속에서 또 한 번 자신을 무너뜨렸던 지훈의 말들을.

"이혼하자, 은희야."

지훈은 잊을 만할 때쯤 한 번씩 이혼을 말하고는 했다. 지훈은 이혼에 대한 이야기를 꺼낼 때마다 늘 은희의 완벽주의에 지쳤다고 말해왔다. 남들 앞에서 가면을 쓰고 다니면서 정작 가족들에겐 밑바닥을 보여주는 모습을 더는 참을 수가 없다고. 자신의 그런 태도들이 가족들을 야금야금 좀먹고 있는 거라고 말하면서.

"그렇게 이혼하고 싶으면 나가서 바람이라도 피우지, 왜? 소송당할 자신은 없어?"

그럴 때면 은희도 한껏 비아냥대며 지훈에게 따져 물었다. 별 같잖은 일들로 틱틱대기 시작하다가, 다짜고짜 이혼 이야기를 꺼내던 지훈이 아니꼬웠다.

"뭐라고? 너는 지금 그게 할 소리야?"

"당신이야말로 우리 선우 아빠 없는 애 만들 생각인 거잖아?"

"아빠가 없긴 왜 없어, 이렇게 버젓이 있는데! 너야말로 정말 우리 선우를 위해서 이러는 게 맞긴 한 거야?"

"우리 모두를 위한 거야. 내가 가정을 지키게 해달라고 얼마나 열심히 기도해왔는지 당신이 알기나 해? 그리고 밑바닥은 당신이 보여주고 있는 거, 그게 밑바닥이야. 선우가 보는 앞에서 날 그따위로 대하는 것도, 좋은 아빠인 척하지만 정작 선우한테 관심은 하나도 없는 것도."

말문이 막힌 지훈은 기가 차다는 듯이 하, 참, 소리를 내며 탄식만 여러 번 내뱉었다. 그때 은희는 지훈의 바람대로 순순히 이혼해줄 생각 따위 추호도 없었다. 이혼해야 하는 이유가 사랑하지 않아서라면 결혼부터 했으면 안 됐던 거였으니까. 애초에 아직까지 사랑해서 이혼하지 않는 부부가 얼마나 될까?

"게다가 이혼하면 나더러 얼굴을 어떻게 들고 다니라는 거야? 당신 때문에 창피해서 학교도 교회도 못 나갈 거야. 작품 활동은 또 어떻게 하라고?"

지훈에게 소리치며 성을 내던 순간이 은희의 머릿속에서 떠올랐다가 사라졌다. 사람은 하고 싶은 말을 맨 마지막에 한다던데, 나는 정말 우리 가정의 평화가 아니라 나를 위해서 이혼하지 않겠다고 말했던 걸까. 완벽하다고 자부하는 내 인생에 조그마한 흠집이라도 내고 싶지 않아서.

"넌 그놈의 고결한 체면 때문에 이혼도 못 하고 우릴 괴롭히고 있는 거야. 얼마 전에 선우가 뭐라고 했는지 알아? 이혼했으면 좋겠다더라. 아빠랑 둘이 살고 싶다고!"

아빠랑 둘이 살고 싶다고. 지훈에게 그 말을 처음 전해 들었을 땐, 망치로 뒤통수를 꽝하고 얻어맞은 것처럼 한참을 멎어 있었다. 한동안 아무 말도 하지 못했다. 눈을 감고 그때를 기억하던 은희의 미간이 콱 구겨졌다. 오래전 받은 충격이 아직까지 소화되지 않은 모양이었다. 말도 안 되는 일이라 생각했다. 저가 선우를 위해서 얼마나 최선을 다해 기도하며 노력하고 있는데, 자신이 아닌 지훈과 둘이 살고 싶다는 말을 했다는 게.

지훈과 싸울 때나, 크든 작든 선우에 대한 언쟁이 오갈 때, 그때만큼은 냉정을 유지하는 게 쉽지 않았다. 그 당시 은희는 당장이라도 신경이 끊어질 것만 같은 기분에 도망치듯 안방으로 들어가 문을 닫아버렸더랬다. 지훈과는 더 이야기할 가치가 없었고, 머릿속엔 오직 선우 생각뿐이었다.

은희는 고개를 가로저으며 앉은 자리에서 벌떡 일어났다. 현기증이 덮쳐 오려 했다. 쓸데없는 생각 그만하고 집에나 가야겠어. 가방에 짐을 던지듯이 쑤셔 넣고, 연구실을 급하게 나서는 은희의 반만 묶은 머리칼이 바람에 넘실거렸다. 은희의 갈색 머리칼에는 올해 생일날 선우가 선물해주었던 집게 핀이 매달려 있었다. 금색의 직사각형 모양을 한 세련된 금속 재질의 집게 핀. 은희의 취향에 꼭 맞는 것이었다. 최근 들어 피부로 느껴지는 선우와의 거리감을 부정하고 싶어서 오늘 이 집게 핀을 고른 걸지도 모른다.

그러나 학교에서 나와 차에 올라탄 은희는 차마 집으로 향하지 못했다. 집에 가고 싶지 않았다. 이 시간에는 선우도 집에 없겠지만, 이대로 집에 가면 머리가 지금보다 더 지끈거릴 게 뻔했다. 마티유의 메일과, 지난번 그의 흔적에 대해 물었던 선우의 모습이 머릿속을 떠나지 않을 것 같았다. 은희는 운전대를 두 손으로 잡은 채 이마를 핸들 중앙에 콕 박았다. 언젠가 선우에게도 말해줄 수 있는 날이 올까. 나의 가장 연약한 시절을 증명하고 있는 그에 대해서.

한동안 고개를 떨구고 있던 은희는 곧장 자신의 갤러리로 향했다. 갤러리에선 은희의 개인작 전시회가 한창이었다. 자신이 오랜 시간에 걸쳐 완성해왔던 작품들의 전시였다.

은희는 갤러리 주차장에 차를 주차한 뒤 거의 반 시간 동안이나 차 안에 머물러 있었다. 학교도 교회도 갤러리도 집도 아닌 이런 곳에 숨어 있으니 숨통이 조금 트이는 것 같았다. 아무도 고은희를 알지 못하는 곳. 교수 고은희도 교인 고은희도 화가 고은희도 엄마 고은희도 아닌 곳. 그저 내가 나일 수 있으며 아무것도 억누르지 않아도 되는 곳.

이내 은희는 자신이 이런 생각을 하고 있다는 게 어이가 없어서 헛웃음이 나왔다. 고작 갤러리 주차장에서 이런 평온함을 느끼고 있는 자신의 모습이 한없이 우스웠다. 어깨가 움직일 정도로 크게 심호흡을 한 은희가 차에서 내려 천천히 걸음을 옮기기 시작했다.

〈고은희 개인전: 구원Salvation〉

은희는 자신의 개인전을 홍보하는 현수막을 지나쳐 갤러리로 향했다. 갤러리 소장으로서 은희의 업무는 중차대한 일에 대한 통제권을 행사하는 것 정도였다. 어떤 작품과 어떤 작가를 선보일지에 대한 전시 기획을 결정하고, 오프닝 행사에 참석해서 관계자들과 네트워크를 맺는 것들. 그 외 갤러리의 복잡하고 실질적인 운영은 모두 디렉터에게 맡겨놓았다. 교수로서 작품 활동을 하는 것만으로도 충분히 바빴으니까.

은희의 갤러리 내부는 심플하고도 미니멀한 게 특징이었다. 하얀 캔버스 같은 흰색 벽과 천장에, 은은하고 부드러운 조명이 저마다 각 작품을 비추고 있었다. 바닥은 밝은 나무

재질로 되어 고급스러운 분위기를 연출했고, 벽에 걸린 작품들은 넉넉한 간격으로 배치되어 시각적인 여유로움을 주었다. 은희의 갤러리는 전체적으로 여백의 미를 강조하면서도 고요하고 차분한 분위기를 띠고 있었다.

조용한 갤러리 안에서 은희의 구두 굽 소리가 또각또각 울려 퍼졌다. 자신의 전시회에 혼자서 와본 것은 실로 오랜만이었다. 작품 하나를 볼 때마다 작업할 당시의 감정이 되살아났다. 그렇게 저의 작품들을 하나씩 둘러보던 은희의 발걸음이 하나의 작품 앞에서 멈춰 섰다.

⟨M⟩

흔들리는 눈동자로 작품을 바라보던 은희는 걸음을 더 떼지 못했다. 멀리서부터 봐도 푸른 계열의 색감이 한눈에 들어오는 작품은 단순한 파란색이 아니라 여러 층의 푸른색이 사용된 작품이었다. 맑고 투명한 하늘색에서부터 짙고 묵직한 남색까지. 색의 경계는 또렷하지 않았고 경계마다 흐릿하게 번져 있었다. 나이프로 두텁게 쌓아 올린 물감이 깊이감 있는 질감을 형성해주었고, 비로소 현재의 작품을 완성할 수 있었다.

작품 제목은 마티유의 첫 번째 글자에서 따왔다. 캔버스에 그린 모든 것은 그의 말갛고 푸른 눈동자를 표현한 것이었다. 벌써 몇십 년 전 일인지도 모르겠는데, 대체 언제까지 어제 일처럼 생생하게 느껴질는지. 삽시간에 은희의 마음에 돌풍이 휘몰아치기 시작했다.

마티유는 무슨 마음으로 메일을 보냈던 걸까. 그저 가벼운 초대였을까, 아니면 나를 다시 만나고 싶었던 걸까. 나이 든 마티유의 모습은 아마도…… 그때처럼 여전히 멋지겠지. 지금 우리 선우가 그때 마티유의 나이대와 거의 같은데, 가끔 마티유의 얼굴이 보여 혼자서 흠칫 놀라고는 하는데.

그는 여전히 저의 아픔을 자극하고 있었다. 그래서 선우의 조소를 반대했던 거였지. 그를 다시금 떠올리며 아프고 싶지 않았으니까. 하지만 모순적이게도, 선우에게 다비드상을 만들라고 강고하게 고집했던 것 또한 마티유와 관련된 이유 때문이었다. 마티유와 헤어지기 전, 마티유는 한창 다비드상을 조각하고 있었다. 다비드상을 통해 마티유는 자유를 향한 그의 자아를 해방시키려 하고 있었다.

그렇지만 은희는 마티유의 완성된 다비드상을 보지 못한 채로 헤어져야만 했다. 한국까지 와준 마티유에게 헤어지자고 말해야 했다. 그 뒤로 은희의 마음 한켠에는 미완성된 마티유의 다비드상이 남아 있었다. 그래서 그랬던 걸지도 모른다. 어차피 조소를 할 거라면, 이왕 조소를 하게 될 거라면…….

 모순덩어리. 언젠가 선우가 저에게 했던 말이었다. 그때는 선우의 뺨을 내려쳐 감히 그 괘씸한 말로부터 도망치려 했다. 하지만 지금 와서 생각해보면……. 마티유의 존재를 새까맣게 모르고 있던 선우가 그렇게 말할 정도면.

 은희는 눈을 감고 그날을 다시 떠올려보았다. 강의실 앞이 아닌 센강 선착장 앞에서 그를 만났던 날을. 진주 귀걸이가 잘 어울린다고 말해주던 그의 다정함이 여전히 익숙하지 않았던 자신을. 그저 말없이 저의 귓볼을 수줍게 매만지던 순간을.

 강물은 가을빛에 물들어 있었고, 바람에 흩날리던 그의 머리칼은 노을과 어우러져 눈부시게 빛나고 있었다. 은희는 배에 오르기 전부터 설렘으로 가슴이 두근거렸다. 유람선을 타보는 것은 처음이었다.

 유람선이 출발하자마자 차갑게 스치는 강바람에 은희가 몸을 움츠렸다. 그런 저의 어깨 위로 재킷을 조심스럽게 걸쳐주는 마티유가 보였다. 그의 손길이 목덜미에 스치면서 마음이 간질거렸다.

 유람선이 센강을 미끄러지듯 나아가며 물결이 잔잔하게

흔들렸다. 황금빛과 분홍빛으로 번진 하늘과, 강변에 쭉 늘어선 고풍스러운 건물들이 보였다. 그러나 은희의 눈에는 그 근사한 풍경이 좀처럼 들어오지 않았다. 그의 재킷에서 전해지는 은은한 향기와 온기 그리고 맞잡은 손에서 느껴지는 부드러운 촉감으로 모든 신경이 쏠려 있었다.

"저기 봐, 오르세 미술관이야."

그때 마티유가 손끝으로 웅장한 건물을 가리키며 말했다.

"우리도 언젠가 저기서 전시할 수 있을 거야."

"……그럴 수 있을까?"

은희가 자신 없는 목소리로 물었다. 듣기만 해도 꿈같은 일인데, 정말 그럴 수 있을까. 그렇게 말하는 은희의 눈동자가 강물처럼 일렁였다.

"응, 네가 먼저 전시하게 되면 꼭 나부터 초대해줘야 해."

이어지는 마티유의 자상한 몇 마디와 저의 손을 꼭 붙들어오는 모습을 보니 눈물이 날 것도 같았다. 그동안 단 한 명도 저에게 그런 말을 해준 적이 없었다.

유람선이 다시 에펠탑으로 돌아왔을 때, 마티유는 자신이 예약해둔 바가 있다며 은희를 이끌었다. 어느새 어둠이 내려앉은 거리 위로 에펠탑은 별빛 같은 불빛들로 반짝거리고 있었다. 은희는 마티유와 나란히 걸으며 스쳐 지나가는 사람들을 바라보았다. 저마다 행복하게 웃고 있었다. 은희는 문득, 자신도 지금쯤 그런 표정을 짓고 있으리라고, 거울을 보지 않아도 알 수 있었다.

마티유의 손을 잡고 들어선 바는 낮게 드리운 조명 아래, 재즈 밴드의 색소폰 선율과 사람들의 웃음소리가 듣기 좋게 어우러진 아늑한 공간이었다. 그가 예약한 자리에서는 에펠탑의 야경이 창밖으로 환히 펼쳐져 두 눈을 가득 채웠다. 이 순간만큼은 현실에서 멀리 떠나 있는 기분이었다.

"어떤 거 마실래?"

마티유와 마주 보고 앉은 은희는 메뉴판을 뚫어져라 들여다보았다. 한국에 있을 때도 술을 마셔본 적이 없었으니 와인이나 칵테일에 대한 정보가 있을 리 만무했다. 아무리 설명을 읽어보아도 감이 잡히지 않아 애를 먹고 있으니, 그런 은희를 지켜보던 마티유가 먼저 메뉴 하나를 가리켰다.

"이건 어때? 일몰을 닮아서 붙여진 이름이야."

데킬라 선셋. 유람선을 탈 때 함께 보았던 하늘과 잘 어울리는 이름이었다.

"그런데 알코올 맛이 진하게 날 수도 있어. 걱정되면 데킬라 대신 스파클링 워터를 넣어 달라고 할까?"

은희는 잠시 고민에 빠졌다. 어릴 적부터 술을 마시면 안 된다고 귀에 못이 박히게 말해왔던 어머니의 모습이 떠올랐다. 동시에, 절제는 믿음의 기본이라던 목소리도 귓가에 울려 퍼졌다. 은희가 아랫입술을 꾹 깨물었다. 단 한 번도 어머니의 가르침을 어긴 적이 없었다. 그러나 지금은 마티유와 함께 있는 순간이 어머니의 가르침보다 더 소중하게 다가왔다. 평생을 구하고 원했던, 하지만 요원하게만 느껴졌던 삶이 비로소 눈앞에 있었다.

데킬라를 그대로 마시겠다고 대답한 은희는 칵테일을 건네받은 뒤 숨을 깊게 내뱉었다. 알 수 없는 죄책감이 뭉게뭉게 떠올라 애꿎은 칵테일 잔을 한 바퀴 흔들어보았다. 노을을 닮은 색감이 잔 속에서 서서히 퍼져나가고 있었다. 색감의 경계선이 여트막해지는 것이 마치 자신과 마티유의 모습 같았다.

용기를 내 칵테일을 한 모금 들이킨 순간, 혀끝에서 퍼지는 레몬과 석류의 새콤달콤한 맛 뒤로 쓴맛이 따라왔다. 은희는 눈을 가늘게 뜨며 미묘한 표정을 지었다. 마티유는 그런 은희를 바라보다 웃음을 터뜨렸다.

은희는 마티유로 인해 모든 하늘을 사랑하게 될 것만 같았다. 그의 눈을 닮은 청신하고도 푸른 하늘과 칵테일을 닮은 찬연한 석양, 그리고 지금 그와 함께인 깜깜한 하늘까지.

마티유와 함께하는 시간이 늘어날수록 여지없이 그에게 빠지고 있었다.

"저 사람들 좋아 보인다. 자유로워 보여."

재즈 밴드의 공연을 말없이 바라보던 은희가 말했다. 무대 앞에서는 즉흥적으로 음악에 맞춰 춤을 추는 사람들이 보였다. 다른 사람들의 시선은 신경 쓰지 않고, 오로지 이 순간에만 집중하는 사람들이.

"같이 춤출까?"

마티유가 은희에게 손을 뻗으며 물었다.

"여기서? 사람들이 보잖아……."

"우리도 저 사람들처럼 자유로워 보일 거야."

마티유는 자리에서 일어나 은희의 손을 잡아 일으켜 세웠다. 어쩌다 보니 엉거주춤 일어나버린 은희는 지금이라도 다시 자리에 앉고 싶었지만, 마티유를 믿고 그의 움직임에 따라가보기로 했다. 어쩌면 술기운 때문에 용기가 생겼던 걸지도 모른다.

은희는 허리를 감싼 마티유의 팔을 느끼며 그의 어깨에 손을 얹었다. 느린 템포에 맞춰 어색하게나마 몸을 움직이는 동안, 이상하게도 모든 걱정이 사라지는 것 같았다. 사람들의 시선도, 머리를 짓누르던 죄책감도 더 이상 떠오르지 않았다. 그저 발목에 묶여 있던 족쇄가 풀리고 날아오르는 듯한 해방감만이 느껴질 뿐이었다.

재즈 밴드의 선율이 은희의 마음을 깊게 자극했다. 드럼과 베이스의 리듬은 은희의 발끝에 생기를 불어넣어 주었다. 고개를 들어 마티유와 눈을 맞췄을 때, 그의 미소와 눈빛 속에서 은희는 자유로운 자신의 모습을 다시 한번 보았다. 몽마르트 언덕에서 그가 그려 준 초상화를 보았을 때처럼.

"네가 이렇게 춤을 잘 출 줄 몰랐어."

마티유가 은희의 귓가에 낮게 속삭였다. 그의 호흡이 귀에 스치자 간지러워 웃음이 터졌다. 그제야 은희의 긴장된 어깨가 느슨하게 풀어졌다. 은희는 다시 마티유의 리드에 따라 한 걸음, 또 한 걸음 움직였다. 마티유의 품에서 포근함이 전해져 올 때마다, 은희는 세상에서 가장 안전한 곳에 있는 것만 같았다.

"교수님?"

은희가 상념에 잠겨 있을 때였다. 가까운 곳에서 저를 부르는 듯한 목소리가 들려와 고개를 돌렸다. 학과 학생 중 한 명이 저를 멀거니 보고 있었다. 학생은 은희의 얼굴을 확인하자마자 반가운 얼굴로 웃어보였다. 교수님의 개인전을 꼭 보고 싶어서 왔다는 말을 건네면서. 은희는 곧바로 다감한 표정을 지으며 학생에게 미소를 지어주었다. 고마워, 여기까지 와줘서. 학교에서 꽤 멀었을 텐데 오느라 힘들었겠다. 은희가 상냥한 말투로 대답했다.

"그런데, 구경하다 보니까 궁금한 게 생겼어요. 저기 〈나의 구원〉이라는 작품 있잖아요. 교수님 전시 주제랑 가장 밀접한 작품인 건가요?"

학생의 손끝이 은희의 작품 중 하나를 가리키고 있었다. 작품의 제목은 '나의 구원My Salvation'이었다. 저 작품이 이 전시를 열게 한 이유냐고 묻는 거라면 정답이었다. 선우를 생각하면서 그린 작품이었으니까.

선우는 은희에게 언제나 그런 존재였다. 은희는 선우를 구원해야 했으며, 그렇게 함으로써 저 또한 구원받을 수 있을 거라고 믿었다. 말하자면 중의적인 의미였다. 내가 구원해야 하는, 그리고 나를 구원해주는. 나의 구원.

"응, 맞아. 해석은 혼자 해봐. 내가 다 알려주면 의미 없잖아."

"너무 마음에 들어요. 얼마나 빠져들어서 봤는지 모르겠어요."

"정말?"

네, 저도 나중에 꼭 교수님처럼 되고 싶어요. 뒤따라오는 학생의 존경 어린 말에, 은희가 포근한 미소를 지어 보이며 학생의 어깨를 토닥거려주었다.

"나보다 더 멋진 사람이 될 수 있을 거야. 응원할게."

은희의 따뜻한 격려에 학생은 쑥스러운 듯 웃으며 감사하다는 말과 함께 꾸벅 인사를 건네고 자리를 떠났다. 은희는 또다시 깊은 생각에 젖어들었다. 어떻게 그렇게 모든 게 완벽하세요, 저도 교수님처럼 되고 싶어요……. 은희가 교수로 임용된 뒤 학생들로부터 가장 많이 듣는 말 중 하나였다.

참 웃기지. 그렇게 보이는 것처럼 완벽했더라면 얼마나 좋았을까. 인생에 흠집 하나 없는 사람이 어디 있겠느냐만은, 이렇게까지 클 필요도 없었을 텐데.

은희는 선우와 둘만 남은 뒤로도 예전처럼 행복해 보이기 위해 더 악착같이 노력해야 했다. 그런데 도대체 언제까지, 이렇게나 애가 끓는 마음으로 살아야 하는 건지 알 수 없었다. 은희가 옆머리를 귀 뒤로 넘기며 다른 작품으로 눈을 돌렸다. 헛된 생각이다. 모든 게 하나님의 뜻일 테니까, 지금 이 답답한 감정도 응당한 것이라 받아들여야 해.

조금 전보다 무거워진 발걸음으로 갤러리를 나선 은희가 하늘을 한번 올려다보았다. 하늘은 어느새 마티유와 마셨던

데킬라 선셋과 꼭 닮아 있었다. 흩어진 구름들이 은희의 두 눈을 가득 채웠다. 구름들은 연분홍색 빛에 물들어가고 있었다.

#

"헐…… 겨우 건졌다."

슈슈야 언니 성공했어! 멍하게 핸드폰 화면을 들여다보던 재이가 이내 환호를 내지르며 큰 소리로 외쳤다. 캣타워에서 식빵을 굽고 있던 슈슈는 저거 또 왜 저러나 싶은 표정으로 재이를 보고 있을 뿐이었다. 다음 주 수요일에 있을 야구 경기의 티켓팅을 정말 간신히 성공했다.

그날 경기에는 요즘 인기 절정인 걸그룹의 인기 멤버가 시구할 예정이었다. 선우도 재이도 좋아해서 자주 이야기하는 연예인이었다. 그래서인지 성공할 줄은 꿈에도 몰랐다. 예매 시간이 되자마자 예매 창에 접속했는데도 제 앞에 2만 명이 넘게 대기 중이었으니까. 밑져야 본전이라는 마음으로 그냥 한번 도전해본 거였는데……. 아무튼 중앙석이나 응원지정석은 모두 놓쳐버렸고, 외야석만 겨우 건졌다지만 그게 어디인가 싶었다. 지난번에는 경기가 연장전까지 가는 바람에 선우에게 민폐를 끼쳤지만, 이번에는 그러지 않을 자신이 있었다. 그러니까, 경기가 끝나지 않더라도 선우를 위해 경기장에서 일찍이 나올 생각이었다.

재이는 일부러 수요일이 되기까지 선우에게 아무 말도 하지 않았다. 입이 근질거렸지만, 서프라이즈로 짠! 하고서 티켓 창이 열려 있는 핸드폰 화면을 흔들어 보이려고 했다. 유선우, 분명히 좋아하겠지. 요즘 들어 스트레스를 더 많이 받는 것 같아 보였으니까. 이거 이거, 신나서 아주 폴짝폴짝 뛰어대는 거 아니야?

"나 오늘 저녁에 교회 가야 돼."

그러나 일 초 만에 돌아오는 선우의 대답은 거절이었다.

"뭐? 뭔 놈의 교회를 수요일에도 가?"

"엄마가 이번 주부터 갑자기 같이 가자고 해서……."

"야! 너 오늘 시구 누구 오는지나 알아?"

재이는 자신이 얼마나 고생스럽게 티켓팅을 성공했는지에 대해 볼멘소리로 일장 연설을 늘어놓았다. 집에 가는 길이었는데 엘리베이터를 타면 인터넷이 끊길까 봐 십 층까지 계단으로 올라가야 했다며, 정 안 되면 5회까지만이라도 보고 나오면 안 되냐며 선우의 어깨를 붙잡고 흔들어 보았다. 하지만 선우의 표정에서 어둠은 가시지 않았다. 여전히 곤

란하다는 뜻이었을 것이다. 으으, 재이가 끙 소리를 냈다. 하긴, 지난번 일 이후로 야구장에 또 가자고 하는 나도 참······. 유선우가 주저하지 않는 게 더 이상한 일이긴 하겠다.

안 그래도 수척한 선우의 얼굴이 갈수록 더 파리해지고 있었다. 그 모습에 재이는 결국 마음을 접기로 했다. 그래, 야구가 뭐라고. 고작 야구 하나로 선우에게 마음의 부담이나 짐을 지우고 싶지는 않았다.

뒤늦게 티켓을 다른 친구에게 양도하겠다고 말했더니, 선우의 두 눈이 동그랗게 커졌다. 힘들게 성공한 걸 양도를 하긴 왜 하냐며, 너라도 꼭 보러 가라고 다급하게 말하는 선우였지만, 재이는 괜찮아 괜찮아 하며 능청스럽게 대답했다. 선우와 갈 때 가장 재미있는 곳이 야구장이라, 선우와 함께가 아니라면 그다지 가고 싶지 않았다. 그래, 어차피 외야석에선 전광판도 안 보이고, 시구자도 면봉처럼 작게 보이고······ 하며 약간의 정신 승리를 하긴 해야 했지만.

"예배가 몇 신데?"

"저녁 여덟 시."

"늦게도 하네."

"수요 예배가 원래 좀 그래."

예배는 일요일에만 드리면 되는 거 아니야? 거참 신기하네. 한 번도 종교를 가져본 적 없었던 재이가 입술을 쭉 내밀며 생각했다. 너는 언제까지 엄마가 시키는 대로만 하면서 살아야 하냐고 묻고 싶었지만 그럴 수도 없었다. 지난번에 직접 만난 은희는 자신이 생각해도 보통이 아니었으므로. 그리고 선우에게 우리 같이 극복해내자고 말이야 당돌하게 해놨지만, 사실은 저도 아직까지 극복하지 못했으니…… 선우에게만 무어라 할 수도 없는 노릇이었다.

힘없이 조형관으로 다시 향하려던 재이는 갑작스럽게 훌륭한 묘안이 하나 떠올랐다. 저녁 여덟 시 예배라면 그때까지 드라이브 정도는 할 수 있는 거 아닌가 싶었다. 면허를 딴 지 삼 년 만에 검은색 SUV를 샀고, 최근에야 운전에 꽤 능숙해진 재이였다.

"그럼 그때까지 드라이브하면서 바람이라도 쐬자. 내가 여덟 시 전에 교회 앞으로 데려다주면 되는 거 아니야?"

재이가 천연덕스러운 표정을 지으며 말하자, 이번엔 선우의 얼굴이 고민하는 듯한 얼굴로 변했다. 야구장은 택도 없지만 드라이브 정도는 괜찮을지도 모른다는 얼굴이었다. 너 힘들어 보여서 그래. 시간 얼마 안 걸려. 재이가 그 틈을 놓치지 않고 잽싸게 말을 덧붙였다.

그럼 그렇게 하자. 고민 끝에 돌아온 선우의 반가운 대답에, 재이는 선우의 마음이 바뀔세라 오후 다섯 시에 단대 앞에서 만나자는 말을 남기곤 선우의 작업실을 떠났다. 각자의 일정이라고 해봤자 졸업 작품에 매달리기뿐이었지만. 과실로 돌아온 재이는 컴퓨터 앞에 앉아 콧노래를 부르면서 포토샵과 일러스트 프로그램을 켰다. 빨리 다섯 시가 되기를 바라면서.

다섯 시가 되자마자 미술관 앞에 주차된 재이의 차를 알아본 선우가 조수석에 올라탔다. 그런 선우를 보고 나서야 재이는 본격적으로 마음이 들썽거리기 시작했다. 나도 요즘 지도 교수 때문에 짜증 나서 죽는 줄 알았는데, 오늘 제대로 놀아야겠다. '제대로'라기엔 턱없이 짧은 시간이긴 하지만 아무튼. 둘은 저녁부터 먹으러 가기로 했다. 종일 작품에 쏟아낸 체력이 너무나도 컸기에.

저녁 시간이 다 되어 가는데도 이렇게나 해가 밝게 떠 있는 걸 보면, 한여름은 확실히 한여름이다. 그래도 하늘은 청명하니까 좋네. 재이는 에어컨을 온도를 조금 더 낮췄다. 우선은 이 지겨운 학교에서 벗어나는 게 급선무였다.

"뭐 먹고 싶어?"

"냉면."

"냉면? 내가 쏠 테니까 더 비싼 거 먹어도 돼."

"난 속이 답답할 때 냉면이 먹고 싶더라."

냉면? 그래 뭐 냉면. 날도 더운데 나쁘지 않지. 냉면……. 그런데 속이 답답할 때 냉면이 땡긴다는 건 지금 속이 답답하다는 말이잖아. 요즘 어지간히도 힘든 모양이네. 재이가 어깻숨을 내쉬었다. 오늘은 이 언니가 풀코스로 놀아줘야겠다고 생각하면서.

재이는 일부러 학교 근처에 있는 냉면 맛집으로 가지 않고, 학교와 꽤 멀리 떨어진 곳으로 향했다. 드라이브를 할 거라고 미리 말해놔서 그런지, 선우도 어디로 가는 거냐고 굳이 묻지는 않았다.

저녁을 빠르게 해치운 뒤, 둘은 차를 타고 강변을 달리기 시작했다. 차창을 열자 세찬 바람이 불어와 선우의 검고 긴 머리칼이 휘날렸다. 해는 아까보다 더 내려와 선우의 얼굴을 강하게 비추고 있었다. 그 햇볕에 드러난 선우의 근심 어리면서도 즐거워하는 표정이 재이의 눈에 들어왔다.

빼기는 엄청 빼더니 오늘 안 데리고 나왔으면 큰일 날 뻔했네. 그런데 야경은 못 봐서 아쉽다. 여름이라서 해가 늦게 지니까……. 그 예배라는 것만 아니었으면, 야구장은 아니더라도 어디 산성에라도 데려가서 야경을 보여주는 건데. 재이는 차로만 갈 수 있는 야경 명소를 머릿속에 그렸다. 선우에게도 보여주고 싶었지만 그럴 수 없어서 아쉬운 마음이 들었다. 그 무서운 유선우네 엄마가 그런 걸 보여줬을 리는 없고, 유선우는 차가 없으니까.

"나 이제 슬슬 교회 가야겠다. 벌써 일곱 시야."

"그래, 네비에 교회 이름 찍어 봐."

"근데 차는 갑자기 무슨 바람이 불어서 샀어?"

차를 다시 출발시키려 했을 때 갑작스레 선우가 물어왔다. 강가가 훤히 내다보이는 호젓한 강변에 차를 주차해놓고 야구 이야기와 졸업 작품 이야기 그리고 교수님 욕 같은 수다를 한참이나 떨던 참이었다. 재이는 그 순간 바로 대답하지 못했다. 차를 왜 샀더라. 따지고 보면 내가 산 건 아니고 부모님이 사주신 거긴 하지만, 내가 사달라고 조른 게 있었으니까.

"내가 얼마 전에 고속버스를 탄 적이 있었는데, 고속도로를 쌩쌩 달리는 차 안에서 밖을 보니까 기분이 좋아지는 거야. 뭐랄까, 외로움이 좀 가시는 기분? 외로움이라는 게 있잖아, 한곳에 고여 있는 감정이잖아. 그런데 그 감정에서 잠깐 멀어지는 것 같더라고."

"그 이유 때문이면 너무 가성비 떨어지는 거 아니야?"

"뭐래, 뚜벅이가. 그리고 이게 근본적인 해결책은 못 되겠지만, 임시방편으로라도 해소할 수 있는 게 어디냐?"

　재이의 말을 가만히 듣고 있던 선우가 그건 그래, 하며 고개를 끄덕였다. 재이는 잠시간 입을 달싹이다가, 너는 그동안 어떻게 지냈느냐고, 마치 오랜만에 만나기라도 한 사이처럼 물었다. 재이의 '그동안'이라는 말뜻에는 야구장 사건 이후로 어떻게 지냈느냐는 안부도 포함되어 있었다. 오늘 수요 예배에 간다는 애가 그리 울상을 짓고 있었던 걸 보면, 추측하기로는 예전보다 신앙을 더 강요당하는 모양이었다.

　"나야 뭐, 늘 똑같지."

　전혀 똑같은 것 같지 않았지만 재이는 그렇구나, 다행이네 하고 대답했다. 선우의 오른뺨에 남아 있는 가로로 길쭉한 흉터가 눈에 들어왔기 때문이었다. 나야 뭐 늘 똑같지. 선우의 그 대답은 금방 흩어질 것 같으면서도 재이의 마음에 계속해서 잔상으로 남아 있었다. 안 그래도 일요일 예배 시간 동안 엄마 옆자리에 앉아 있는 것이 억겁처럼 느껴진다고 말했었다. 그랬는데 그런 억겁 같은 하루가 더 늘어버린 셈이니, 분명 똑같을 리도 괜찮을 리도 없는데. 또 유선우 특유의 괜찮은 척을 하고 있구나 싶었지만 재이는 선우의 마음을 파헤치지 않기로 했다.

　재이와 선우는 지난한 과거와 현재를 보내고 있었지만,

결코 서로의 결핍을 외면하지 않았다. 재이는 선우의 억눌린 감정을 이해하고 있었으며, 선우는 재이의 숨겨진 외로움을 이해하고 있었다. 우리가 원하고 극복하고자 하는 것은 여전히 아스라이 느껴지기도 하지만 그래도, 언젠가는 손에 닿을 거라고 믿어야지 별수 있나.

하늘엔 땅거미가 지고, 재이가 차에 시동을 걸었을 때였다. 핸드폰을 뒤적거리던 선우의 얼굴이 삽시간에 사색이 되기 시작했다. 안전벨트를 매던 재이가 불안한 마음으로 무슨 일이냐고 묻자, 선우가 말없이 자신의 핸드폰 화면을 보여주었다. 선우의 핸드폰에는 메시지 채팅방이 켜져 있었고, 메시지를 보낸 사람은 엄마……?

'전화도 안 받고 어디서 뭐 하는 거야? 연락 보는 대로 당장 교회 앞으로 와. 너 오기 전까지는 나도 예배 안 들어갈 테니까 그런 줄 알아.'

순간 재이의 등골이 얼음으로 문지르는 것처럼 오싹해졌다. 우리가 너무 깊은 대화를 나누는 바람에 여덟 시를 넘긴 걸 몰랐나 싶었는데, 그것도 아니었다. 겨우 일곱 시 반도 안 되었다. 그런데 이게 대체 어떻게 된 일이냐고 물으니, 선우는 자신이 예배 시간을 착각했다는 사실을 이제야 알았다고 했다. 여덟 시가 아니라 일곱 시였다고. 재이는 급속도로 머리가 아파왔지만 그래도 헷갈릴 만했다는 생각이 들었다. 나라도 가기 싫은 예배 시간, 억지로 내 머릿속에 욱여넣고 싶지 않았을 것 같아서.

어쨌든 그건 그거고, 당장 교회를 향해 밟아야 하는 건 맞았으니까 재이는 급하게 차를 출발했다. 선우 또한 네비게이션에 교회의 위치를 입력했다. 교회가 지척이면 참 좋았으련만, 둘이 와 있는 강변에서 꽤 먼 곳에 위치하고 있었다. 안 막히면 삼십 분, 막히면 그 이상. 기분 전환을 한답시고 멀리까지 와버린 게 화근이었다. 그나마 퇴근 시간을 조금 넘긴 때라 다행이라고 해야 할지 모르겠다. 차가 덜 밀릴 테니.

재이가 빠르게 운전을 하면서 조심스럽게 선우의 눈치를 살폈다. 선우는 마른 입술을 혀로 축이고 있었고, 눈은 이미 번민 같은 것들로 가득해 보였다. 마치 야구장에 있다가 늦은 시간에 집으로 갔던 때의 모습과 같았다. 그때도 나 때문이었는데, 오늘도 나 때문에. 나 때문에 유선우가 이렇게 불안에 떨고 있다.

재이는 가슴이 꽉 막힌 듯 답답했다. 이상했다. 원래 이 속도로 달리면 잠깐이나마 해소되고는 했었는데, 지금은 왜 조금도 해소되지 않는 걸까.

"엄마 전화 받지 마."

"왜?"

"전화 받으면 전화로도 혼나고 만나서도 혼나야 되잖아."

징징 울려대는 선우의 핸드폰을 보며 재이가 말했다. 웃자고 한 소리는 아니었는데 선우는 입꼬리를 끌어올렸다. 그러고는 정말 저의 말대로 전화를 받지 않는 것이었다. 심지어는 핸드폰을 무음으로 변경하고 백팩 안으로 집어넣었다. 아무것도 확인하고 싶지 않은 모양이었다. 드디어 강심장이 된 건가? 아니, 그럴 리 없지. 저렇게 덜덜 떨며 손톱을 물어뜯고 있는데.

그나저나 유선우네 엄마도 진짜 웃기네. 먼저 들어가서 혼자 예배드리고 있으면 될 것이지, 유선우가 올 때까지 자기도 안 들어가겠다는 말은 또 무슨 유치한 고집이야? 진짜…… 메시지 내용 보기만 해도 얼마나 꼬장꼬장한 사람인지 알 것 같아. 재이가 고개를 작게 내저었다.

재이와 선우가 교회 앞에 도착한 시간은 예배 시간을 한참 넘긴 여덟 시 오 분 전이었다. 이 정도면 이미 예배가 끝났느냐고 물으니, 아마 끝나기 직전일 거라는 대답이 돌아왔다. 교회 야외 주차장에선 미술관 앞에서 한 번씩 보았던 하얀색 외제 차가 보였다.

"저거 너희 어머니 차 맞지? 한 시간을 저기서 기다리신 거야?"

"설마⋯⋯. 그래도 들어가서 예배드리고 있지 않을까?"

"그치, 들어가셨겠지?"

재이가 차에서 내려 은희의 차가 주차된 곳으로 뛰어갔다. 그리고 운전석 앞에서 양손으로 손차양을 하고서는 차창 안을 들여다보았다. 아직 하늘이 완전히 깜깜해지지도 않았는데 차창이 새까매서 안이 보이질 않았다. 야, 너네 엄마 차 썬팅 왜 이렇게 진해? 하고 선우에게 물었을 때였다.

"또 너야? 이젠 놀랍지도 않다, 정말."

굳게 닫혀 있던 차창이 스르륵 내려가더니 은희가 웃는 얼굴로 말해왔다. 재이는 혼절할 만큼 놀란 나머지 하마터면 뒤로 나자빠질 뻔했다. 분명히 웃는 얼굴로 말하고 있는데 결코 웃는 사람 같지 않았다. 겉으로는 부드러워 보였지만, 표정이고 말투고 늘 의뭉스럽지 않은 적이 없었다.

차 문을 열고 내리는 은희를 보면서 재이는 몇 발짝 뒤로 물러섰다. 은희는 여전히 미소를 유지하고 있었다. 저의 앞이라서였을까? 아니, 그럴 리가 없다. 저 때문이라기보다는 아마 교회 앞이라서 그런 것일 테다. 재이가 고개를 오른쪽으로 틀어 선우를 보았다. 선우는 이미 얼어붙은 채 꼼짝도 하지 못하고 있었다.

\#

"너는 엄마 말이 우스워 죽겠지?"

은희가 팔짱을 낀 채로 선우를 내려다보며 물었다. 그동안 은희를 몇 번이나 마주쳤고, 그럴 때마다 늘 저렇게 무서운 표정이었지만, 오늘만큼은 어딘가 달랐다. 지금처럼 잔인할 정도로 차가운 표정을 짓는 건 재이도 처음이었다.

그러다 재이는 뒤늦게 생각났다. 은희가 가장 싫어한다고 했던 게 뭐였는지. 바로 예배 시간을 어기는 것. 그 이야기를 처음 들었을 때까지만 해도 하여튼 특이하다고 생각하고 말았다. 교회를 열심히 다니는 사람들은 으레 그러는 법인가 했다. 오늘 저 때문에 예배 시간을 어겨 선우가 은희와의 약속을 그르치기 전까지는.

"내 갤러리에 네 졸업 작품 전시하겠다고 했잖아. 그 말이 무슨 뜻인지 모르겠니?"

"엄마, 제발……. 옆에 재이도 있잖아요."

"그게 지금 무슨 상관인데? 그게 싫었으면 애초에 잘못을 하질 말았어야지."

선우가 난처한 얼굴로 은희의 격앙된 말투를 어떻게든 저지해 보려 했지만, 그럴수록 은희의 표정은 점차 이지러질

뿐이었다. 어찌나 표정이 싸늘한지, 심지어는 표독스러워 보이기까지 했다.

선우가 수치스러워하고 있다는 게 느껴지자 재이는 지금이라도 자리를 벗어나야 하는 건지 고민이 됐다. 제삼자인 자신이 껴 있기엔 너무도 곤혹스러운 분위기였고, 가시방석이 따로 없었다. 하지만 내가 여기서 자리를 뜨면, 그러면 유선우는 어떻게 되는 거지.

"내가 나 좋자고 이러는 건 줄 알아? 다 너를 위해서 이러는 거야. 너 잘되라고. 너도 네 할아버지랑 엄마처럼 작품 활동해야 할 거 아니야. 그런데 너는 엄마 마음 하나도 모르고 그렇게 놀러 다니기만 하잖아?"

은희는 쉴 새 없이 선우를 몰아붙였고, 선우는 큰 죄를 지은 사람처럼 시선을 땅바닥에만 처박고 있었다. 엄마와의 약속 시간에 한 시간이나 말없이 늦은 건 우리가 잘못한 게 맞다. 그렇다고 해서 이렇게까지 자기 딸에게 모욕을 주는 게 맞는 건가? 이게 정당한 훈육이라고 볼 수 있나? 그것도 단둘이 아닌 친구 앞에서 치욕을 안겨주는 게 맞느냐는 말이다. 훈육이라 하기에도 웃긴 게, 유선우는 어린애도 아니고 성인이다. 재이는 계속해서 이 상황에 대해 생각해봤지만, 골백번을 생각해봐도 너무 이상했다.

"주님께 항상 기도해. 너 같은 애가 어째서 내 딸로 태어난 건지 알려달라고. 도대체 무슨 뜻이 있으셔서 네가 그 사람을 닮고⋯⋯."

은희가 말을 잇다 말고 말끝을 흐리며 고개를 돌렸다. 그 사람을 닮고. 재이는 은희가 무슨 말을 하는 건지 이해가 가지 않아서 선우를 보았다. 그러나 선우는 그런 말 따위 들리지도 않는다는 듯 주먹을 하얗게 질릴 만큼 꽉 쥐고 있었다. 그런 선우의 주먹이 바들바들 떨리고 있었다.

이내 선우가 고개를 번쩍 들어 은희를 쳐다보았다. 선우의 눈빛은 참담함이라든지 비탄 같은 것들에 빠져 있었고, 입술은 잔뜩 말라 갈라져 있었다.

"나도 내가 왜 엄마 딸로 태어났는지 모르겠어요."

"뭐라고?"

입만 간신히 벙긋거리고 있던 선우가 드디어 입을 열었다. 금방이라도 무너져버릴 것 같은 사람처럼, 불안하게 흔들리는 목소리였다. 선우의 쥐어짜낸 목소리 끝에서는 쇳소리 같은 게 났다.

"내가 제일 엄마 딸로 살기 싫어요. 엄마는 나를 낳는다는 선택권이 있었지만 나는 태어나고 싶어서 태어난 것도 아닌데. 그냥 그 남자랑 결혼하지 그랬어요! 나 같은 거 태어나지도 않게……."

선우의 말이 끝나기도 전에, 기어이 은희의 손바닥이 선우의 뺨에 달라붙었다. 재이의 머릿속이 하얗게 변해갔다. 마치 하얀 물감을 풀어놓은 것처럼. 선우가 뺨을 맞는 그 순간, 모든 움직임이 늘어지면서 영원히 이어지는 것만 같았다. 아무런 생각도 들지 않았다. 재이의 시야는 점점 선우를 향해서만 좁아지고 있었다. 그 사람, 그 남자…… 이게 다 무슨 이야기일까. 유선우가 가끔 내게 무언가를 말하려다 말았던 순간들과 관련이 있는 걸까.

"미쳤구나, 유선우. 할 말 못 할 말 가릴 줄도 모르고……. 질 떨어지는 애랑 노니까 네가 이렇게 망가지는 거야. 이제 알겠어?"

은희가 재이를 곁눈질로 건너다보며 말했다. 어느새 은희의 목소리도 선우 못지않게 흔들리고 있었다. 이내 은희의 경멸하는 눈빛이 재이의 시야로 덮쳐왔다. 그 눈빛에는 저를 향한 멸시가 섞인 것 같기도 했다.

눈물을 꾹꾹 눌러 참던 선우의 어깨가 결국 흔들렸다. 이제 엄마한테 뺨을 맞아도 아무렇지 않다고 지난번에 얘기해줬었는데. 왜 울지. 왜 울까. 재이는 너무 당혹스러운 나머지 바보 같은 생각에 빠져들었다.

그야 엄마한테 뺨을 맞는 게 아무렇지 않을 리 없으니까 우는 거잖아. 그냥 유선우답게 괜찮은 척을 한 것뿐이야. 게다가 지금은 친한 친구 앞에서 맞은 거니까, 그러니까,

"선우 망치고 있는 건 아줌마예요."

그 말을 내뱉었을 때쯤 재이의 정신은 이미 가물거리고 있었다. 하지만 이런 엄마가 정상일 리 없다는 자신의 직관을 믿고 내지른 말이었다. 지금쯤 유선우가 얼마나 큰 모멸감과 굴욕감에 휩싸여 있을지 알고 있으니까.

이제 선우가 힘들어하는 모습을 보는 일에는 진력이 났다. 저렇게 수심에 엉망인 얼굴을 나더러 대체 언제까지 보라는 건데. 저 천 길 낭떠러지에 있는 애를. 선우를 지켜주지는 못할지언정 적어도, 선우를 이대로 놔두면 안 된다는 것 정도는 알았다. 선우의 아픔을 눈앞에서 목도하는 것도 고통스러웠지만 그렇다고 외면하는 건 더 못 할 짓이었다.

"넌 무서운 게 없나 보다."

은희의 한기 어린 어조에 재이가 움찔했다. 무서운 게 없나 보다? 그런 말을 굳이 저에게 하는 이유가 뭘까. 자신의 권위를 내세워 저에게 겁이라도 주려는 걸까. 만약 그런 거라면, 유선우네 엄마가 지금 가장 바라고 있는 건 내가 움츠러드는 모습이겠지. 재이가 마른침을 꿀꺽 삼켰다. 그래, 무

서운 거 없는데 뭐 어쩌라고.

"아줌마는 뭐가 그렇게 무서워서, 본인 마음대로 안 되면 선우를 괴롭히는 거예요?"

재이를 바라보는 은희의 시선에선 어디서 같지도 않은 게 말대꾸냐는 속마음이 비어져 나오는 듯했다. 숨 막히는 팽팽한 긴장감이 둘 사이에 맴돌았다. 불에 덴 듯 재이의 심장이 빠르게 뛰었다. 눈물은 목구멍을 간질였고, 알 수 없는 무언가는 가슴을 압박해왔다.

"사실은 아줌마 마음이 제일 지옥인 거죠? 그러니까 애가 죽어가는 것도 모르고 그렇게 신만 찾고 있는 거잖아요."

이제는 저도 모르겠다. 이제 와서 내뱉은 말을 무르기도 한참 늦었으니, 저의 입이 나불거리는 대로 그냥 두는 재이였다. 설마 생판 남인 저를 때리기야 할까 싶었다. 아니, 차라리 때렸으면 좋겠다고도 생각했다. 은희의 이중성이 역겨웠다. 그러면 신고를 해서라도 교수고 화가고 아무것도 못 하게 할 수 있을 텐데.

그런데 제일 친한 친구 엄마를 그렇게 정 없이 신고해버려도 되나? 난 유선우가 비밀을 지켜 달라고 부탁해서, 저 여자의 본모습을 그동안 누구에게도 말하지 않고 있었는데. 사실 내가 다른 사람에게 폭로한다 한들, 저 여자가 지금껏 쌓아온 페르소나가 너무나도 견고했기 때문에 소용이 있을지도 미지수였다.

재이의 말에 은희가 순간적으로 미간을 일그러뜨렸다. 할 말이 있는 듯 더듬거리는 입술 끝이 살짝 떨리는 것처럼 보였지만, 은희는 곧바로 표정을 다잡으며 평소처럼 부드럽게 미소 지으려 했다. 그게 어딘가 어그러진 미소라는 걸 이제 재이는 알 수 있었다.

"그래, 할 말 다 했니?"

머리칼을 귀 뒤로 넘기는 은희의 손끝이 조금 떨리는 것 같아 보이는 건 기분 탓이었을까. 은희는 재이를 업신여기는 말투로 대화를 끝내려 들었다. 그때, 예배가 끝난 건지 교회에서 사람들이 하나둘씩 나오기 시작했다.

은희는 선우의 손목을 잡고 조수석으로 세게 이끌었다. 선우는 은희를 따라가지 않으려 나름 몸에 힘을 주는 것 같았지만, 우느라 진이 빠졌는지 그대로 끌려갔다. 은희는 선우를 조수석에 밀어 넣은 뒤, 자신도 운전석 자리에 들어가 앉고는 신경질적으로 차 문을 닫았다.

"잘 들어, 네가 선우를 망치는 거야."

그리고 열린 차창으로 재이에게 나지막이 말한 뒤 차를 출발했다. 재이는 그 하얀색 차가 저의 시야에서 완전히 사라질 때까지 자리에 붙박여 있었다. 은희의 차가 시야에서 사라지고, 그제야 두 다리에 힘이 풀린 재이는 하마터면 바닥에 주저앉을 뻔했다. 쿵쿵대는 심장을 애써 진정시키며 재이가 저의 차에 올라탔다. 그러나 요동치는 심장은 좀처럼 가라앉지를 않아서, 한동안 차를 출발하지 못했다.

재이는 저의 왼쪽 가슴께를 문지르며 조금 전에 있었던 일들을 차근차근 복기했다. 왜 그렇게까지 부아가 치밀어 올랐던 걸까. 분명한 건 야구장에 갔던 날보다 은희에게 더 큰 반발심이 들었다는 것이다. 유선우가 뺨 맞는 모습을 코앞에서 봤으니까 당연히 그랬겠지. 그런데 그 이유가 다가 아닌 것 같다는 생각이 자꾸만 들었다.

결국 재이는 또 하나의 결론에 도달할 수 있었다. 유선우가 오늘 어떻게 해서든 엄마의 심기를 거스르지 않으려고 노력한 게 눈에 보였으니까. 오늘뿐만이 아니라 지금까지 모든 세월을 그랬으니까. 그런데도 돌아오는 건 너 같은 게 왜 태어났냐는 말이나 뺨을 때리는 행동이었으니까.

재이는 아까 들먹거리던 선우의 쓸쓸한 어깨에 자신의 과거가 겹쳐 보였다. 입학식에 저의 부모님만 오지 않아 혼자 울던 모습, 엘리베이터 앞에서 가족들을 기다리다가 외로움에 눈물이 터진 모습, 수학여행에 다녀오면서 부모님에게 선물할 기념품을 사 왔지만 좋아하기는커녕 돈 아깝다는 타박을 들었을 때, 상처받은 그 어린 한재이의 모습.

그리고 여전히 부모님의 사랑을 갈구하고 있는 스물세 살 멍청한 한재이의 모습.

그 순간 깊은 깨달음이 밀려왔다. 자신이 선우에게 자신을 투영하고 있었다는 사실을 알았다. 엄마 때문에 힘들어하는 선우를 구해주면, 마치 과거와 현재의 자신을 지켜주게 되는 것만 같아서. 그래서.

유선우와 나의 공통점이 또 있었구나. 둘 다 사랑받기 위해, 인정받기 위해 고군분투했지만 돌아오는 건 결국 고통뿐이었다는 점. 내가 그랬듯, 유선우도 엄마와 같이 있을 때 행복해 보였던 순간이 단 한 순간도 없었으니까.

사랑받으려고 아무리 몸부림쳐봤자 부모님은 우리가 원하는 방식으로 우리를 사랑해주지 않는다. 평생 갈구해온 것을 종내에도 얻을 수 없다는 사실이 피부로 와닿았다.

재이는 유리 파편처럼 사방으로 튀어 나갔던 생각들을 한데 모았다. 대신 우리는 우리 자신을 스스로가 원하는 방식대로 사랑해줄 수 있어. 그러니 이제 그 사랑에 더 이상 매달리지 말고 내려놓아야 해. 그 덧없는 갈망이 지금까지 우리를 괴롭혀온 거잖아.

고개를 든 재이가 차창 너머로 보이는 십자가를 혼곤한 정신으로 바라보았다. 사람들은 예배 시간에 무얼 할까. 뜬금없이 그런 생각이 들었다. 도대체 신이 뭐길래 다들 정해진 시간에 이곳에 모이는 것이며, 유선우네 엄마는 그렇게도 길길이 날뛰었던 걸까. 생각해보니 아까 유선우네 엄마가 그랬지. 항상 기도한다고.

그러면 사람들은 신에게 각자 원하는 바를 기도하는가 보다. 신이 그 기도를 들어줄 거라고 생각하면서.

"신이 있으면……."

그런 게 진짜로 있으면, 제발 유선우 좀 구해주세요. 너무 위태로워 보여서, 그 애한테 무슨 일이라도 생길까 봐 너무 무서워요. 그러니까…… 제가 이렇게 한 번만 빌게요. 선우 좀 구해주세요, 네?

운전대를 잡고 고개를 푹 떨구고 있던 재이의 눈가에서 눈물이 다리 위로 뚝뚝 떨어졌다. 달빛인지 십자가의 빛인지 모를 빛들이 캄캄한 재이의 차 안을 밝히고 있었다.

#

교회 앞에서 은희와의 일이 터지고 일주일가량 지났다.

재이는 정말 미안하다고, 집에는 잘 들어갔냐는 연락만 하고 이후로 그 일에 대해 부러 묻지 않았다. 학교에서 만나서도 그랬다. 선우는 재이가 일부러 자신을 배려해주고 있다는 사실을 알았다.

그날, 집으로 향하는 차 안에서는 은희와 저는 서로 아무 말도 하지 않았고, 집에 도착하자마자 방으로 들어가 방문을 걸어 잠갔다. 은희가 이야기 좀 하자며 손목을 잡아왔지만, 감정적으로 극한에 몰려 있던 선우는 은희의 손을 뿌리치며 잡지 말라고 외쳤다. 은희가 늘 저의 손목을 놔주지 않고 자기 마음대로 하려는 행동도 싫증이 났다.

아마도 그 남자와 관련된 이야기를 하려 했을지도 모르지만, 듣고 싶지도 알고 싶지도 않았다. 어찌 됐든 아빠와 결혼했던 엄마의 선택이 자신의 존재로 이어졌고, 엄마는 늘 그런 자신을 부정해왔으니까. 결국 엄마가 행복할 수 있었던 선택지는 저와 아무런 관련이 없었던 거니까.

작업실에서 선우는 폴리싱 작업을 하며 작품을 찬찬히 어루만졌다. 오늘부터 실내 작업실에서 야외 작업실로 작업 공간을 바꾼 참이었다. 실내에서 진행하기엔 분진 가루가 많이 날린다는 이유에서였다. 폴리싱 작업 이후 채색까지 하면 끝이었지만, 작업 진도는 좀처럼 나가지 않았다.

"유선우, 작업하냐?"

그때 작업실 바깥에서 재이의 목소리가 들려왔다. 선우는 방진 마스크를 벗으며 재이의 목소리가 들려오는 쪽으로 고개를 돌렸다. 이 시간까지 학교에 남아 있었던 건가. 뭔가 할 말이 있어 보이는데, 다른 학생들의 눈치가 보였는지 막상 안으로 들어오지는 않고 문 앞에서 얼쩡거리기만 하길래 선우는 직접 밖으로 나갔다.

그렇게 마주한 재이의 표정은 착잡해 보이면서도 어딘가 편안해 보였다. 체념한 것 같으면서도 무언가 통달한 것 같은 얼굴이라고 해야 하나. 나도 지금까지 계속 과실에 있었는데, 잠깐 바람 좀 쐴래? 재이의 제안에 선우가 고개를 끄덕이며 장갑을 벗고 나갈 준비를 했다.

재이는 미술관 앞 벤치로 걸어가는 도중에도 별말이 없었다. 선우도 말을 아꼈다. 지난 일주일 동안은 졸업 작품에 전혀 집중하지 못했다. 일주일 내내 작업을 하는 둥 마는 둥 해서 은희에게 혼이 났고, 게다가 오늘은 낮부터 졸업 작품과는 전혀 상관없는 흉상을 만들기까지 했다. 사실 은희에게 뺨을 맞는 건 늘상 있는 일이었지만, 지난번엔 재이가 보고 있었기 때문에 그 일을 하루라도 빨리 잊고 싶었다. 그런데 다비드상을 보고 있으면 그때 일이 계속 생각나서 도무지 작업을 할 수가 없었다.

"선우야."

"징그럽게 왜 그렇게 불러?"

"너 집 나올래?"

당장 갈 데 없으면 내 집에 좀 있어. 아니면 살 집 같이 알아보자. 재이가 심각한 얼굴로 뒷말을 덧붙였다. 갑자기 가당치도 않은 소리를 해대길래, 처음에는 애가 술이라도 마시다가 왔나 싶었다. 당연히 별생각 없이 한 소리겠거니 싶었는데, 그 어느 때보다 진지한 재이의 얼굴은 진심처럼 보였다. 뭔 개소리야, 하고 치부해버리기엔 그 표정이 너무 무거워서 선우 또한 신중한 대답을 내놓아야 했다.

"……그게 그렇게 쉬웠으면 진작에 나갔을 거야."

"안 쉬울 건 또 뭐야?"

"그야, 엄마가 반대하니까."

"그러니까 나오라는 거잖아. 언제까지 그걸 혼자서 다 감당하고 있을 거야?"

선우는 재이가 무슨 말을 하려는 건지 알고 있었다. 은희가 저에게 무어라 하든 말든, 설령 은희와 연을 끊는 한이 있더라도 집에서 나오라는 말이겠지. 그 말인즉슨 은희의 통제 아래에서 당장 벗어나라는 말일 테고. 아마 지난번에 저가 뺨 맞는 모습을 본 뒤로 이런 생각을 했던 것 같아서 선우의 눈썹 사이가 가볍게 일그러졌다.

집을 나간다라……. 선우는 그러한 전제 자체가 비현실적으로 다가와서 아예 상상조차 가지 않았다. 사실 집을 나가는 것에 대해 아예 생각해보지 않은 건 아니었다. 실제로 독립이나 자취를 알아본 적도 있었다. 그러나 이내 관뒀다. 그게 가능하긴 한 걸까 싶어서. 엄마는 어떻게든 날 찾아내서 다시 집으로 데려가려고 할 텐데. 내가 거부하면 때려서라도 그렇게 하려 들겠지. 너무 뻔한 결과잖아.

"유학…… 가면 좀 낫지 않을까. 거기선 혼자 있을 수 있잖아."

"유학 갈 거야? 가기 싫다고 했잖아."

"안 갈 수 있는 방법이 없으니까."

"안 갈 수 있는 방법? 그 말 되게 웃기게 들리는 거 알지?"

선우도 제 말이 이상하다는 건 어렴풋이 알았다. 갈 수 있는 방법이 없는 게 아니라, 안 갈 수 있는 방법이 없다니.

선우는 은희가 지겨웠다. 정확히 말하자면 은희와의 관계에서 오는 피로감이 지겨웠다. 그래서였을까, 모순적인 생각이 들었다. 앞으로 은희의 말을 고분고분 듣는 게 어쩌면 더 나을지도 모르겠다는 생각. 은희를 거역할 때마다 돌아오는 리스크가 너무나도 컸으니까. 자신이 감당해내기 더 힘든 쪽은 억압보다도, 반항했을 때 돌아오는 후폭풍이었으니까.

"지금까지 잘 버텨 온 거 아는데, 조금만 더 노력해보자는 말이잖아."

"너는 남 일이라서 그렇게 쉽게 말할 수 있는 거야."

당장 집을 나오라는 말이 왜 이리도 무사안일하게 들릴까. 선우는 재이가 하는 말들이 정말 자신의 상황을 아무것도 몰라서 쉽게 뱉는 말들처럼 들렸다. 저를 위하는 이야기라는 것쯤은 알았지만, 마치 배가 고프면 밥을 먹으면 된다는 듯이 단순하게 말해버리는 것만 같았다. 그래서 슬슬 짜증이 올라오기 시작했다. 자신이 현재 최선을 다하고 있다는 사실을 알면서도, 꼭 지금껏 저의 노력이 부족했다는 말처럼 들리기도 했다.

게다가 언제까지 감당하고 있을 거냐니. 난 이미 엄마 때문에 감정적으로 탈진 상태인데 여기서 더 많은 노력을 하라는 건 너무 무책임한 말이잖아. 선우가 저의 손을 주무르며 생각했다. 저를 도와주려는 마음과 저의 고통을 진심으로 덜어주고 싶어 하는 재이의 마음은 알겠지만, 아무튼 그건 그거고 이건 이거였다.

"내가 쉽게 말하는 걸로 보여?"

"넌 아무것도 모르잖아."

"그래, 나 아무것도 몰라. 근데 네가 지금 위태로워 보인다는 건 알겠어."

솔직히 쉽게 말하는 것 같았다. 아니, 그렇게 보일 수밖에 없었다. 저가 은희에게서 벗어나려 노력하지 않고 있다는 말을, 그저 위태로워 보인다는 말로 치환하는 것처럼 보였다.

재이는 엄마로부터 무관심한 사랑을 받았다고 했다. 그건 그것 나름대로 많이 힘든 일이었을 것이다. 하지만 그게 재이에게 어떤 상처를 남겼든 지금 저가 겪는 일과는 완전히 다른 문제였다. 재이의 상처와 저의 상처를 비교하려는 게 아니라 단순히 상황이 다르다는 말을 하고 싶었다.

"나도 엄마 품에서 벗어나고 싶어. 근데 현실적으로 상황이 안 되잖아. 나도 차라리 너처럼 엄마가 나한테 무관심했으면……!"

선우는 말을 잇다가 뒤늦게 아차 싶었다. 말이 입 밖으로 나오자마자 곧바로 후회가 물밀듯이 밀려왔다. 내가 지금 무슨 말을 해버린 걸까. 선을 넘어도 너무 세게 넘어버렸잖아. 저를 보호하고자 했던 재이의 상처를 오히려 역으로 건드려버린 꼴이 되었다. 저야말로 재이에게 쉬운 마음으로 쏟아내고 말았다.

"야, 유선우."

저의 이름을 부르는 재이의 목소리가 아까보다 더 낮고 단단했다. 그 목소리를 듣는 순간 가슴이 턱 내려앉았다. 당장 입을 열어 변명이라도 하고 싶었는데 바보처럼 떠오르는 변명거리도 없었다. 자신이 도대체 무슨 말을 했나 싶어 선우는 죄책감에 손끝이 저릿저릿했다.

"같이 극복하기로 했잖아. 그거 다 그냥 한 소리였냐?"

같이 극복하기로 했었다. 분명 그렇게 말했었다. 우리가 처한 상황을 숙명이라 여기지 말자고. 재이와 그런 이야기를 나눴을 땐 결코 그냥 한 소리가 아니었다. 누구보다 간절하고 절박한 마음으로 약속했었다.

저를 바라보는 재이의 눈에는 실망감이 어려 있었다. 한 번도 이렇게 낙담하는 눈빛으로 저를 바라본 적이 없었기에, 선우는 당혹스러우면서도 혼란스러웠다. 지금이라도 재이에게 미안하다고 사과를 해야 할 것 같은데 머릿속이 뒤죽박죽 엉키는 바람에 입이 떨어지질 않았다.

"그냥 한 소리였으면 더 안 보챌 테니까 너 알아서 해라."

재이는 그 말을 남겨놓고 뒤를 돌아 조형관 방향으로 가 버렸다. 선우는 멀어지는 재이의 모습을 멀거니 보고만 있었다. 그리고 재이가 완전히 사라지고 나서야 무언가 잘못되었음을 직감했다. 그러나 지금 선우에게 남은 건 자신이 재이에게 안겨준 상심뿐이었다.

재이가 조형관으로 가버린 뒤 다시 작업실로 돌아온 선우는 한참 동안 망연하게 자리에 앉아 있었다. 재이와 이야기하고 오는 사이 야외 작업실에는 그새 저 혼자만 남았다. 그러다가 오만가지 생각들이 저를 괴롭혔고, 무엇에라도 집중해야겠다는 생각에 작품 앞으로 다가갔다.

선우는 다비드상 대신 도피성으로 만들어놓았던 흉상을 매만지며 입술 부분을 다듬어보았다. 그저 만들고 싶어 한 번 만들어본, 자신을 본뜬 점토 흉상이었다. 점점 스스로를 잃어가고 있다는 느낌이 영향을 줬던 건지는 모르겠지만.

누가 시켜서 하는 게 아니라 원하는 대로 흉상을 빚다 보니 마음이 충일감으로 가득 차고는 했었다. 그런데 지금 이런 거나 하고 있을 때가 아닌데. 엄마가 다시 와서 진행 상황이 그대로인 다비드상을 보면 또 불같이 화를 낼 텐데. 뿌듯함이 가득했던 선우의 마음이 다시 번잡해지기 시작했다.

그런 와중에도 재이와의 일이 계속해서 머릿속을 헤집어놓았다. 손끝에 남아 있는 점토의 감촉을 느끼던 선우는 자신이 누구인지조차 흐릿해지는 기분이었다. 작품을 바라보던 시야가 눈물로 뿌예졌다. 얼마 전 들었던 은희의 차가운 목소리가 귓전을 때렸다.

"너 같은 애가 어째서 내 딸로 태어난 건지……."

손바닥이 뺨을 스쳤던 그 순간이 머릿속에서 반복되면서 재이의 목소리도 함께 떠올랐다.

"언제까지 그걸 혼자서 다 감당하고 있을 거야?"

선우가 저도 모르게 고개를 저었다. 이건 내가 감당할 수 있는 게 아니야. 처음부터 내 잘못이 아니었다고.

"같이 극복하기로 했잖아. 그거 다 그냥 한 소리였냐?"

재이가 했던 말이 끝없이 귓가를 맴돌았다. 어찌나 생생한지 마치 바로 옆에서 말하는 것만 같았다. 선우는 소매로 눈가를 닦으며 실로 잘라두었던 점토를 조금 들었다. 그다음엔 한 손에 꽉 찰 만큼 크게 들었다. 점토를 들고 있던 선우의 손이 바르르 떨렸다. 점토의 감촉이 갑자기 역겹게 느껴지기 시작했다. 방진 마스크를 벗은 채 자욱한 분진 가루를 마시고 있는 것처럼 숨이 막혀왔다.

선우는 손에 들고 있던 점토를 흉상의 입에 그대로 박아 넣었다. 입이 틀어막혀 있는 꼴이 마치 자기 자신의 모습과 아주 똑같아서 우스웠다. 그동안 은희의 앞에서 아무 말도 하지 못했던 자신의 모습. 다비드상을 만들기 싫다고 말하지 못했던 것이나, 야구장에 가고 싶다고 말하지 못했던 것이나……. 말하지 못했던 것들이 셀 수 없이 많아서 떠올리는 것도 쉽지 않았다.

선우는 앉은 자리에서 고개를 돌려 다비드상을 바라보았다. 저 작품이 은희가 원했던 유선우라는 생각이 들자 온몸이 뜨겁게 달아올랐다. 선우는 자리에서 일어나 다비드상 앞으로 성큼성큼 걸어갔다. 그러고는 다비드상의 두 어깨를 잡고 온 힘을 다해 바닥으로 밀쳐 넘어뜨렸다. 그러나 다비드상은 균열만 갈 뿐 부서지지는 않았다.

너는 늘 부족해.

순간 바닥에 누워 있는 다비드상이 그렇게 말하며 비웃는 것처럼 들렸다. 마치 은희의 목소리가 다비드상의 입을 타고 흘러나오는 것만 같아서 섬뜩했다. 선우는 망치를 가져와 다비드상을 힘껏 내려쳤다. 은희가 지금까지 해왔던 말들을 머릿속에서 송두리째 도려내고만 싶었다. 마음 같아선 점토로 은희와 있었던 일들을 죄다 덮어버려 처음부터 존재하지 않았던 것처럼 가리고 싶었다.

첫 번째 타격에서 다비드상의 오른쪽 어깨가 조금 패였다. 선우는 이를 악물고 한 번 더 내려쳤다. 쾅! 두 번째 타격에선 다비드상의 손가락이 떨어져나가면서 파편들이 튀었다. 선우의 억눌렸던 숨이 함께 터졌다. 난 부족하지 않아.

　망치를 휘두를 때마다 다비드상의 조각들이 바닥으로 흩어졌다. 다비드상이 부서지면 부서질수록 은희가 원하는 자신의 모습이 서서히 바래고 희미해지는 것만 같아서 기뻤다. 선우는 작품을 내려칠 때마다 소리를 지르고 울부짖었다. 태어나서 처음으로 느껴보는 후련한 감정이었다. 그래서인지 눈물을 흘리면서도 웃음이 나왔다. 누가 보면 꼭 미친 사람이라고 생각했을 것이다. 하지만 이토록 홀가분한 기분은 너무나도 생경한 감정이라서, 웃음이 나기도 했고 울음이 나기도 했다.

　산산조각이 난 채 바닥에 널브러진 것은 신성한 다윗이 아니었다. 그동안 고은희의 꼭두각시로 살아온 스물세 살의 유선우였다. 지금 발밑에 부서져 있는 건 유선우가 아니라 고은희의 딸이나 다름없었다. 박살 난 조각들 위로 큰 눈물방울들이 떨어졌다. 선우는 온몸을 휘감는 카타르시스에 전율을 느꼈다. 그동안은 산소 하나 없는 밀폐된 상자 속에 갇혀서 서서히 질식해가는 것만 같았다.

　선우는 주머니에서 핸드폰을 꺼내 들어 재이와의 메시지 채팅방을 열었다. 그러고는 핸드폰을 손에 쥔 채로 잠시 멈춰 있었다. 재이의 이름을 보니 이번에도 자신이 잘못하고 있는 건 아닌지 겁이 났다.

하지만 재이는 항상 자신을 믿었다. 그리고 이번에도 그렇게 해줄 것이라는 믿음이 선우의 손끝을 움직이게 했다. 심호흡을 깊게 내쉰 선우는 재이에게 메시지를 연달아 보내기 시작했다.

'나 지금 너희 집으로 갈게'

'미안하다는 말도 무슨 일이 있었는지도 만나서 말하게 해줘'

'지금부터 핸드폰 꺼놓을 거라서 연락 못 받을 거야'

재이에게 메시지를 보내자마자 다음으로 한 일은 은희에게 메시지를 보내는 일이었다.

'나 오늘 집 안 들어갈 거니까 찾지 마요'

전송 버튼을 누르자마자 선우는 핸드폰 옆을 꾹 눌러 그대로 꺼버렸다. 엄마가 어떻게 반응할지 몰라서 두렵기도 하지만, 뭘까, 이 더러운 찌꺼기들이 씻겨 내려가는 것만 같은 기분은.

가방을 들쳐메고 작업실에서 나온 선우는 곧장 재이의 집으로 향했다. 이미 모든 게 엉망진창이었으며 어두운 바다에서 길을 잃은 것만 같은 기분을 떨칠 순 없었지만, 한 가지는 확실했다. 이제라도 내가 원하는 삶을 살아야 한다는 것.

#

은희는 선우의 메시지를 확인하자마자 선우에게 전화를 걸었다. 몇 번이나 반복했지만 핸드폰이 꺼져 있다는 안내음만이 들려올 뿐이었다. 은희는 고개를 젖힌 채 손톱을 세워 목울대를 매만졌다. 날카로운 손톱이 목 언저리를 긁어 내려갔다. 갑자기 집에 안 들어오겠다고? 이게 대체 무슨 영문일까.

자신을 찾지 말라는 선우의 말은 단호한 통보였다. 은희는 벼락같은 분노가 온몸을 꿰뚫고 지나가는 듯했다. 그다음으로는 선우가 꽉 쥔 모래알처럼 손아귀에서 빠져나가는 것만 같아, 등줄기를 타고 차가운 기운이 쭉 내려앉았다. 선우가 갑자기 왜 안 하던 짓을 할까. 내가 요즘 선우를 너무 풀어줬던 걸까. 그게 아니라면 그 재이라는 녀석 때문일까. 지금도 그 녀석이랑 같이 있는 게 아닐까?

그렇지 않아도 요 며칠 감정의 격랑에서 헤어나오려 애면글면했다. 마티유의 존재가 또다시 선우의 입에서 불쑥 튀어나왔을 때 은희는 내면의 진창이 모두 드러난 것만 같았다. 애써 눌러왔던 기억의 수렁이 한순간에 넘쳐흘렀다. 선우가 그에 대해 어디까지 알고 있을지 몰라 두려웠다.

은희는 선우의 방에 가서 침착하게 옷장부터 뒤지기 시작했다. 선우가 평소에 즐겨 입는 옷들은 빠짐없이 그대로 있었다. 캐리어를 비롯한 나머지 짐들도 마찬가지였다. 큼직큼직한 짐들이 아직 남아 있는 걸 보면 그나마 다행이라고 해야 할지. 완전히 집을 나간 건 아닌 모양이었다.

다음으로는 선우의 노트북을 켜 보았다. 화면이 켜지자마자 비밀번호를 입력하라는 창이 나왔고, 평소 선우가 핸드폰 비밀번호를 입력할 때 봐두었던 번호를 입력하자 그대로 로그인이 되었다. 곧바로 인터넷 기록을 찾아보는 은희였는데, 'FRP 조각', '졸업 작품 퀄리티'와 같은 쓸데없는 검색 기록에 이어, '독립 지원 정책'이라든지 'B대 자취방'과 같은 은희에게는 충격적인 검색 기록들이 눈에 들어왔다. 은희의 뒤통수가 싸늘하게 가라앉았다. 감히 진작부터 집을 나갈 생각을 하고 있었단 말이야?

선우의 인터넷 기록에서 더 이상 수확을 얻지 못한 은희는 메시지 어플을 열어보았다. 그러나 메시지 어플은 잠겨 있었으며, 비밀번호를 알지 못해 로그인할 수 없었다. 그 외에는 도움이 될 게 없어 결국 노트북을 그대로 덮어야 했다. 은희는 그 상태로 차 키만 챙겨서 재빨리 선우의 학교로 향했다. 아직도 머리가 어지러웠다. 이미 예견된 일이었나? 이렇게 집에 들어오지 않겠다고 제멋대로 굴어버리는 건?

  내가 그동안 선우를 너무 몰아붙였던 걸까. 아니, 그럴 리가 없다. 오히려 느슨한 편에 가까웠으며 설령 몰아붙였다 한들 그랬기 때문에 선우가 여기까지 성장할 수 있었던 거야.

  선우가 폴리싱 작업을 막 시작했을 때이기에 은희는 야외 작업실 앞에 차를 댔다. 그리고 작업실 문을 여는 순간, 온데간데없이 사라진 선우의 흔적과 바닥에 무참하게 널브러져 있는 다비드상의 깨진 조각들이 눈에 들어왔다. 아연실색한 은희는 두 손으로 입을 틀어막았다. 정신이 아득해져가며 발밑의 땅이 꺼져버리는 것만 같았다.

  형체조차 알아볼 수 없을 정도로 박살 난 다비드상을 바라보는 은희의 눈동자가 위태롭게 떨렸다. 은희는 무릎을 꿇고 깨진 조각들 위로 손을 뻗었다. 무엇을 붙잡으려는 건지 스스로도 알 수 없었다. 이성을 잃은 채 조각들을 손으로 더듬거리던 은희는 울컥울컥 올라오는 감정들을 주체할 수 없었다. 갈라진 조각에서 반사된 빛이 은희의 눈을 아프게 찔렀고, 은희의 눈가에 물기가 어렸다. 심장 한가운데가 단칼에 베이는 듯한 고통이 덮쳐왔다. 선우가 이렇게까지 할 리가 없는데. 왜…… 왜 이렇게까지 했을까?

  은희의 아랫입술이 파르르 떨렸다. 마음속에는 검은색 수

채화 물감 한 방울이 떨어져 속절없이 퍼져나가고 있었다. 선우가 도망친 것도, 다비드상이 망가진 것도 믿을 수 없었다. 마티유는 다비드상이었고, 다비드상은 선우였으며, 선우는 은희 자신이었다. 그런데 이리도 처참하게 산산조각 난 다비드상의 조각들이 은희의 발밑에서 반짝이고 있었다.

사랑하는 사람을 잃고 또다시 혼자 남겨질 수도 있다는 공포가 덮쳐왔다. 이대로라면 선우와의 관계를 되돌릴 수 없게 될지도 모른다는 것을 직감한 은희가 다시 한번 다짐했다. 자신이 선우를 너무 느슨하게 풀어줘서 그런 것이리라, 선우를 더욱 강하게 다뤘어야 했다고. 이제부터라도 선우를 바로잡아야 한다고. 선우에게 난폭하게 대할 때마다 선우는 저의 말을 잘 들었으므로.

핸드폰을 꺼내든 은희는 112를 눌러 통화 버튼을 누르려다가 주저했다. 실종 신고를 해봤자 신고 대상이 성인이고 그 대상이 원치 않는다면 행적을 알려주지 않는다. 선우가 경찰에게 자기가 어디에 있는지 순순히 알려줄 리가 없었다. 하지만 선우도 이 사실을 알고 있을까? 아마도 모를 것이다. 저의 손안에서만 온순하게 자랐으며 이렇게까지 반항적으로 행동한 적은 처음이었으니까. 그렇지만 선우에게 겁을 주는 용으로는 아주 적절할 것이다.

'내일 아침 아홉 시 전까지 집에 안 들어오면 실종 신고할 거야. 네가 어디에 있든 찾아낼 거니까 그렇게 알아.'

실종 신고를 할 생각은 없었지만, 선우에게 압박을 넣을 필요는 있었다. 그저 통제력을 다시 회복하고자 하는 시도였지만 선우에게는 통할지도 몰랐다. 선우는 언제나 자신이 하라는 대로 했으니까. 은희는 산산조각이 난 다비드상을 더 이상 쳐다볼 수가 없어서 얼른 작업실에서 빠져나와 차에 올라탔다.

선우가 갈 만한 곳이 어디가 있을까. 아마도 제 아빠의 집으로 가지는 않았을 것이다. 그곳만큼 발각되기 쉬운 곳이 없을 테니까. 거길 제외하면, 아무리 생각해도 그 재이라는 녀석의 집 말고는 떠오르는 곳이 없었다. 피시방이나 찜질방 같은 곳도 가능이야 하겠지만 기왕이면 편한 친구 집으로 갔겠지. 그 녀석이 선우를 부추겨서 이 사달을 낸 게 분명해. 그게 아니라면 우리 착하고 순진한 선우가 스스로 이런 결정을 내릴 리가 없잖아.

그 한재이라는 녀석은 도대체 어디서 튀어나온 거야? 왜 우리 선우를 계속 이상한 길로 끌고 가는 거냐고. 어떤 녀석인지, 뭘 하는 녀석인지 무슨 수를 써서라도 알아내야 해. 그런 파렴치한 녀석을 더 이상 우리 선우 곁에 두어서는 안 돼.

머리가 계속 지끈거려 은희는 관자놀이를 꾹꾹 눌렀다. 그러자 통증이 머릿속으로 퍼지며 선우의 메시지, 부서진 다비드상, 재이의 얼굴이 순서대로 지나갔다.

은희는 천천히 두 손을 모았다. 사랑이 많으신 주님, 제 딸 선우가 길을 잃고 방황하고 있습니다. 저를 떠나려 하고 있습니다. 주님, 선우의 곁을 맴돌고 있는 악한 존재가 우리 선우를 제 품에서 앗아가지 않도록 도와주세요. 그리고 제가 선우를 바로잡을 수 있도록, 선우가 다시 제 말에 귀를 기울일 수 있도록 힘과 지혜를 주시옵소서…….

기도를 마친 은희가 저의 두 손을 내려다보며 결연한 표정을 지었다. 선우를 바로잡기 위해서라면 무슨 일이든 해야 해. 이번에도 내가, 내 삶이…… 틀리지 않았다는 걸 증명해야 해.

***

"……뭐냐?"

현관문을 열고 선 재이가 선우의 해맑은 표정을 보며 당황스러운 얼굴로 물었다. 선우는 그러거나 말거나 재이의 집 안으로 밀치고 들어갔다. 염치없다는 건 알고 있었지만, 일단. 염치없이 굴어야 사과든 뭐든 할 수 있는 거 아니겠는가.

갑자기 집에 오겠다는 메시지를 보고 깜짝 놀랐다고, 대체 무슨 일이 있었던 거냐고 쉴 새 없이 물어오는 재이에게, 천천히 좀 물어보라고 선우가 대답했다. 우선 어깨에 메고 있던 가방부터 내려놓은 뒤 손을 씻으려는데 오른뺨이 따끔거렸다.

"너 얼굴에서 피 나. 뭔 짓거리 하다 온 거야?"

화장실로 가서 손을 씻으며 얼굴을 보니 오른뺨 위에 가로로 기다랗게 상처가 나 있었다. 아무래도 아까 다비드상을 부술 때 파편들이 튀기면서 얼굴을 긁고 지나간 모양이었다. 그때는 아픈지도 몰랐는데 이제 와서야 아프기 시작했다. 우습게도 원래 있던 흉터 위에 상처가 나는 바람에 흉터를 덮어씌운 모양이 되어버렸다. 선우는 이상하게 기분이 좋았다. 원래 있던 흉터는 마치 은희에게서 벗어날 수 없다는 어떤 증표처럼 느껴졌는데, 그 증표가 드디어 사라진 것만 같은 느낌이 들었다.

피가 나는 얼굴을 보며 생글생글 웃고 있으니, 재이가 화장실 문 앞에 서서 별 미친 사람 다 보겠다는 표정을 짓고 있었다. 선우는 뒤를 돌아 재이의 얼굴을 물끄러미 바라보았다. 미안한 마음이 가장 먼저 들었고, 그다음으로는 고마

왔다.

"아까 그렇게 말해서 미안해. 내가 잠깐 돌았었나 봐. 내가 진짜……."

"사과는 됐고, 갑자기 무슨 일인지나 말해 봐."

"나 졸작 부수고 왔어."

"뭐?"

"그리고 오늘 집 안 들어갈 거야."

"뭐?"

연속으로 놀란 재이는 눈이 휘둥그레지며 한동안 말을 잇지 못했다. 집 나오라는 얘기는 본인이 먼저 해놓고, 막상 안 들어간다니까 왜 놀라는 건지 알 수 없었다. 집에서 완전히 나온 거냐는 재이의 질문에 선우가 그건 아니라고 대답했다. 아마 내일쯤엔 다시 들어가야 할 것 같은데, 우선은 지금 느껴지는 이 해방감이 짜릿해서 미칠 것 같다는 말을 덧붙였다.

보송한 수건에 손을 닦고 화장실 밖으로 나가니, 캣타워 위에 누워서 저를 내려다보는 슈슈가 보였다. 선우는 캣타워 앞으로 쫄래쫄래 다가가 슈슈의 보드라운 정수리를 조심스럽게 쓰다듬어주었다. 따뜻했다. 우리 귀여운 슈슈, 자고 있었구나.

"슈슈, 잘 지냈어? 못 본 새에 더 커진 것 같네. 언니가 보고 싶어 죽는 줄 알았어."

"아니 지금 슈슈가 문제가 아니라, 너 졸작 어쩌려고 그래?"

"다시 만들 거야, 슈슈로. 이미 다 생각해놨어."

"다시 만든다고? 전시회까지 얼마 안 남았는데? 그리고 뭐…… 슈슈로?"

재이는 놀란 것 같으면서도 정작 선우에게 갈아입을 만한 편한 옷들을 건네고 있었다. 슈슈를 한참이나 쓰다듬던 선우는 옷을 갈아입은 뒤, 볼에 난 상처에 약을 바르고 밴드를 붙였다. 그러고서 곧바로 가방에서 태블릿을 꺼냈다. 재이의 말대로 졸업 전시회까지 남은 시간이 촉박했고, 이미 다비드상은 부수어버렸으니 당장 다음 작품 설계를 시작해야 했다.

선우는 재이의 집으로 오는 동안 졸업 작품에 대해 생각해보았다. 주제를 무엇으로 할지 정하기까지는 그렇게 오래 걸리지 않았다. 슈슈. 은희가 무참히도 부수어버렸던 슈슈의 조각상이 생각났으니까. 이번에는 졸업 작품으로 제대로 만들어보고 싶었다.

"너희 어머니한테는 뭐라고 말씀드렸는데? 안 들어간다

고 말은 했어?"

"말만 했어."

"그래서 핸드폰을……. 너만 괜찮으면 우리 집에서 지내도 되긴 해. 근데 너희 어머니라면 우리 집 주소 알아낸 다음 찾아와서 너 데려갈 것 같으니까 그게 문제지."

"내 생각에도 그래서 오늘만 있으려는 거야. 너한테 더 신세 지는 거 미안하기도 하고……. 내일 엄마 출근 시간 지나서 들어가려고."

은희라면 어떻게든 찾아올 거라는 소름 끼치는 이야기를 얼굴색 하나 변하지 않고 나누는 서로가 조금 웃기기도 했고 슬프기도 했다. 선우는 곧장 태블릿에 슈슈를 스케치하기 시작했다. 이번에도 유리 섬유로 조각을 하는 대신 매끈한 다비드상과 달리 부드러운 털의 질감이 잘 드러나도록 하고 싶었다.

선우는 슈슈가 기지개를 켜는 자세, 냥모나이트 자세로 잠을 청하는 자세, 식빵을 굽고 누워 있는 자세 등 슈슈의 여러 자세를 스케치해보았다. 행복하다. 자기가 원하는 걸 한다는 건 이토록이나 행복한 거구나.

"핸드폰은 안 켜봐도 돼?"

열심히 슈슈의 모습을 스케치하고 있던 선우의 손이 재이의 물음에 잠시 멈칫했다. 핸드폰이야, 애당초 다시 켤 생각 따위 없었다. 적어도 오늘까지는. 지금쯤 화가 잔뜩 나 있을 은희도 마음에 걸렸지만, 한편으로는 박살을 내고 온 다비드상도 마음에 걸렸다. 내일 작업실에 간 사람들이 그 광경을 보고 기함을 할까 봐. 내일 작업실에 가자마자 다비드상부터 치워야겠다는 생각이 들었다. 지도 교수님한테는 목숨을 부지할 수 있을 정도로만 대충 둘러대면 되겠지.

선우는 밤새 재이와 이야기를 하고 떠드느라 잠을 설쳤다. 슈슈의 스케치에 대해서도 조언을 받았는데, 특히 재이가 보여준 슈슈의 사진이 큰 도움이 되었다. 정말 고맙다고 말할 때마다 재이는 제발 낯간지러운 소리 좀 하지 말라며 귀를 막았다. 칭찬해줘도 난리야. 아무튼 선우에게는 오늘이 처음으로 해보는 비공식적인 외박이었다.

날이 밝고, 재이와 슈슈에게 잘 있으라는 인사를 한 뒤 저의 집 앞에 섰을 땐 오전 열한 시였다. 은희는 어차피 출근하고도 남았을 시간이니 당장은 마주치지 않을 수 있어서 다행이었다. 저녁에 마주치게 되겠지만, 은희에게 무어라 말할지 딱히 생각도 안 해봤다. 왜 안 들어왔느냐 하면 그냥 그러고 싶어서 그랬다고 할 작정이었다. 이제는 자신이 은희의 앞에서 변명해야 할 이유도 없었으니까.

선우가 도어 락을 누르고 현관문을 열어 집 안으로 들어섰을 땐, 소파에 은희가 앉아 있었다. 팔짱을 끼고 한쪽 다리를 꼰 채로. 순간 심장의 박동이 진동처럼 온몸을 타고 퍼져 나갔다. 방학이어도 늘 아홉 시쯤 학교로 출근했던 것 같은데, 왜 여태 집에 있는 걸까. 심지어 밤이라도 꼴딱 샌 건지 얼굴이 유난히 초췌해 보였다.

선우의 앞으로 빠른 걸음으로 다가온 은희는 선우가 정신을 차릴 새도 없이 뺨을 세게 내려쳤다. 밴드가 붙여진 뺨이었다. 선우는 뺨을 맞자마자 저도 모르게 헛웃음이 터져 나왔다. 무슨 일이 있었냐고라도 물어볼 줄 알았는데, 이렇게 다짜고짜 때려버릴 줄은 몰랐네.

"핸드폰도 내내 꺼놓고 어디서 뭘 했던 거야? 내가 출근 전에 안 오면 실종 신고한다고 했지?"

핸드폰을 꺼놨던 사이 그런 내용의 메시지를 보냈던 모양이었다. 선우는 저의 핸드폰을 다시 켜보지 않길 잘했다는 생각이 들었다. 실종 신고……. 그래서 하기는 했을까? 어쨌든 지금까지 출근도 안 하고 버티고 있는 거 보면 신고까지는 안 한 것 같기도 하고.

"너 그 한재이라는 애 번호랑 집 주소 내놔. 그리고 졸업 작품엔 대체 무슨 짓을 해놓은 거야? 정신 나갔어?"

선우가 맞은 뺨에 저의 손을 가져다 대며 다시 고개를 정면으로 돌렸다. 그러자 이번에는 반대쪽 뺨에 손바닥이 날아왔다. 뭘 잘했다고 똑바로 쳐다보냐는 것이 이유였다.

"아, 씨발……."

선우가 작게 욕지거리를 내뱉었다. 말을 잇지 못하는 은희의 모습은 당황한 것 같기도 했고, 화가 난 것 같기도 했다. 욕을 내뱉은 순간엔 잠시 두려웠지만, 갈수록 속이 후련해졌다. 내가 도대체 뭘 잘못해서 뺨을 두 대나 맞아야 했을까.

"너…… 지금 뭐라고 했어? 다시 한번 말해 봐."

선우는 의연한 표정으로 은희를 올려다보며 잠깐 망설이다가 입을 열었다.

"씨발이라고 했는데요. 왜요?"

#

선우의 험악한 대답에 은희는 당황한 기색을 여전히 감추지 못하고 있었다. 한번 뱉은 욕은 시위를 떠난 화살처럼 다시 돌이킬 수 없다는 걸 선우는 알고 있었지만, 심상하게 반응할 뿐이었다. 그도 그럴 것이 그동안은 은희의 말만 착실하게 들으면서 살아왔으니까, 이 정도는 아무것도 아니라고 생각했다. 엄마 앞에서 이런 말을 하는 건 분명 잘못이긴 하겠지. 그럼 딸을 이렇게나 때리는 엄마는 뭔데?

은희의 옅은 눈가 주름 밑으로 먹빛 그림자가 보였다. 출근을 미룬 채 잠도 안 자고 이때까지 저만 기다린 게 분명했다. 엄마 딴에는 내가 뭐 나쁜 생각이나 하고 있다고 생각했겠지. 집을 완전히 나가버릴 거라든지, 교회를 영원히 안 나갈 거라든지. ……사실 둘 다 맞긴 하지만.

아무튼 진절머리가 났다. 자기 인생까지 손해를 보면서 저에게 이리도 간섭하려 드는 이유가 뭔지, 이해되지도 않았고 이해하고 싶지도 않았다. 선우는 은희가 그렇게 사는 이유를 도무지 알 수 없었다.

"그리고 졸업 작품은 제가 만들고 싶은 걸로 만들 거니까 이제부터 신경 쓰지 마요."

저의 말에 은희가 기가 차다는 듯이 비소를 터뜨렸다. 그리고는 다비드상을 처음부터 다시 만들라는 말 같지도 않은 소리를 해대길래, 그런 은희와 말도 섞고 싶지 않아져서 은희를 지나쳐 방으로 들어가려 했다. 그런데 언제나처럼 또, 또다시 은희가 저의 손목을 붙잡아왔다. 선우는 손목에 은희의 온기가 닿는 순간부터 분노가 치밀어 올랐다.

"너 미쳤니? 엄마 앞에서 욕한 거 잘못했다고 말 안 해?"

"엄마가 때린 거 사과하면 저도 사과할게요."

선우는 그 어느 때보다 은희의 손을 매몰차게 뿌리치고는 제 방으로 들어갔다. 뺨을 어찌나 세게 맞았는지, 아직도 양 뺨이 얼얼한 데다 입안에서는 쓴맛이 났다. 선우는 혀끝으로 볼 안쪽을 더듬거렸다.

방 안으로 들어온 선우는 문을 잠그고 방문에 기대어 한참을 서 있었다. 은희에게 붙잡혀 시린 손목을 한동안 주무르면서. 은희와의 관계는 어그러져도 한참 어그러져서, 이제는 돌이킬 수 없을 것이다. 이제는 정상적인 모녀 관계로 돌아갈 수 없겠지.

고개를 푹 떨구고 있던 선우는 심란한 숨을 몰아쉰 뒤 책상 앞에 앉았다. 그리고 노트북을 열어 자신이 계획했던 것들을 순서대로 적어나가기 시작했다. 당장 집을 나가는 건 현실적으로 불가능하다. 아빠에게 도움을 요청할까도 싶었지만 이내 관두었다. 가장 쉽고 빠른 방법이긴 했지만 그건 진정한 독립이라고 볼 수 없었다. 어쨌든 엄마는 아빠에게 언제라도 연락할 수 있으니, 아빠로부터 경제적으로 벗어나지 못하면 엄마한테 계속 휘둘리는 거나 마찬가지니까.

그렇다고 해서 재이에게 신세를 질 수는 없다. 그러고 싶지도 않았다. 저 혼자만의 힘으로 살아가고 싶었다. 저가 제

몫을 다할 수 있을 때……. 재이에게는 이미 차고 넘치게 도움을 받았기 때문에 이 이상으로는 안 됐다. 재이의 집에서 살게 되더라도 월세를 내는 개념으로 지낸다든지……. 앞으로 저의 삶은 저 스스로 책임지고 싶었다.

하지만 지금 같은 상황에서는 어림도 없었다. 얼마 남지 않은 졸업 전시회를 위해 졸업 작품에 집중하기 위해서는, 눈 딱 감고 반년만 엄마랑 더 같이 살다가……. 하, 은희를 떠올리던 선우가 눈살을 잔뜩 찌푸렸다. 이십 년을 넘게 같이 살아왔는데, 앞으로 고작 반년 정도 같이 산다는 게 이렇게도 싫을 수가 있나? 선우가 머리를 쥐어뜯으면서 생각했다. 지금은 내가 개털인 데다가 쥐뿔도 없으니까……. 짜증 나도 어쩔 수 없어. 현실적으로 생각해 유선우, 현실적으로.

아무튼 졸업하는 대로 바로 일자리를 구해서 집을 나가는 거야. 부모님한테 도움을 받지 않고서. 엄마가 나한테 뭐라고 하든지 그땐 그냥 무시하면 그만이니까. 양손으로 머리카락을 비틀던 선우는 결국 한 가지 결론에 도달했다. 어쨌든 지금 제일 급한 건 졸업 작품에 집중하는 것이었다. 졸업을 해야 일자리를 구해서 돈을 벌든 할 테니까.

그리고 가방에서 태블릿을 꺼내어 슈슈의 스케치를 다시 훑어보았다. 슈슈의 조각상에는 자유라는 의미를 부여할 생각이었다. 작품의 크기는 실제 슈슈보다 훨씬 컸으며 하나가 아닌 여러 개였는데, 하나는 기지개를 켜는 스케치였다. 동그란 곡선과 늦여름 오후의 햇살같이 나른한 노란색의 털, 그리고 금방이라도 날아갈 것 같은 가벼운 움직임이 자유로워 보였다. 그것은 슈슈를 알고부터 선우가 가장 선망하고 바랐던 것이었으며, 다비드상을 부순 뒤 실제로 그것을 향해 나아가고 있다고 생각했다. 제목은 아직 정하지 못했지만, 재이와 밤새 스케치와 설계를 해놓은 덕분에 곧바로 점토 작업으로 들어가도 되는 수준이었다. 선우의 입가에 미소가 번졌다.

"유선우, 문 열어."

그때였다. 잠긴 문고리를 마구 돌리며 문밖에서 외치는 은희 때문에 스케치를 살펴보던 선우의 몸이 움찔했다. 어쩐지 저를 순순히 보내주나 했다. 또 시작된 것이었다. 자신의 성이 풀릴 때까지 죄송하다고 말하지 않으면 안 되는 저 고질적인 습관. 그 알량한 자존심이 채워지지 않는 꼴을 견디지 못하는 습벽.

"문 열라고!"

선우는 은희의 말을 끝까지 무시하면서 슈슈의 스케치를 다시 살펴보기 시작했다. 그새 문밖이 조용해지길래 포기를 했나 싶었는데, 갑자기 쨍그랑! 하고 찢어지는 소리가 들려왔다. 밖에서 무슨 짓을 하는 건지 감도 잡히지 않아서, 선우는 재빨리 헤드셋을 쓴 뒤 시끄러운 노래를 재생하고 음량을 높였다. 노랫소리 말고는 아무것도 들리지 않으니 그제야 좀 살 것 같았다.

졸업 작품 설계에 얼마나 집중했을까, 어느새 시간은 오후 한 시에 가까워지고 있었다. 두 시간 가까이 헤드셋을 끼고 있으려니 귀가 아릿해진 선우는 헤드셋을 천천히 벗었다. 그러고 보니까 다비드상을 치우러 가야 한다는 사실이 뒤늦게 떠올랐다. 선우가 고개를 돌려 방문을 지그시 쳐다보았다. 지금쯤이면 나가도 되려나? 선우는 문 쪽으로 살금살금 다가가 문 가까이 귀를 기울여보았다. 바깥은 쥐 죽은 듯 조용했다. 아무래도 은희가 정말로 출근을 한 모양이었다.

선우가 조심스럽게 방문을 열었다. 문을 열자마자 바닥에서 굴러다니는 깨진 꽃병이 보였다. 방문에 맞고 그대로 깨져버린 듯 보였다. 아까 쨍그랑 소리가 이거였구나.

그런데 선우는 이 상황이 무섭기는커녕 우습기만 했다. 이미 수명을 다해버린 저 꽃병은 평소 은희가 아끼던 물건이었다. 자신이 뜻대로 해주지 않으니까 잠도 못 자고, 일도 못 하고, 아끼는 물건까지 갖다 버리는 꼴이 우스우면서도 쾌감이 느껴졌다. 또 어디까지 망가질까? 또 어떤 걸 갖다 버릴까.

재이의 집에서 잠을 얼마 자지 못했던 선우는 피곤했지만, 다비드상을 치우기 위해서라도 일단 샤워를 마치고 학교 야외 작업실로 향했다. 다비드상은 어제 깨져 흩어진 상태에서 조금 정돈되어 있었다. 그런 다비드상을 치우면서도, 무슨 일이냐고 묻는 동기와 선배들에게 머쓱하게 웃어야만 했다. 그럼에도 불구하고 한 번 더 어제의 희열이 올라왔다. 어제 이걸 부술 때 얼마나 짜릿했는지 모른다. 재이가 그 상황에 없어서 아쉬울 따름이었다.

"선배, 어디 가요?"

"담타."

점토로 슈슈의 냥모나이트 형상을 만들던 도중, 평소 친하게 지내던 선배 하나가 작업실을 나가길래 선우는 졸졸 쫓아 나갔다. 급하게 선배를 따라 나간 이유는 하나였다. 재이는 전자 담배를 피웠지만, 지난번에 보니 이 선배는 연초를 피웠더랬다. 선우는 전자 담배보다도 연초의 느낌이 궁금했다. 재이 말로는 당연하게도 연초가 몸에 더 안 좋은 거라고 했다. 기억은 잘 안 나지만 니코틴이 더 많다고 했던가.

담배를 태워보고 싶은 이유는 복합적이었다. 가장 큰 이유는 은희가 싫어하는 거였으니까. 남들은 다 하는데 은희가 싫어하는 걸 해보고 싶었다. 철이 없다면 철이 없는 거겠지만 그렇게라도 해방감을 맛보고 싶었다고 하는 게 가장 정확할 것 같다.

선배는 재이가 늘 전자 담배를 피우는 곳으로 갔다. 그러다 보니 불현듯 재이의 생각이 났다. 선배는 자신을 따라온 선우를 빤히 보더니, 입에 물고 있던 담배에 불을 붙이지 않고 선우를 의아하게 쳐다보았다.

"선배, 담배 어떤 거 피워요?"

"나? 체인지 4밀리. 왜?"

"저도 편의점 가서 똑같은 거 사 보려고요."

"너 담배 안 피우잖아."

"그냥 궁금해서요."

"야, 선우야."

선우가 편의점으로 발길을 돌리려 할 때였다. 선배가 급한 일이라도 있는 사람처럼 다급하게 선우의 팔목을 잡아왔다. 그러고는 자신의 품에서 담뱃갑을 꺼내어 담배 한 개비와 라이터를 건네며 말했다.

"너 이것만 피워라. 괜히 몸에도 안 좋은 거 배우지 말고. 안 그래도 전자 담배도 안 좋은데 연초를 왜 피워? 다들 못

끊어서 난리인걸."

선우는 얼떨떨한 표정으로 선배가 건네는 두 가지를 받았다. 하얗고 길쭉한 담배 한 개비. 그리고 형광 연두색을 띠는 라이터 안에서는 기름이 찰랑거리고 있었다.

"이거 받을 거면 대신 나랑 약속해. 호기심으로 이것만 피우고 더 안 피우겠다고."

선배가 새끼손가락을 내걸면서 말했다. 선우는 선배의 새끼손가락에 저의 새끼손가락을 걸었다. 당장 피울 생각은 아니었고, 이따가 재이를 만나면 피워볼 생각이었기에 일단은 넉넉한 바지 주머니에 담배와 라이터를 넣어두었다.

"이렇게 말리고 싶은 걸 선배는 왜 피우는 거예요?"
"그러게. 그니까 아예 시작을 하지 마."

그러게, 라는 대답에서 많은 감정들이 느껴졌지만 선우는 더 이상 캐묻지 않고 감사하다고 대답한 뒤 작업실로 되돌아갔다. 처음부터 다시 시작하는 작업이었지만 다비드상을 만들 때보다는 비교할 수 없을 만큼 즐거웠으며 가속도 붙었다. 아무튼 선배 덕분에 담배를 얻어 피울 수 있게 되어 다행이었다. 선배랑 새끼손가락을 거는 바람에 다행이라고 볼 수 있는 건지는 잘 모르겠지만.

하늘이 어스름해질 때쯤 재이를 만나러 조형관으로 향했

다. 오늘은 하루 종일 핸드폰을 꺼 둔 참이어서, 재이와 만나는 시간을 미리 정해두었다. 퇴근하면 보자던 은희의 메시지와 부재중 전화 수십 통을 감당하고 싶지 않았다.

오늘 하루는 일탈의 끝을 보고 싶었다. 오늘만큼은 그렇게 할 수 있도록 재이도 허락해주었다. 재이와 같이 술을 마시기로 했으니까.

선우는 재이를 따라 그가 자주 간다는 술집에 왔다. 대학에 입학한 이후로 물론 술집에 와본 적도 있었고, 술을 마셔본 적도 있었지만 이렇게 본격적인 건 처음이라 살짝 긴장이 됐다. 메뉴판에는 갖가지 술 종류들이 많이 보였다. 소주, 맥주, 하이볼······.

"넌 그냥 하이볼이나 마셔라, 애기야."

"나도 소주 마실 거거든?"

"아니면 맥주랑 섞어 마시든가."

"그냥 소주만 마실 거야."

"어쭈. 다 컸네, 다 컸어."

그러나 소주를 한 잔 비운 선우는 바로 오만상을 찌푸리며 콜라로 입가심을 해야만 했다. 웩, 써. 넌 이딴 걸 왜 마시냐고 묻고 싶었는데 왠지 가오가 상해서 묻지 못했다. 그냥 재이의 말대로 그나마 달달하다는 하이볼이나 마실 걸 그랬나 싫었지만, 이왕 마시기로 한 거 소주 한 병은 다 마시기로 했다.

술을 마시는 동안만큼은 은희의 생각으로부터 완전히 자유로울 수 있을 거라고 생각했건만, 아무래도 착각이었던 모양이다. 술잔을 비울 때마다 더욱 선명해지는 은희와의 기억에, 선우는 머리에 쥐가 날 지경이었다.

"야, 있잖아."

"또 뭐, 왜."

"……만약에, 엄마가 옛날 남자 친구를 아직도 못 잊은 것 같으면 넌 어떨 것 같아?"

어렵사리 입을 뗀 선우의 목소리가 희미하게 떨렸다. 엄마가 그 남자를 그리워하는 만큼 내게도 조금만 마음을 쏟아줬더라면. 그랬더라면 엄마와 내가 지금보다 더 잘 지낼 수 있지 않았을까. 은희의 옛 연인을 알게 된 이후 하루도 빠짐없이 머릿속을 맴도는 생각이었다. 네가 어째서 내 자식으로 태어났는지 모르겠다는 은희의 말이 선우의 귓가에 이끼처럼 달라붙어 떨어지지 않았다.

"글쎄. 둘 다 싱글이면 뭐, 이참에 새출발해보라고 했을 것 같은데."

선우는 아무 말 없이 차가운 술잔만 만지작거리며 재이의 대답을 듣고 있었다. 저는 은희에게 그렇게 말해줄 용기가 없었다. 재이의 말처럼 은희를 축복해주기는커녕, 엄마는 나와의 관계에서 진정한 행복을 찾을 수 없었던 거냐고, 나는 평생 동안 엄마의 인생에서 걸림돌밖에 안 됐던 거냐고 따져 묻고 싶었다.

"너희 어머니 이야기야?"

선우가 마른침을 삼킨 뒤 조용히 고개를 끄덕였다. 한재이 앞에서 이런 이야기까지 털어놓게 될 줄이야. 뺨 맞는 모습도 보여 준 마당에 이런 이야기쯤이야 대수인가 싶다가도, 점점 술맛이 떨어져가는 건 어쩔 수가 없었다.

"왜, 너는 싫어?"

"······잘 모르겠어. 좋은 것 같기도 하고, 싫은 것 같기도 하고."

선우는 술잔을 빙글빙글 돌리며 테이블에 반사된 조명 빛만 바라보고 있었다. 술 때문은 아닌 것 같은데 어쩐지 속이 쓰라렸다. 은희가 새출발을 해서라도 행복해졌으면 좋겠다는 마음과 자신을 내버려둔 채 떠나버릴지도 모른다는 두려움이 뒤엉켜 머릿속이 어지러웠다.

"야, 엄마가 새출발을 해야 남자 친구랑 노느라 바빠서 너한테 신경을 끄지. 너 바보냐?"

재이의 말을 잠자코 듣고 있던 선우는 이내 픽 하고 웃음을 터뜨렸다. 그건 그렇네. 단순하고도 명쾌한 재이의 대답 덕분인지, 혼자서 고민하고 있던 시간이 바보처럼 느껴졌다. 엄마가 나를 놓아주는 날이 오게 된다면, 그게 비록 나를 향한 사랑이 아닐지라도, 어쨌든 그 상황 덕분에 나는 자유로워질 수 있겠지. 엄마의 사랑을 받지 못하게 되더라도……. 선우가 마지막 잔을 비웠다. 이상하게도 그 잔이 유난히 썼다.

술자리에서 얼마나 이야기를 나눴는지 목이 아프기 시작할 때쯤, 재이의 핸드폰으로 시간을 확인해보니 벌써 밤 열 시가 다 되어가고 있었다. 이제 그만 집에 가자고 자리에서 일어난 선우가 조금 휘청거렸다. 술기운 때문이었다. 괜찮냐는 재이의 걱정에 이 정도는 별것 아니라면서 허세를 조금 부려보았다.

가게 밖 흡연 구역에서 재이가 전자 담배를 꺼내 들었을 때, 선우도 오늘 선배가 주었던 담배 한 개비가 떠올랐다. 선우는 주머니를 뒤적거려 담배와 라이터를 꺼내 재이의 눈앞에 보여주었다. 짠, 이것 봐. 담배는 원래의 형상을 잃고 찌그러져 있었다. 그런데 재이는 사람 눈이 저렇게까지 커질 수 있나 싶을 정도로 커진 눈을 하고서 담배와 선우를 번갈아가며 보고 있었다.

"미친, 너 그거 어디서 났어?"

"친한 선배가 줬어. 내가 피워보고 싶다고 했더니 선배 거 주더라고. 대신 이다음부터는 절대 피우지 말라고."

"어휴……. 너 이거 피울 수나 있겠어? 이거 1밀리짜리도 아니구만."

1밀리? 선우는 그게 무슨 말인지 도통 알아들을 수가 없었다. 생각해보니 아까 선배도 4밀리 어쩌고 했던 것 같은데. 선우는 새하얀 담배를 자세히 들여다보았지만 무슨 차이인지는 알 턱이 없었다.

"많이 다른 거야?"

"다르지. 이거 4밀리인가? 독한 거야."

"독한 거면 잘됐네."

"잘되긴 뭐가 잘돼. 비흡연자가 이런 거 갑자기 피우면 어지럽고 그래. 아무튼 넌 그 선배랑 한 약속 꼭 지켜."

선우는 어깨를 으쓱한 뒤 담배를 입에 물었다. 그리고 라이터 불을 담배 끝에 갖다 댔는데도 담배에 불이 붙지 않았다. 이상하게 여겨 이거 왜 이러느냐고 재이에게 물으니, 불을 갖다 대면서 빨아들여야 한단다. 그리고 재이의 말대로 불을 붙이는 것과 동시에 담배를 빨아들이자마자 갑자기 사위가 핑 돌면서 매캐한 연기가 눈과 코를 찔렀다.

 토할 것 같은 기분도 들어서 그냥 버리고 싶었는데, 바로 버리기는 아까운 마음에 몇 번 더 빨아보는 선우였다. 재이가 예전에 알려줬던 대로 속까지 연기를 빨아들이고 내뱉으면서, 연기를 일자로 내뱉는 게 이제는 가능해졌다. 그 과정에서 목이 따끔거리고 콧물이 날 것 같기는 했지만.

 그러다 또다시 은희의 생각이 났다. 내가 지금 이러고 있다는 걸 알면 얼마나 속에서 천불이 날까. 오늘도 하루 종일 핸드폰을 꺼두었으니 지금쯤 아마 미치기 일보 직전이겠지. 내가 술담배를 했다는 사실을 알면 뺨을 몇 대나 때리려나. 그 생각을 하니 오히려 웃음이 나왔다. 예전 같았으면 무서워서 손이라도 떨려야 정상이었을 텐데.

 선우가 재떨이에 담배를 끄고 계단에서 내려가려 할 때였다. 갑작스럽게 심한 현기증이 한 번 더 일었다. 재이가 말한 그대로였다.

 계단에서 발을 헛디디는 순간, 세상이 느리게 흐르면서 바닥이 제멋대로 코앞까지 가까워졌다. 선우는 그렇게 계단에서 굴러떨어져 버렸다. 네다섯 개밖에 안 되는 낮은 계단이어서 망정이었다. 그런데 아무래도 구르는 과정에서 발목을 접질린 모양인지, 바닥에서 일어나려 하니 왼쪽 발목이 말도 안 되게 욱신거렸다.

"가지가지 한다. 가지가지 하셔."

저가 넘어진 모습을 보고 헐레벌떡 뛰어오기는커녕, 한심해 죽겠다는 눈빛으로 저를 내려다보고 있는 재이의 모습이 보였다. 선우는 저도 모르게 웃음이 터져 나왔다. 그러자 재이도 킥킥거리며 웃어대기 시작했다. 그 모습을 보니 우리가 진짜 절친이 맞긴 맞구나 싶었다. 야, 보고만 있지 말고 와서 나 좀 부축해 줘. 선우가 바닥을 짚으며 말했다.

재이가 결국 전자 담배를 주머니에 넣고 계단을 터벅터벅 걸어 내려왔다. 발목을 만지며 그제야 괜찮냐고 물어오길래, 통증을 느낀 선우가 인상을 찡그렸다. 땅이 꺼져라 한숨을 내쉬며 재이가 말했다.

"다음부턴 몸 좀 아껴가면서 반항해라, 어?"

#

그래도 바닥에 발을 디딜 수 있긴 한 걸 보면, 다행스럽게도 뼈를 다친 것까지는 아닌 모양이었다. 선우는 재이에게 부축을 받으며 재이의 집으로 향하는 내내 잔소리를 들어야만 했다. 그러니까 술이며 담배며 평소에 하지도 않는 짓들을 해대니까 이런 사달이 난 게 아니냐며, 1밀리도 아니고 4밀리짜리를 피운다고 했을 때부터, 아니 하이볼도 아니고 소주를 마신다고 나댔을 때부터 알아봤다며 싫은 소리들만 잔뜩 늘어놨다. 선우는 저놈의 입을 확 틀어막아 버릴까 하다가, 하나부터 열까지 구구절절 또 틀린 말은 없어서 그냥 꾹 참고 있었다. 그래, 이렇게 부축해주는 게 어디냐.

이것 또한 다행이라고 여겨야 할지는 모르겠지만, 선우처럼 왼쪽 발목을 다친 이력이 있었던 재이의 집에는 마침 왼쪽 발목 보호대가 있었다. 재이는 선우의 발목에 파스를 뿌려준 뒤, 발목 보호대까지 채우고 나서야 한숨 돌릴 수 있었다.

"힘들면 오늘도 자고 가든지."

재이가 눈썹을 찡그린 채로 선우의 발목을 뚫어져라 쳐다보면서 말했다. 마음 같아선 이대로 또 재이의 집에서 자고 가고 싶었지만 그럴 수 없었다. 이틀 연속으로 재이의 집에서 신세를 지는 건 저가 생각해도 너무 민폐인 데다가 오늘만큼은 은희를 피하고 싶지 않았다. 마치 무서워서 도망치는 것 같잖아. 유치한 반항처럼 보일지언정, 일부러 엄마가 싫어하는 것들만 골라서 한 날이었는데.

고개를 도리질 치는 선우를 보고서 재이는 옅은 한숨을 탁 내쉬더니 결국 택시를 불렀다. 무슨 일 있으면 꼭 여기로

와. 바보같이 맞고 있지만 말고 꼭 와. 그렇게 하겠다고 약속해. 단호한 어조로 말하며 새끼손가락을 내거는 재이에게 선우가 새끼손가락을 걸었다. 오늘만 해도 두 명과 새끼손가락을 걸었다는 생각을 하니 괜히 웃음이 나왔다. 내가 어지간히도 믿음직스럽지 못한가 보다.

재이가 잡아준 택시를 타고 집으로 향하는 동안에도 선우의 머릿속은 은희의 생각으로 복잡했다. 은희를 떠올릴 때면, 마음에 먹구름이 낀 것처럼 뿌옇고 아득하면서도 답답해지고는 했다. 지금도 그랬다. 은희와의 이 모든 게 도대체 언제쯤이면 끝날지 알 수 없었다.

선우는 왼쪽 다리를 절뚝이며 현관문 앞에 섰다. 그러고는 차마 도어락을 열지 못하고 한참을 망설였다. 문을 열고 들어서면 분명히 은희가 소파에 앉아 있을 것이다. 오늘 아침과 같은 자세로 저를 기다리고 있을 것이다. 선우가 눈을 질끈 감았다. 겁먹지 않기로 했잖아. 그냥 우습다고 생각하고 넘기기로 했잖아. 담배를 태울 때까지만 해도 분명 그랬으면서…….

선우가 조금 떨리는 손으로 도어락 문을 열었을 때였다. 선우의 예상대로 소파에 앉아 있던 은희는 자리에서 벌떡 일어나 곧바로 선우의 앞으로 다가왔다. 은희의 차갑고 위협적인 시선이 선우를 찍어 눌렀다. 마냥 도끼눈을 뜨고 선우를 내려다보던 은희는 이내 얼굴을 가까이 들이밀고 냄새를 맡아대기 시작했다.

"너…… 술 마셨니?"

올 것이 왔다. 하지만 피하지 않겠다고 다짐한 선우는 은희의 눈을 똑바로 쳐다보면서 고개를 끄덕였다. 냄새가 날 것도 알고 있었으니 거짓말을 할 이유도 없었다. 하지만 은희의 추궁은 거기에서 끝나지 않았다. 은희는 선우의 팔목을 잡아끌더니, 선우의 목덜미 부근의 냄새를 맡고는 주머니를 마구잡이로 뒤지기 시작했다.

선우는 그런 은희를 밀쳐내려 했지만 다친 발목 때문에 쉽지 않았다. 결국엔 발목에 통증이 밀려오면서 악 소리를 내는 것과 동시에, 은희의 손에 라이터가 딸려 나왔다. 은희의 시선은 라이터와 선우의 발목 보호대를 오가며 길을 잃은 사람처럼 한곳에 정착하지 못하고 있었다.

은희의 눈이 벌겋게 충혈되기 시작했다. 은희는 이 술 냄새와 담배 냄새는 대체 무엇이며, 발목은 또 왜 그 지경이 되었냐고 물었다. 선우는 아무런 대답도 하지 않았다. 기어이 은희의 볼을 타고 흘러내리는 눈물을 선우는 애써 모른 체했다.

"내가 너를 이렇게 방종하게 키웠니?"

오늘 아침처럼 뺨을 여러 대 때리는 게 은희의 당연한 처사일 것이라 생각했다. 다시 마주쳤을 때 그 눈빛은 마치 벼락과도 같이 주변의 공기를 깊게 흔들었으므로. 그러나 너무 충격을 받은 나머지 뺨을 내려칠 여력도 없는 모양이었다. 지금 저의 꼴을 보면 그럴 만도 한가 싶었다. 차라리 잘된 걸까. 선우는 이죽거리고 싶은 마음을 겨우 참아냈다.

발목 통증 때문에 한 자리에 서 있는 것조차 버거웠던 선우는 은희를 지나쳐 소파 팔걸이에 걸터앉았다. 은희는 여전히 반대편으로 몸을 돌리지 못하고 등을 보인 채 가만히 서 있었다. 선우는 그런 은희의 도드라진 날개뼈를 가만히 들여다보았다. 안 그래도 말랐는데, 요즘 들어 날이 갈수록 더 앙상해지고 있었다. 마음고생을 많이 하고 있나. 집에는 몇 시쯤 왔을까. 오늘 잠을 자긴 잤을까? 그 망할 꽃병은…… 치웠을까.

이내 은희는 다시 뒤를 돌아 소파 팔걸이에 앉아 있는 선우에게로 다가왔다. 선우는 일부러 은희의 얼굴을 보지 않고 한쪽 바닥만 멀거니 바라보았다. 은희를 보고 있지 않아도 은희의 손이 바르르 떨리고 있는 게 보였다. 왜 떠는 걸까. 때리고 싶어서? 충격을 받아서? 아니면 둘 다일까.

"너 이 죄를 나중에 다 어떻게 감당하려고 그래!"

은희가 선우의 두 팔을 붙잡고 울먹이며 처절한 목소리로 외쳤다. 선우의 숨이 턱하고 막혔다. 무릎을 꿇은 채 저를 와락 끌어안아오는 은희 때문이었다. 은희는 자신을 품에 끌어안고는 엉엉 소리를 내며 울기 시작했다. 너 도대체 왜 이렇게 된 거야, 내 딸만은 이렇게 안 될 거라고 믿었는데…… 어떻게 네가 나한테 이럴 수가 있어. 배신감에 가득 젖은 목소리로 은희는 악을 쓰고 있었다.

선우는 은희에게 안긴 채 허공만 응시하며 조용히 눈물을 흘렸다. 눈을 감자 속눈썹에 매달린 눈물이 툭 떨어졌다. 엄마가 날 사랑한다고 느꼈던 순간도 분명히 있었던 것 같다. 그러니까 아주 옛날에, 내가 아주 작았을 때, 엄마에게 업어달라고 졸랐던 날. 엄마는 눈썹을 찡긋거리고 웃으며 나를 업고 계단을 올랐다. 그러다 발을 삐끗해 계단에서 넘어진 엄마는, 내 이름을 부르면서 어린 딸의 상태부터 살폈다. 당신이 나보다 더 많이 다쳤으면서. 당신이 나보다 더 많이 아팠으면서.

분명 그땐 엄마를 좋아했던 것도 같은데, 지금은 왜 흉한 감정만이 남았을까. 그때 상처를 살피던 엄마의 손과 오늘 아침 뺨을 때렸던 엄마의 손이 겹쳐 보였다. 몇 살 때부터 엄마에 대한 반감이 무럭무럭 자라왔던 걸까. 엄마와 나의 감정은 언제부터 실줄기처럼 얽히기 시작했던 걸까. 기억을 더듬어보아도 희미했다.

다시 눈을 뜬 선우는 은희를 찬찬히 내려다보았다. 저의 품에 얼굴을 파묻고 울고 있는 은희 때문에 심장이 비틀어지는 고통이 밀려 들어왔다. 나 때문에 엄마가 울고 있구나. 이토록 괴로워하면서.

"엄마, 그거 알아요?"

선우가 갈라진 쉿소리로 간신히 입을 열었다. 은희는 대답이 없었다.

"나 죽고 싶어요. 엄마 때문에."

선우는 죽고 싶어졌다. 자신이 세상에서 사라진다면 은희도 저도 이렇게나 괴로워할 일이 없을 거라고 생각했다. 선우는 그 말을 하면서도 속이 울렁거리고 뒤틀렸다. 목구멍 안에서부터 무언가 얽히고 뭉친 기분이 들었다.

흐느끼며 울고 있던 은희가 천천히 고개를 들었다. 못 들을 걸 들었다는 듯 벌어진 입은 다물어질 줄 몰랐고, 미친 듯이 떨리는 기다란 속눈썹 또한 진정될 줄을 몰랐다. 은희는 자신의 손을 더듬거리면서 선우의 손을 찾고 있었다.

"선우야, 선우야. 우리 선우."

저의 이름만 애타게 불러대며 눈을 끔뻑거리는 은희의 표정은 마치 이상한 꿈이라도 꾸는 사람 같았다. 은희는 바들바들 떨리는 손으로 어렵사리 선우의 손을 잡아왔지만, 선우는 잡힌 손을 말없이 빼낼 뿐이었다. 절망에 사로잡힌 은희가 자신의 손을 바닥으로 추욱 늘어뜨리며 낮은 목소리로 물어왔다.

"엄마가…… 어떻게 해줬으면 좋겠어?"

은희가 이런 질문을 하는 건 난생처음이었다. 차갑고 반들거리는 바닥 위로 은희의 눈물이 서서히 퍼져나갔다.

"한 달만이라도 재이네 집에서 지내게 해줘요."

선우는 머릿속으로 대답을 고르다 항상 마음에 걸려 있던 말을 꺼냈다.

"……한 달이면 되겠어?"

한동안 말이 없던 은희가 입을 뗐다.

"네."

"그럼 그렇게 해."

은희의 대답을 듣자 그제야 어깨의 긴장이 탁 풀렸다. 선우는 곧바로 제 방으로 발을 절뚝이며 걸어가 캐리어 가방을 찾았다. 왜 당장 오늘부터 나가려 하느냐고, 자신에게도 시간을 좀 주면 안 되겠느냐고, 아니면 태워라도 주겠노라고 말하는 은희의 애달픈 외침이 들려왔지만 모두 무시하려고 노력했다.

선우는 캐리어 가방을 열어 대충 필요한 것들로만 채워넣기 시작했다. 필요한 게 또 있으면 은희가 없는 틈을 타서 재이와 또 오면 그만이었다. 별것 안 되는 짐을 넣는 동안에도 저릿거리는 손을 주무르느라 시간이 꽤 걸렸다.

은희는 멀찍이서 무릎을 꿇은 그 자세 그대로 울먹이며 자신을 보고 있었다. 선우는 심장이 아플 정도로 세차게 뛰었다. 혹시라도 이게 틀린 결정일까 봐 겁이 났다. 울고 있는 엄마를 뒤로하고 나가버리는 게, 시간을 조금만 달라고 하는 엄마를 외면해버리는 게 이기적인 결정일까 봐. 그런데 이대로 집에 남는다면, 그때는 자신이 죽어버릴 것만 같았다.

캐리어에 짐을 어느 정도 넣은 선우가 힘겹게 걸으며 현관문 앞에 섰다. 은희는 바닥에서 일어나 소파에 망연하게 앉아 앞만 바라보고 있었다. 무슨 생각을 하고 있을까. 선우가 그런 은희를 나지막이 불렀다.

"엄마."

대답이 없다. 숨이 뻑뻑해져 오길래 심호흡을 한 번 크게 내쉬었다.

"엄마가 괴로운 이유를 정말 모르겠어요?"

선우가 현관문 고리를 돌렸다. 이제 문을 열고 한 발자국만 내디디면, 한 달은, 한 달만큼은…….

"제발 엄마 인생을 살아요."

그 말만을 남겨놓은 채 발걸음을 옮겨 집을 완전히 나섰다. 쾅, 하고 현관문이 강하게 닫히는 소리가 귓가에 메아리쳤다. 선우는 손바닥으로 볼에 흐른 눈물을 닦았다. 어째서인지 왼쪽 발목보다 가슴이 더 욱신거렸다.

#

"고 교수님?"

"아 네, 네."

선우 생각에 가득 잠겨 있던 은희는 학과 회의가 진행 중이었다는 사실도 잊어버리고 있다가, 저를 부르는 소리에 간신히 정신을 붙잡았다. 다음 학기에 열릴 졸업 전시회에서 서양화과가 미술학부 내에서 몇 번째로 전시를 하게 될지를 조율 중이었다. 관례상 올해에도 작품 설치 기간이 가장 오래 걸리는 조소과가 첫 순서가 될 예정이었다. 그러자 은희의 머릿속은 또다시 분주해지기 시작했다. 조소과…….다비드상, 유선우. 은희의 사고 회로는 자연스럽게 다시 선우를 향해 가닿았다.

선우가 집을 나간 지 어느새 이 주가 지났다. 은희는 지난 이 주간 넋이 나간 사람처럼 아무것도 하지 못한 채 멍하게 보냈다. 일도 작품 활동도 손에 잡히지 않았다. 선우의 빈자리는 그 무엇으로도 채울 수 없었다. 이제 개강까지도 얼마 남지 않았다. 선우가 다시 돌아오는 때도 개강 즈음과 맞물려 있었다.

선우가 처음 나갈 때만 해도, 집을 나가봤자 저만 고생할 거라고 생각했다. 안온한 엄마의 품을 떠나서 자기가 무얼 할 수 있겠느냐고, 분명 며칠 버티지도 못하고 다시 집으로 돌아올 거라고 믿었다. 그런데 생각보다 선우가 오래 버티는 바람에 은희는 점점 속이 답답해졌다. 밥은 잘 챙겨 먹고 있는 건지, 어디 아픈 곳은 없는지 궁금했지만 먼저 연락할 수는 없었다. 이혼 전, 지훈이 그토록 지적하고는 했던 자존심 때문이었다.

"나 죽고 싶어요. 엄마 때문에."

자신 때문에 죽고 싶다던 선우의 말을 들었을 때는, 마치 내장이 갈기갈기 찢겨져 나가는 기분이었다. 처음에는 저가 지금 꿈을 꾸고 있나, 아니면 시험에 들었나 싶었다. 그다음엔 내가 너에게 어떤 사랑을 쏟아부었는데 그런 말을 면전에 대고 할 수가 있느냐고 괘씸하게 느껴지기도 했다.

하지만 은희라고 해서 그 순간 딱히 손 쓸 도리가 있었던 건 아니었다. 거기서 선우를 더 다그친다면 정말 큰일이라도 날까 봐 무서워서 선우의 제안에 알겠다고 대답하는 수밖에 없었다. 한 달이면 다시 내 품으로 돌아올 테니까. 한 달이라고 자기 입으로 직접 말했으니까.

"제발 엄마 인생을 살아요."

웃기지도 않는 소리. 내가 내 인생을 살지 않은 적이 있었던가. 그렇게 치열하게 살지 않았더라면 애초에 이 자리까지 오를 수도 없었을 텐데. 그걸 뻔히 다 알고 있으면서도 내 인생을 살라고?

어처구니가 없었다. 내 딸의 눈에는 제 엄마가 자신의 인생을 제대로 살지 못하고 있는 걸로 비쳤던 모양이지. 그럼 내가 어떻게 살아야 선우의 눈에도 인생을 똑바로 사는 것처럼 보일 수 있었을까. 내 할 일에만 몰두하는 것? 아니다. 그건 지금도 하고 있으니까. 몰두하다 못해 퍼져버리기 일보 직전이니까.

선우가 집을 나가면서까지 원했던 것. 보나 마나 내 통제권을 벗어나려는 의도였겠지. 엄마의 손길이 닿지 않는 자유로운 삶을 원해서.

그 순간 은희의 목울대가 울렁거렸다.

자유.

프랑스, 몽마르트 언덕, 마티유…….

저도 모르게 연쇄적으로 일어나는 사고를 틀어막으려 고개를 내젓자 심한 현기증이 일었다. 지난 이 주 동안 식음을 전폐한 탓이었다. 음식에 입도 대지 못하고 있는 것이 마치 그때와 같았다. 선우에게 처음으로 손을 올렸던 날. 오래전 기억이 밀려 들어와 은희는 골이 쑤셔 미칠 지경이었다.

그 당시 지훈은 저를 사람 취급도 하지 않았다. 그놈의 체면을 외쳐대는 짓조차 할 가치가 없다고 느끼는 것 같았다. 그저 자신이 이혼해주겠노라 말할 때까지 시위하는 사람처럼 보였다.

그 남자는 대체 왜 그랬을까. 처음부터 날 사랑하지 않았나. 나보다 선우를 더 사랑했나. 아니지, 아니지. 우리는 처음부터 서로를 사랑한 적이 없지. 그럼 선우를 사랑하긴 했나? 그런 사람이 선우의 문제에 그다지도 무관심하다가 그제서야 뭐라도 되는 것처럼 의기양양하게 굴었던 건가? 선우를 방관함으로써 환심을 샀다는 이유만으로?

지금 와서 생각해보면 정확히 그때부터였다. 완벽한 삶에 서서히 금이 가기 시작했던 게. 하나뿐인 딸은 저와 말도 섞지 않았고, 남편은 하루가 멀다하고 이혼을 요구해왔던 때.

은희는 지훈과의 결혼 생활을 지키고 싶었다. 지훈을 사랑해서가 아니었다. 가정을 지키려는 이유에 대해서는 스스로도 잘 알고 있었다.

그래, 지훈이 늘 말했던 그놈의 체면 때문이었다. 완벽한 가족에 대한 집착을 차마 버릴 수 없었다. 선우를 때린 날 지훈이 물었다. 네가 원하는 정상 가족이라는 게 도대체 뭐냐고. 네가 선우를 때리고 집안 꼬라지를 개판으로 만든 게 정상적인 가족이냐고.

"정상적인 가족……."

은희가 다시 한번 그 여섯 글자를 조용히 읊어보았다. 그러자 너 같은 여자와 결혼한 게 내 인생 최대 실수였다는 지훈의 말소리가 한 번 더 귓가에 울렸다. 실수라. 은희는 지훈과 결혼한 걸 실수라고 생각하지 않았다. 모든 게 다 하나님의 뜻인데, 그게 어찌 실수가 될 수 있겠는가. 천벌이라면 천벌이었지 실수여서는 안 됐다.

지훈과 결혼한 걸 실수라고 여기는 순간, 은희는 아주 많은 것들을 직면하고 감당해야 했다. 차라리 천형이길 바랐다. 이게 신의 뜻이 아니라면, 어디서부터 잘못된 건지도 모를 정도로 철저하게 잘못된 인생이었으므로.

퇴근하기 위해 차에 올라탄 은희는 집이 아닌 선우의 야외 작업실로 운전대를 돌렸다. 재이의 소재지는 알고 있었지만 집 주변에 마땅히 차를 숨길 만한 곳도 없었고, 둘의 귀가 시간까지 기다릴 여유도 없었다. 선우의 작업실에서 최대한 눈에 띄지 않는 곳에 차를 주차한 은희는 하염없이 선우를 기다렸다. 분명 선우도 엄마가 없어서 힘들어하고 있을 거야. 밥도 제대로 먹지 못해 수척해져 있겠지. 내 품 안에서만 귀하게 자란 네가 어떻게 나 없이 한순간에 잘 지낼 수가 있겠어.

그때였다. 익숙한 실루엣이 야외 작업실로 들어섰다. 보나 마나 선우였다. 저가 낳고 평생을 길러온 자식인데 모를 수 없었다. 다행히 발목은 다 나은 모양인지, 그새 발목 보호대 없이 잘 걷고 있었다. 옆에는 재이로 보이는 녀석이 선우와 나란히 작업실 안으로 들어갔다. 저 촐싹거리는 아이는 같은 학과도 아니라면서 어쩌다가 친해졌는지.

사람을 써서 재이의 뒷조사를 해보긴 했으나 딱히 이렇다 할 건 없었다. 현재 혼자 살고 있으며 고향은 이곳도 아니었고 그렇다고 여기에 연고가 있는 것도 아니었다. 부모는 둘 다 미술과도 관련 없는 전문직에 위로는 결혼한 언니 하나. 그나마 집안이 괜찮아 보여 선우의 친구로 지켜보고는 있지만…….

 은희는 차에서 내려 작업실을 향해 한 걸음씩 다가갔다. 선우의 작업대는 작업실 입구와 가까이 있었다. 멀찍이 선 은희는 선우의 모습을 몰래 지켜보았다.

 피폐해졌을 거라 믿어 의심치 않았던 선우가 활짝 웃고 있었다. 그렇게 꿈결 같은 표정으로 웃는 선우의 모습은 태어나서 처음으로 봤다. 그 순간 가슴에 돌덩이가 하나 놓이면서 재이가 했던 말이 떠올랐다. 선우가 그렇게 웃는 표정을 본 적이 있느냐던 그 말.

 그래, 난 본 적이 없다. 저 표정이 그 애가 말했던 그 표정이었다면.

 "야, 나름 이 주 동안 많이 만들었다. 제목은 지었냐?"

 "음……. 아직 생각 중."

 "전에 거 부수고 지도 교수한테 개혼났다며. 이 정도 작업 속도면 교수님도 뭐라 못 할듯?"

 선우의 작품은 작업실 문과 재이의 뒷모습에 가려져 제대로 보이지 않았지만, 얼핏 보았을 땐 고양이의 형상 같았다. 고양이? 다비드상을 부수고 기껏 만든다는 작품이 고작 고양이라니. 지난번에도 웬 길고양이를 데려와서 키우자고 했을 때부터 이상하다고 생각했는데. 마음 같아서는 당장 작업실에 박차고 들어가 이딴 거나 만들려고 다비드상을 부순 거냐고 소리치고 싶었지만, 꾹 참아야 했다.

얼굴이 폈다는 말은 이럴 때 쓰는 건가. 말 그대로 선우의 얼굴이 폈다. 제 앞에선 늘 미간을 구기고 다니던 선우였는데, 지금은 그 어떤 찡그림도 없이 환하게 웃고만 있다. 마치 구름 위를 걷고 있는 것처럼. 날 이렇게 구렁텅이에 처박아놓고 어떻게 너는 그렇게 행복하게 웃는 거야?

비틀거리며 다시 차로 돌아온 은희는 허물어지는 벽처럼 운전석에 주저앉았다. 한동안 차를 출발하지 못하고 요동치는 감정을 진정시키는 데 애써야 했다.

사실은, 사실은……. 웃고 있는 선우를 보았을 때 잊고 싶었던 일이 떠오른 은희였다.

프랑스에서의 그날, 마티유가 그려주었던 자신의 웃는 얼굴을 은희는 떠올렸다. 그림 속의 저는 선우처럼 웃고 있었다. 지금 선우의 얼굴에, 마티유가 그렸던 자신의 모습이 겹쳐졌다. 그 미소는 저가 아주 잠깐 쟁취했던 그러나 결국엔 가질 수 없었던 그 무언가를 가진 사람만이 지을 수 있는 미소였다. 저에게는 프랑스에서, 마티유의 곁에 있었던 그 순간순간들이 처음이자 마지막이었다.

그런데 선우는 이제 막 그 미소를 시작하고 있었다. 그 미소가 자신이 없는 자리에서 피어났다는 사실이 은희의 마음을 잠시 멈추게 했다.

내가 없으니까 저리도 황홀한 표정을 짓고 있잖아.

나는 선우에게 도대체 어떤 존재였던 걸까. 선우가 저렇게 웃으려면 내가 사라져야 했던 걸까. 은희의 목 아래가 뻐근했다. 손끝은 저릿거리다 못해 아팠다. 선우의 말대로 정말 내가 잘못되기라도 한 걸까? 그러고 보니 내가 뭘 위해 선우에게 이렇게나 매달리고 있는 거였더라. 점점 기억이 나지 않았다. 자신이 선우에게 집착했던 이유.

은희는 차키를 꽉 쥐고 선우의 작업실로 향할까 말까 고민하기를 반복했다. 후텁지근한 한여름의 공기가 목을 조여왔다. 설령 선우를 찾아간다 한들, 선우가 나를 보지 않고 내게 등을 돌려 버리면 어떻게 되는 거지. 은희의 목 아래서 불덩이 같은 게 꿈지럭거렸다. 이 주 전 처음으로 경험했던, 선우에게 버림받는다는 감각이 머리끝에서 발끝까지 퍼졌다.

그날도 그랬다. 마티유에게 헤어지자고 말했던 날, 다시 마티유에게 뛰어가 모든 말을 무르고 그를 붙잡고 싶었다. 그가 떠나지 않기를 간절히 빌었다. 그러니 이번엔 달라야 했다. 선우만큼은 저의 곁에 남아 있어야 했다.

은희가 손을 움켜쥐고 다시 마음을 다잡았다. 그래, 내가 잘못됐을 리 없다. 내가 틀렸을 리 없다. 선우는 어차피 다시 돌아오게 되어 있어. 잠시 하나님의 신의를 저버린 것뿐이고, 그런 인생이 얼마나 가혹한 것인지 아직 몰라서 그러는 것뿐이니까. 먼지처럼 일생을 떠돌아다녀봤자 정말로 먼지가 될 테고, 내 자식을 그렇게 둘 수는 없었다. 세상 끝, 누구도 닿지 못하는 곳에 가서라도 선우를 다시 데려와야만 했다.

3부

"아이고, 어쩌다가 그렇게 됐대. 남편이랑 잘 사는 줄 알았는데…….."

지훈이 부쩍 집에 들어오지 않을 즈음, 은희를 둘러싼 소문들은 들불처럼 무서운 속도로 번지기 시작했다.

이야기가 가장 먼저 새어 나간 곳은 교회였다. 이혼과 별거라는 두 단어가 사람들의 입에 오르내리며 집요하게 은희를 따라다녔다. 은희는 아무렇지 않은 척하며 헛소문 취급하려 애썼지만, 그게 불가능한 일이라는 걸 깨닫기까지는 그리 오래 걸리지 않았다. 언제부턴가 유언비어로 치부할 수 없을 만큼 사방에서 저와 선우를 겨눈 말들이 오가기 시작한 것이었다.

"그래도 하나님께서는 자매님을 사랑하시니까, 너무 힘들어하지 마세요."

어떤 이들은 저의 손을 잡아주며 진심 어린 위로를 건네는가 하면, 어떤 이들은 믿음이 부족해서 그런 거라며 험담을 늘어놓기도 했다. 그중에서도 은희가 가장 참을 수 없었던 건 바로 선우를 향한 연민이었다.

"선우는 무슨 죄야. 이제 고등학교 졸업하지 않아?"

"그 집 엄마도 잘 나가는 건 좋은데, 결국 애만 제일 힘들게 된 거지 뭐."

누가 더 잘못했대, 선우는 어쩐대, 결국 헤어진대⋯⋯. 소문은 저마다의 이야기를 덧붙이며 걷잡을 수 없을 정도로 흩어져갔다. 감추고 싶었던 모든 것들이 밖으로 드러나고 있었다. 엉망이 되어버린 지훈과의 관계를 더는 가리거나 숨길 수도 없었다. 가느다란 실금에 불과하다고 생각했던 일들은 저도 모르는 사이 커다란 균열이 되어 일상을 무너뜨리고 있었다.

이 이상 버티는 게 무슨 의미가 있을까. 이대로 지훈을 붙잡고 있는 게 정말 올바른 선택일까. 교회 창문 너머로 쏟아지는 빛을 받으며 은희는 맞잡은 두 손에 힘을 꾹 주었다. 하나 분명한 건, 이제는 어떤 형태로든 결말을 내야 했다는 것이다. 남들이 보기에도 이미 끝나버린 관계를 질질 끌고 가는 것보다는 원만한 이혼을 선택하는 편이 더 나을지도 몰랐다. 적어도 내가 원해서, 내 의지로 하는 이혼이라면.

이혼이라는 선택이, 아이러니하게도 자신과 선우를 지켜줄 수 있는 방법이라는 걸 깨달았을 때, 그리고 선우의 눈에 비친 자신이 얼마나 무너지고 있는지를 깨달았을 때 은희는 담담하게 지훈의 이혼 요구를 받아들였다. 선우가 이제 막 대학 입학을 앞두고 있는 시점이었다.

***

은희는 집으로 돌아오자마자 캄캄한 거실 불부터 켰다. 숨 막히는 어둠에 삼켜지지 않기 위함이었다. 몇 주가 지나도 이 커다란 집에 혼자 들어서는 건 조금도 익숙해지지 않았다. 시간이 지나면 선우가 없는 집에도 적응할 거라 믿었는데, 애석하게도 익숙해질 기미조차 보이지 않았다. 이상한 일이었다. 달라진 거라곤 선우가 없다는 것뿐인데, 마치 모든 가구를 들어내기라도 한 것처럼 허전했다.

은희는 텅 빈 거실을 지나쳐 부엌으로 들어와 애꿎은 냉장고 문을 열어보았다. 선우가 없으니 새로 만들어둔 반찬이 통 줄어들지를 않았고, 더는 먹을 수 없게 된 음식물 쓰레기들만 계속해서 늘어가고 있었다.

힘 없이 냉장고 문을 닫은 은희는 자연스럽게 선우의 방으로 발걸음을 옮겼다. 이렇게 공허함이 찾아올 때마다 선우의 흔적을 뒤적여보는 게 은희의 새로운 습관이 되었다.

선우의 침대에 걸터앉아 이불을 만지작거리던 은희는 이내 방 한 켠에 놓아둔 낡은 상자를 꺼냈다. 선우가 어릴 적 그린 그림들을 가지런히 모아둔 공간이었다. 서툰 그림체로 정성스레 그린 그림을 보는 은희의 입가에 옅은 미소가 번졌다. 선우가 이렇게 풋풋한 그림을 그리던 때엔, 우리를 둘러싸고 있는 모든 것들이 다 평화로울 거라고 믿었는데.

손끝으로 선우의 그림을 더듬거리던 은희는 서서히 깊은 물 속으로 가라앉았다. 이때 선우는 어떤 마음이었을까. 행복했을까, 아니면 외로웠을까. 나만큼이나 선우를 위해줄 수 있는 사람은 없다고 생각했는데, 지금은 왜 이렇게 멀어졌을까. 따뜻한 색감의 그림을 넋이 나간 채로 들여다보던 은희는 선우가 자신을 믿고 따랐던 때가 사무치게 그리워졌다. 선우의 그림은 아직도 그때의 온기를 간직하고 있는 것만 같은데, 지금의 선우는 저를 떠나야만 살 수 있다고 말한다.

은희는 저와 닮은 선우의 그림체를 보며 문득 자신의 어린 시절을 떠올렸다. 나도 선우처럼 순수한 마음으로 그림을 그렸던 때가 있었지. 지금처럼 무언가를 증명하기 위해 그리는 게 아니라, 단지 그리고 싶어서 그림을 그렸던 시절이. 그랬는데 도대체 언제부터 진짜 모습을 감추게 된 걸까. 선우는 여전히 작품에 진심을 담고 있는데 나는 이제 어떤 감정을 담고 있는지도 모르겠어. 나는…….

고요함이 돌무더기처럼 무겁게 깔렸다. 집 안의 소음이라고는 은희가 선우의 그림을 넘기며 부스럭거리는 소리가 전부였다. 분명 셋이서 복작거리며 살았던 집이었건만, 이제는 지훈도 선우도 없이 혼자가 되어버렸다.

자신의 어머니처럼 가정을 지켜내지 못했다는 자괴감이 괴롭힐 때마다 이것도 하나님의 계획일 거라 생각하며 애써 마음을 다잡았다. 그런데 내가 내 엄마보다 나은 점이 정말 있기나 한 건지 모르겠다. 있다면 그게 대체 뭘까. 결국엔 모두가 나를 떠나버렸는데. 내가 엄마를 떠나왔던 것처럼.

멍하니 생각에 잠긴 은희는 조용히 핸드폰을 집어 들었다. 그러고는 읽은 적 없는 것처럼 외면해버렸던 마티유의 메일을 다시 읽고 또 읽었다. 네가 꼭 와주었으면 좋겠어. 그때 우리가 꿈꾸던 곳에서, 널 기다릴게.

메일을 읽는 은희의 시선이 한 단어 위에서 오랫동안 머물렀다.

그때, 그때······.

그때 나는 결코 엄마처럼 살지 않았다. 그때의 나는, 절대로 엄마처럼 되지 않으리라고 믿어 의심치 않았다.

한참 동안 핸드폰 화면만 바라보고 있던 은희는 이내 비행기 예약 사이트에 접속했다.

#

어쩌자고 왔지, 여기를.

하늘을 올려다보던 은희가 멍한 얼굴로 작게 중얼거렸다. 파리행 비행기에 올라탄 순간부터는 도대체 무슨 정신으로 이곳까지 왔는지 기억나지 않았다. 그저 창밖을 내다보며 가슴을 다독거려야 했던 시간과, 호텔에서도 뜬눈으로 밤을 지새워야 했던 순간만이 기억에 남아 있었다.

정말 어쩌자고 와버린 건지 모르겠다. 이다지도 대책 없이 행동한 건 처음이었다. 마티유를 다시 만나게 되더라도, 그에게 해줄 수 있는 말이 있긴 할까 싶었다. 심지어 그의 메일에 답장조차 하지 않았는데. 아무런 연락도 없이 불쑥 찾아온 나를 보면 그가 많이 놀라지 않을까.

　부드럽게 내려앉은 햇빛 아래에서 은희의 옅은 색의 눈동자가 일렁였다. 이런저런 자잘한 이유를 끊임없이 갖다붙여 보았지만, 그 끝엔 결국 마티유가 있었다. 초라하지 않았던 때의 고은희를 기억하는 사람은 마티유가 유일해서, 그래서.

　은희는 바람에 흩날리는 고동빛의 긴 머리칼을 쓸어 넘기며 그제서야 주변을 살펴보았다. 특별 기획전 때문인지 미술관 입구부터 인파가 북적였다. 은희도 벤치에서 몸을 일으켜 미술관으로 발걸음을 옮기기 시작했다. 물에 번진 수채화처럼 흐릿했던 그와의 기억이 다시금 또렷해지고 있었다.

　'조각, 아르누보의 영혼을 담다'

　미술관 안으로 들어서자 특별 기획전의 제목을 알리는 현수막이 눈에 들어왔다. 마티유 르블랑. 그 이름 위에서 은희의 시선이 한동안 떨어지지 않았다.

　은희는 어깨에 멘 가는 가방끈을 꼭 그러쥔 채 기획 전시실로 한 걸음씩 걸어갔다. 목이 바짝 타는 느낌에 생수를 몇 모금 마셔보았지만, 어쩐지 그마저도 소용없게 느껴졌다.

　전시실에 들어서자마자 마티유의 작품이 은희의 두 눈을 가득 채웠다. 팸플릿에 있던 사진과는 비교할 수 없을 만큼 커다랗고 강렬한 그의 작품이 전시실 한가운데 자리하고 있었다. 은희는 사람들의 틈을 비집으며 작품 앞으로 조금씩 다가갔다.

대리석을 이용한 작품은 물처럼 흘러내리는 천이 한 여인을 부드럽게 감싸고 있는 형상이었다. 여인의 한 손은 천을 붙잡고 있었으며, 다른 한 손은 허공을 향해 뻗고 있었다. 여인의 얼굴은 천의 흐름 속에 흐릿하게 묻혀 있었기에, 천이 여인을 감싸는 건지 여인이 천이 되어 사라지고 있는 건지 알 수 없었다. 그 안에서 유려하게 이어지는 곡선들은 은희가 기억하는 그의 손길을 떠올리게 했다.

⟨Souvenir(기억)⟩

그는 무얼 기억하며 이 작품을 만들었을까. 우리가 함께했던 시간들일까, 아니면 내가 그의 곁에 없었던 시간들일까. 은희는 무심코 작품 명패를 만질 뻔하다가 얼른 손을 거두었다.

"약속 지켰네."

은희가 조용하게 읊조렸다. 이곳에서 먼저 전시하게 되는 사람이 초대해주기로 했던 약속, 정말 지켰네. 이십 년이 넘는 시간 동안 너는 더 멋진 사람이 되었는데, 나는 그동안 한국에서 뭘 하면서 지냈는지도 모르겠어.

은희는 마티유를 만났을 때 묻고 싶었던 이야기들을 하나씩 마음속으로 떠올려 보았다.

그때 만들던 다비드상은 완성했어? 미완성일 때도 멋져서 완성한 거 꼭 보고 싶었는데. 그거 돌 깎을 때마다 온몸에 가루가 묻어서 내가 밀가루 반죽 같다고 놀렸던 거, 기억나?

우리 자주 가던 빵집은 아직도 있어? 너 거기 크루아상 되게 좋아했잖아. 생일 선물로 크루아상만 받고 싶다고 말했을 정도로.

참, 밤늦게까지 작업하는 습관은 어때? 고쳤어, 아니면 그대로야? 우리 딸도 밤마다 작업해서 미치겠어. 밤낮 바꾸지 말라고 아무리 잔소리해도 안 듣는 게 꼭 너 같아. 예술가는 원래 밤에 활동하는 거라는 소리를 해대는 것도.

내 딸이 너를 궁금해해. 너에 대해 솔직하게 말해준 적은 없었지만, 이곳에 같이 왔더라면 말해줄 수 있지 않았을까 싶어. 둘이 많이 닮았거든. 얼굴도, 성격도, 작품에서 솔직한 감정이 드러나는 것도. 이상하지, 한 번도 본 적 없는 너를 닮아간다는 게.

우두커니 선 채로 생각에 잠겨 있던 은희는 이내 고개를 저었다. 이게 무슨 바보 같은 질문들이람. 이제 와서 다 지난 이야기를 물어봤자 무슨 의미가 있다고.

은희가 한숨을 내쉬며 다른 작품으로 눈을 돌렸을 때였다.

저 멀리 사람들의 틈바구니 속에 익숙한 실루엣이 보였다. 걸음걸이, 옆모습, 웃을 때마다 패이는 볼우물까지도. 그리워해왔던 사람의 모습이 시야에 들어온 순간 은희는 가슴이 턱 내려앉았다. 온몸이 본능적으로 얼어붙는 느낌이었다.

은희는 무의식적으로 숨까지 참아가며 등을 돌렸다.

참았던 숨이 마구잡이로 흐트러지는 바람에 팜플렛만 간신히 붙들었다. 주변의 소음이 점점 멀어지고, 아무것도 들리지 않는 것처럼 귀가 먹먹해졌다. 숨을 크게 들이마시려 해도 가슴부터 꽉 막힌 것처럼 답답했다.

조금 전 떠올렸던 것들처럼 태연하게 반응하면 된다. 반갑게 인사하면서. 오랜만이라고, 그동안 잘 지냈느냐고. 은희는 천천히 숨을 고르고, 혀로 마른 입술을 축이며 다시 뒤를 돌았다.

"마티유—."

그러나 그의 이름을 불렀을 땐, 그의 모습이 이미 수많은 인파에 휩쓸려 간 뒤였다.

팜플렛을 쥐고 있던 은희의 손에 점점 힘이 들어갔다. 은희는 마티유가 사라진 자리만 한참 동안 바라보다가 입 밖으로 조그맣게 내뱉었다.

"내가 떠난 다음…… 날 생각한 적 있어?"

***

어제는 꼭 비가 올 것처럼 흐리더니, 오늘은 또 하늘이 맑았다.

은희는 한 손에 커피를 든 채 센 강변을 따라 걸었다. 며칠 전 미술관에서 있었던 일들을 다시 한번 떠올리면서. 그날도 느꼈지만, 마티유의 작품은 선우와 닮은 점이 참 많았더랬다. 조각임에도 불구하고 유연한 움직임을 표현하고 있다는 점이 특히 그랬다. 시간이 흐르면 선우도 지금보다 더 자유롭고 감각적인 작품을 만들게 되겠지. 마티유처럼.

그에 반해 나는, 내 작품은, 언제부터 억눌려 있었더라. 대체 언제부터 색을 쌓는 게 아닌 지우는 일들에 더 익숙해져 있었더라.

바닥만 보면서 걷고 있던 은희가 천천히 고개를 들었다. 파리에서의 며칠이 더 지났다. 어느새 내일이면 다시 한국으로 돌아가는 날이었다. 파리에서 머무는 동안 은희의 메일함은 마티유에게 차마 보내지 못했던 메일들로 가득 쌓여갔다.

부모님에게 전화 너머로 혼이 났던 날, 마티유가 이런 말을 했었다. 선도 색도 감정도 다 흘러가는 거라고. 그리고 그런 그에게 묻고 싶었다. 어째서 저의 감정은 흘러가지 않는 것인지. 왜 한자리에 계속 남아 차오르고 있는 건지도.

은희는 센강 돌벽에 걸터앉아 손에 든 커피를 마시며 지나가는 사람들을 바라보았다. 강변 한편에서는 기타를 치며 노래하는 사람들이 보였고, 손을 맞잡고 다정하게 걷는 노부부와, 천진하게 웃으며 자전거를 타고 있는 어린아이들도 보였다. 오랜 시간이 지났지만 파리의 사람들은 여전히 자유로워 보였다. 그 속에서 갇혀 있는 사람은 은희뿐이었다.

은희는 장난스럽게 대화를 나누며 걷고 있는 젊은 연인의 뒷모습을 빤히 바라보았다. 남자는 장난기 가득한 표정으로 길가에서 나뭇잎 한 장을 주워 여자의 머리 위에 올려놓았고 여자는 남자의 팔을 가볍게 때리며 웃음을 터뜨렸다.

은희가 쓸쓸한 미소를 지으며 엄지로 커피잔을 문질렀다. 저 사람들도 그와 내가 사랑했던 것처럼 사랑하고 있을까? 그렇다면 저들도 언젠가는 저 손을 놓게 될까, 아니면 끝까지 서로를 놓지 않을까.

결국 이렇게 되어버릴 줄 알았더라면 그때 온전히 행복해할 것을 그랬다. 어머니의 가르침이고 뭐고, 그런 것들로 불안해하며 자책할 시간에 그 순간을 만끽할 것을 그랬다. 이제 와서 후회해봤자 무슨 소용이 있겠느냐만은.

나도 그땐 마티유의 손을 잡고 어디든 갈 수 있을 거라 생각했지만 결국엔 내가 그 손을 놔버린 거야. 그는 날 사랑해서 놓아준 거고. 그런데 만약 우리가 반대였더라면, 그가 날 놓아줬던 것처럼 나도 그를 놓아줄 수 있었을까. 사실 잘 모르겠다. 사랑하기에 놓아줄 수 있는 거라면, 나는 지금 왜 선우를 놓지 못하고 있는 건지도.

나는 무엇을 위해서 이렇게까지 달려왔을까. 그가 그렇게나 찬란하게 빛나는 동안 나는 어디서 뭘 하며 헤매고 있었던 걸까. 놓아버린 것들과 잃어버린 것들이 하나씩 은희의 눈앞을 스쳐 지나갔다. 마티유를 마주하고 나니 자신이 지금까지 버텨왔던 모든 순간들이 한꺼번에 무너지는 것만 같았다.

먼지처럼 짙게 깔린 마티유와의 기억들이 은희의 머릿속을 들쑤셨다. 지끈거려오는 머리 때문에 그만 호텔로 돌아갈까 생각하던 찰나, 손에 쥐고 있던 핸드폰에서 짧은 진동이 울렸다. 그게 불어로 쓰인 메일이라는 걸 확인하자마자 은희의 손이 멈칫했다.

'방명록에서 네 이름을 봤어. 네가 여기에 왔었다는 걸 오늘 알게 됐어. 아직 파리에 있는 거야?'

은희는 돌벽 위에 커피를 내려놓은 뒤 손을 꽉 쥐었다가 다시 펼쳤다. 몇 번이나 같은 동작을 반복해보았지만 손끝에 좀처럼 힘이 들어가지 않았다.

'일 때문에 프랑스에 갔다가 잠시 전시회에도 들렀어. 일행도 있었고, 여러모로 정신이 없어서 연락을 못 했어. 지금은 한국이야. 작품 멋있더라, 축하해.'

몇 분 동안 답장을 망설이던 은희는 한 글자씩 천천히 써 내려갔다. 그리고 전송 버튼을 누르는데 저도 모르게 헛웃음이 나왔다. 선우와 마티유의 솔직함을 부러워했다는 게 스스로가 생각해도 기가 찼다. 지금도 이렇게 비겁한 거짓말들이나 잔뜩 늘어놓고 있는 주제에.

'내가 조만간 한국으로 갈게.'

은희가 전송 버튼을 누르고 얼마 지나지 않았을 때였다. 마티유에게서 곧바로 답장이 왔다. 그 짧은 한 줄을 읽는데도 은희의 관자놀이가 저리게 울렸다.

'당분간은 시간이 날지 모르겠어. 미안해.'

이번에는 메일을 보내고 난 뒤에 한동안 응답이 없었다. 은희는 핸드폰 화면을 껐다가 다시 켜기를 반복했다. 답장을 기다리지 않겠다고 다짐했지만, 머릿속은 계속해서 그의 생각으로 분주했다. 은희가 하얀색 플레어 롱스커트의 주름을 매만지며 깊은 숨을 내쉰 순간, 핸드폰이 짧게 울렸다.

'꼭 술래잡기라도 하는 것 같네. 겨울이 올 때쯤이면 네 마음도 준비가 될까?'

강바람이 은희의 옷깃을 흔들었다. 그러나 은희는 아랫입술을 꾹 깨물며 핸드폰을 가방 안으로 밀어 넣어버릴 뿐이었다. 그렇게 하지 않으면 당장이라도 마티유에게 답장을 보낼 것만 같았다. 사실은 보고 싶었다고, 이 순간에도 네가 보고 싶다고. 지금 나는 우리가 함께 있던 센강에 있다고.

#

은희는 카페 창가에 앉아 선우를 기다리는 동안 검지 손가락으로 테이블 위를 툭툭, 두드렸다. 마음 한편이 초조했다. 선우를 직접적으로 대면하는 건 한 달 만이었다. 다른 사람도 아니고 딸을 만나는 건데도 어찌나 긴장이 되던지, 약속 시간보다 삼십 분이나 일찍 약속 장소에 도착해버렸다.

은희는 따뜻한 아메리카노를 홀짝이면서 깊은 생각에 빠졌다. 그동안 잘 지냈을까. 아니, 당연히 잘 지냈겠지. 센강에서 보았던 사람들처럼, 선우도 그렇게 웃으며 내가 없는 한 달을 보냈겠지.

프랑스에서 돌아온 후, 은희는 선우를 어떻게 대해야 할지 고민해보았다. 붙잡아야 할까, 아니면 보내줘야 할까. 어쩌면 선우가 원하고 있는 건…… 마티유의 작품에서 보았던 그런 자유로움일지도 몰랐다. 하지만 그걸 알면서도 선우를 다시 끌어안고만 싶었다. 선우가 없는 일상을 다시 겪고 싶지는 않았다.

어느새 9월이 되었고, 창밖에선 비가 추적추적 내렸다. 아직은 더운 날씨였지만 점차로 일교차가 커지고 있었다. 집이 아닌 카페에서 만나자고 먼저 제안한 사람은 다름 아닌 선우였다. 집에 둘만 있게 된다면 저번처럼 감정이 격해져 다시 크게 싸우기라도 할까 봐 걱정이 된다고 했다.

혼자서 얼마나 기다렸을까, 카페 문이 열리더니 캐리어를 질질 끌면서 카페 안으로 들어서는 선우의 모습이 보였다. 굵직한 빗줄기에도 불구하고 우산도 없이 비를 맞고 온 듯했다. 머리카락이며 어깨며 비에 젖어 축축해져 있는 걸 보면. 자리에 앉아 있던 은희는 벌떡 일어나 빠른 걸음으로 선우에게 다가갔다.

"우산 왜 안 쓰고 왔어? 비 예보 못 봤니?"

"소나기인 줄 알고……. 그리고 약속 시간 늦을까 봐요."

하아, 선우의 대답을 들은 은희는 명치가 답답해지는 느낌에 몰래 한숨을 내쉬었다. 한 달 만에 얼굴을 보는 건데도 이렇게 잔소리부터 하고 싶게 만들 줄은 몰랐다. 그동안 어떻게 지냈느냐, 잘 지냈느냐는 말보다 이런 말들이나 먼저 하고 있는 자신의 모습에 어이가 없었다. 잠깐 내 손길이 안 닿았다고 벌써부터 이러고 다닌다니. 한 소리 늘어놓고 싶었지만 속으로만 꾹 참아내는 은희였다. 그래도 오랜만에 만나는 거니까 혼내지 말아야지…… 적어도 지금 카페에서만큼은.

다행히 비가 완전히 쏟아지는 건 아니었던지라, 선우도 쫄딱 젖은 건 아니었더랬다. 은희는 선우의 젖은 머리칼을 귀 뒤로 넘겨준 뒤, 캐리어를 끌고 저의 자리로 가면서 선우에게 물었다.

"뭐 좀 마실래?"

"저 아이스 아메리카노요."

"너는 비를 그렇게 맞아놓고……!"

말하다 말고 아차 싶어 뒤늦게 두 눈을 질끈 감았다. 혼내지 말자, 제발. 그러지 않기로 했잖아.

그래, 아이스 아메리카노 마셔. 은희가 선우의 손에 저의 카드를 쥐여주면서 말했다. 평소 같았다면 아이스는 무슨 얼어 죽을 아이스냐며, 당장 가서 따뜻한 캐모마일 차 한 잔을 직접 주문했을 것이다. 그래도 오늘은 선우를 간만에 만난 날인만큼 잘해주고 싶었다.

계산을 한 뒤 픽업대 앞에서 멀뚱거리다 음료를 받고 들고 오는 선우를 은희는 빤히 바라보았다. 한 달간 고생을 하긴 했는지, 못 본 사이 살이 좀 빠진 것 같기도 했다. 괜스레 짠한 마음이 들고 속이 상했다. 그러니까 집 나가면 고생이라니까. 그 재이라는 애랑 얼마나 잘 지냈는지는 몰라도…….

선우는 음료를 빨대로 휘휘 저으며 말 한마디도 없이 테이블 위만 물끄러미 보고 있었다. 어색한 침묵이 쭉 이어져서 결국엔 은희가 먼저 말을 꺼내야만 했다.

"잘 지냈어?"

"네."

너무 고민 없이 대답하는 거 아닌가 싶었다. 물론 잘 지내고 있다는 사실은 지난번 작업실에서 몰래 봤을 때부터 알고야 있었다지만……. 조금은 고민하는 척이라도 해주면 안 되는 건가 싶어 서운한 마음이 들었다.

그러고 보니 어딘가 느낌이 달라졌다 싶었는데, 선우가 예전과는 달리 이제는 저의 눈치를 아예 보지 않는 것 같았다. 원래는 단둘이 있으면 늘 저의 눈치를 살피거나 조금은 겁먹은 듯한 모습을 보이고는 했는데 한 달 사이에 이렇게까지 제멋대로인 애로 변해버리다니. 재이라는 녀석의 여파일까?

잘 지냈다는데, 그다음으로 무슨 이야기를 해야 할지 몰라서 은희는 애꿎은 커피잔만 만지작거렸다. 얼음이 가득 담긴 선우의 잔만 뚫어져라 쳐다보면서. 졸업 작품 이야기는 지금 해봤자 분위기만 더 망치게 되겠지. 그럼 무슨 이야기를 꺼내야 좋을까.

"엄마 없이 한 달 동안 지내보니까 어땠어?"

생각하기도 전에 목소리가 먼저 튀어나왔다. 물어봐놓고 뒤늦게 이게 아닌데 싶었다. 이렇게 직접적으로 물어볼 생각은 아니었다. 가장 궁금했던 건 사실이지만, 보나 마나 선우는 잘 지냈다고 대답할 테니까. 내가 지금 그 대답을 들을 마음의 준비는 되어 있나, 확신이 없어서.

"좋았어요. 엄마가 없어서."

은희가 눈을 가늘게 뜨고 째려보자 선우는 능청스럽게 은희의 시선을 피했다. 말을 참 안 예쁘게 하네. 이런 건 제 아빠를 닮은 게 분명해. 오랜만에 엄마를 만났는데 말 좀 살갑게 해주면 어디가 덧나나? 뭐 예상하긴 했지만, 막상 이렇게 들으니 뒷골이 살짝 당기는 것 같기도 했다.

그건 어디서 배워온 되바라진 말버릇이냐고 따져 묻고 싶었지만 그럴 수 없었다. 어디서 배워온 거겠어, 제 아빠나 나한테 배운 거겠지 뭐. 그리고 지금은 그런 말을 꺼내봤자 선우와 대거리나 벌일 게 뻔했다. 확실히 다비드상을 부수기 직전쯤부터, 그러니까 선우에게 반항기가 생긴 뒤로부터. 선우는 저를 더 이상 두려워하지 않았고, 선우를 통제하려 들 때면 싸움이 일어나기 십상이었다. 그런 선우와 부딪히고 싶지 않은 건 은희 또한 마찬가지였다.

만일 엄마는 어떻게 지냈느냐고 물어본다면 나도 네가 없어서 아주 편했다고, 속 썩이는 애가 없으니 너무 좋아서 프랑스에도 다녀왔다고 필사적으로 흰소리를 해댈까 싶었지만 이내 관두었다. 솔직하지 못한 얘기를 늘어놓는 게 유치하기도 했고, 심지어 궁색해 보이는 데다가, 중요한 건 선우는 저의 안부를 궁금해하지도 않았다는 거다. 선우의 앞에서 좀스러워 보이는 건 은희도 딱 질색이었다.

"앞으로는 엄마가 없었으면 좋겠다고 생각했겠네?"

은희의 질문에 선우가 대답이 없다. 이제 와서 생각하는 척하기는. 선우는 그렇다고 대답할 텐데, 엄마가 없으면 좋겠다고 할 텐데. 그럼 나는 선우에게 무어라고 반응해야 할까. 엄마는 너를 세상천지 끝자락에 가서라도 데려올 거라고 말해야 하나, 생각하던 은희가 혼자서 피식 웃어버렸다.

그게 무슨 씨알도 안 먹힐 협박인지, 스스로가 생각해도 어이가 없었다.

"그래도 엄마가 있었으면 좋겠다고 생각했어요."

선우의 말이 떨어지는 순간 은희의 가슴이 발끝까지 철렁 내려앉았다. 놀라서 거칠어지는 숨결을 겨우 눌러 삼켜야만 했다. 바위처럼 단단했던 마음들이 순식간에 비에 젖은 종이처럼 흐물거리기 시작했다.

"왜? 엄마가 없어서 좋았다며. 엄마 때문에 죽고 싶었다며. 근데 왜 엄마가 있었으면 좋겠어?"

눈을 내리뜨고 있던 은희가 선우를 똑바로 응시하며 되물었다. 그냥 해본 소리가 아닐까 싶었지만, 선우는 자못 진지해 보였다.

선우는 아까보다 더 오랫동안 대답하지 못했다. 은희도 호흡이 무겁게 눌려 숨을 자연스럽게 쉬는 게 어려웠다. 선우는 아메리카노만 빨대로 빨아 마셨다가, 또 빨대로 얼음을 저었다가, 이번에는 시선을 창밖으로 돌렸다가, 반대쪽을 바라보기도 하다가, 드디어 마지막으로 자신을 바라봐주면서 어렵게 입을 열었다.

"그냥…… 엄마가 보고 싶었어요."

은희의 목 안에서 흔들리던 숨결이 멈칫멈칫하며 새어나

갔다.

"그동안 엄마 때문에 많이 괴로웠어? 죽고 싶었을 만큼?"

"⋯⋯네."

"엄마가 어떻게 해야 돼?"

궁금했다. 선우가 자신 때문에 괴롭지 않으려면 어떻게 해야 하는지. 마티유와 헤어지고 지훈과 결혼한 걸 천벌이라고 여길지언정, 선우가 자신 때문에 세상에서 사라져버린다면⋯⋯. 그것마저 신의 뜻이라고 여길 자신이 없었다. 아무리 저라고 한들 정말로 그럴 자신이 없었다.

대답을 고르는 선우는 그 어느 때보다 더 신중해 보였다. 입술만 한참을 달싹거리면서 좀처럼 쉽게 입을 열지 못했다. 은희는 애가 탔다. 혹시라도 선우의 입에서 엄마가 영원히 눈앞에서 보이지 않았으면 좋겠다거나, 엄마가 없어졌으면 좋겠다는 식의 대답이 나올까 봐.

은희는 선우를 저의 품으로 돌아오게끔 만들고 싶었다. 자신은 충분히 그럴 자격이 있는 엄마라고 생각했다. 그런데 만약 선우가 저를 보지 않겠다고 대답해버린다면, 앞으로 어떻게 해야 할지 조금도 알 수 없었다. 선우에게 더 이상 통제 따위는 통하지 않는다는 사실은 깊이 알고 있었다.

"엄마가⋯⋯ 나한테 사랑이랍시고 했던 것들, 그게 나한테는 다 부담이었다는 걸 알아줬으면 좋겠어요. 그리고 나 이제 엄마가 하나하나 신경 쓰지 않아도 되는 나이니까, 나를 믿어줬으면 좋겠어요. 내가 선택할 수 있게."

사랑이랍시고 했던 것들. 그 말이 잔인하리만치 야속하게 들렸다. 모두가 사랑이었는데, 단 한순간도 선우를 사랑하지 않았던 순간이 없었는데. 그게 어떻게 사랑이 아니게 될 수 있을까. 은희는 스스로에게 물었지만 막상 대답을 할 수 없었다.

선우가 하는 말을 진정으로 받아들이기는 어려웠지만 은희는 우선 고개를 끄덕였다. 엄마가 눈앞에서 보이지 않았으면 좋겠다는 식의 대답이 나오지 않은 것만으로도, 일단은 만족하기로 했다.

"이제 갈까?"

카페에서 나온 은희는 선우와 우산 하나를 나란히 쓰고 저의 차를 주차해놓은 곳으로 향했다. 속이 쓰렸다. 대화가 원하는 대로, 자신이 뜻했던 대로 흘러가지 않은 것 같아서. 어쨌든 선우가 다시 돌아오기야 했지만, 완전히 돌아왔다는 느낌은 도무지 들지 않았다. 마음은 여전히 밖을 떠돌아다니고 있는데 선우의 몸만 붙잡아 온 기분이었다. 내가 정말 선우를 데려온 게 맞을까. 선우가 정말 나의 품으로 돌아온 게 맞을까.

 은희는 캐리어를 끌고 있는 선우 쪽으로 우산을 조금 더 기울였다. 곁눈질로 선우를 살짝 살피자, 선우는 좁은 우산 안에 둘이 같이 있는 게 불편한 모양이었다. 팔이 닿지 않으려고 저렇게나 안간힘을 써대는 걸 보니.

 결국 선우는 자신의 후드를 뒤집어쓴 채 은희를 뒤로하고 차가 있는 곳으로 뛰어갔다. 선우야, 하고 불러 봤지만 소용이 없었다. 선우는 여전히 닿을 수 없는 거리에 있었다.

#

"선우야."
"네."
"우리 같이 야구장 갈래?"

 처음에는 그 말이 화근이었다. 선우가 일주일 동안 꿈인지 생시인지 하는 기분으로 시간을 보낸 건. 야구장을 가자고? 정말 저의 유니폼과 응원 도구들을 집어 던진 사람이 한 말이 맞나?

 심지어는 야구에 대해서도 공부를 꽤 한 모양이었다. 이번에도 하피 마린즈가 여기로 원정을 와서 타이탄 블레이즈랑 붙는다며. 너 하피 팬 맞지? 부터 시작해서, 엄마가 좀 알아봐서 예매했는데 여기가 응원석이래, 하는 말까지.

은희의 입에서 야구라는 단어가 처음 나왔을 땐 뒷덜미가 뻣뻣하게 굳어졌다. 저가 뭘 잘못한 게 있는 건 아닐까 싶었다. 게다가 9월 야구는 티켓팅도 꽤 치열한 편이었다. 정규 시즌 중 우천 취소된 경기들이 재개되는 달이고, 정규 시즌 막바지였기 때문이었다. 그런데 대체 어떻게 예매를 했지? 그것도 응원석은 예매에 실패했다는 사람만 한 트럭인데. 엄마가 쓰고 있는 컴퓨터는 알고 보니 슈퍼컴퓨터였다거나, 그런 건가?

"음....... 글쎄. 한 달 동안 정신이라도 좀 차리셨나? 좀 신기하긴 하네."

재이에게 우리 엄마가 드디어 미친 것 같다며 하소연을 했을 때 돌아오는 대답이었다. 한 달 동안 정신을 차렸다고? 우리 엄마가 그럴 수 있는 사람이었나. 아무리 그래도, 나를 위해 직접 경기를 예매까지 해서는 같이 보러 가준다는 게 너무 이상하잖아. 뭔가 꿍꿍이가 있는 것 같단 말이야.

다시 은희의 집으로 돌아온 선우는 재이와 함께 지냈던 한 달이 마치 꿈처럼 느껴졌다. 어떻게 지나갔는지도 모를 정도로 빠르게 지나간 날들이었다. 한 달 동안 졸업 작품에 완전히 몰두하기도 하고, 기분 전환이 필요한 날에는 재이의 차를 타고 여기저기 놀러 다니기도 했다. 모아둔 돈이 있었기에 망정이었다. 만약 집을 나간 기간이 두 달 이상이었더라면, 재료비 때문에라도 없는 시간을 쪼개 아르바이트를 여러 개 뛰었어야 했을지도 모른다.

재이와는 한 번도 부딪히지 않고 잘 지냈다. 몇 가지 어이없는 사건들이 있기야 했지만. 예를 들면, 재이가 저에게 새 칫솔을 주었는데 그게 재이의 칫솔과 색도 모양도 같았다. 실수로 같은 칫솔로 양치를 했던 날엔 서로 헛구역질을 하며 당장 칫솔을 바꿨더랬다. 그리고 어떤 날엔 샤워를 하고 있는데 갑자기 화장실 불이 나가버리길래 화들짝 놀라 무슨 일이냐며 재이에게 다급하게 물었다. 그러자 하피가 이기고 있어 얄미워서 꺼버렸다는 어처구니없는 대답이 돌아왔더랬다. 그밖에 슈슈와도 얼마나 행복한 시간을 보냈는지 모른다.

아무튼 그런 일들이 셀 수도 없이 많았지만 그래서 더 즐거웠고 시간을 붙잡고 싶었다. 집으로 돌아가는 날에는 오히려 저보다 재이가 더 아쉬워했다. 저는 재이보다 슈슈와 헤어지는 게 더 슬펐지만.

그렇다고 은희의 생각이 아예 나지 않았던 건 아니었다.

오히려 같이 살 때보다 더 많이 났으면 났지 덜 나진 않았다. 처음 일주일 정도는 해방감을 즐기는 데 여념이 없었지만, 한 달을 채워갈수록 공허해졌다. 이상했다. 그렇게도 미워하던 엄마가 보고 싶었다. 마지막으로 오열하던 얼굴이 번뜩번뜩 떠올라서 마음을 괴롭혔다. 엄마와 뒷모습이 닮은 사람만 봐도 가슴을 쓸어내려야 했다. 잘 지내고 있을까. 차라리 잘 지내고 있으면 좋겠다고 생각했다. 나 혼자만 잘 지내고 있다면 죄책감 때문에 힘이 들 것 같았으니까.

"직관 부럽다, 난 집에서 봐야 하는데……. 어차피 오늘도 타이탄이 이기겠지만."

"……우리 엄마 오늘 첫 직관인데 오늘만큼은 좀 하피가 이기면 안 되냐?"

그리고 오늘이 대망의 야구장에 가는 날이었다. 재이는 전화로 오늘도 타이탄이 이길 거라며 얄미운 소리를 해댔다. 승부욕이 꽤 강한 은희의 성정을 떠올리며 선우가 스읍, 하고 입술 사이로 숨을 끌어당겼다. 괜찮겠지? 오늘…… 져도?

선우는 전화를 끊은 뒤 다시 한번 기억을 헤집어보았다. 엄마가 정말로 나한테 야구장을 가자고 했던 게 맞나? 내가 꿈을 꿨다가 그게 현실이라고 착각한 건 아니었을까? 의심스러웠지만 확실히 꿈은 아닌 모양이다. 곧 출발하자고 말하는 은희의 모습을 보면.

선우는 은희의 손을 잡고 저의 옷장 앞으로 이끌었다. 하피 마린즈의 유니폼만 따로 모아놓은 특별한 공간이었다. 유니폼이 꽤 비쌌기에 은희에게 가격은 비밀이었지만, 이왕 같이 가는 거 은희에게도 유니폼을 하나 입히고 싶었다.

"우리 같이 유니폼 입고 가요."

"무슨 유니폼이야, 이 나이에."

엄마 나이가 뭐 어때서요. 엄마보다 나이 훨씬 많은 사람들도 유니폼 잘만 입고 와요. 선우의 말이 끝나기도 전에 은희는 이미 손으로 옷장을 휘저으며 유니폼 하나를 꺼내 들었다. 그러고는 이게 낫네, 하며 전신 거울을 보면서 유니폼을 저의 몸에 가져다 대보았다. 하얀색과 빨간색이 섞인 유니폼이었다. 엄마한테 어울리는 걸 잘도 골랐네.

그러나 야구장에 도착해서도 은희의 꿍얼거림은 계속 이어졌다. 사람이 너무 많네, 자리가 너무 꽉 끼네, 투덜거림이 끊이지를 않아서 이럴 거면 왜 오자고 한 건지 알 수 없었다. 구장에서 파는 음식들은 죄다 불량식품이라고 말하더니, 막상 한 입 먹어보고는 맛있다고 계속 먹지를 않나, 더 사 오라고 하지를 않나, 선우는 경기가 시작되기도 전부터 피로가 잔뜩 쌓이고 있었다.

심지어 편의점에서 맥주를 사던 저를 경멸의 눈으로 쏘아볼 땐 언제고, 지금은 약간 부러움의 눈빛으로 보고 있는 것 같았다. 아직 초가을인지라 낮에는 햇빛이 강해 땀이 삐질삐질 흘렀다. 은희가 사 온 물은 이미 미지근해졌고, 선우가 사 온 맥주는 얼음 컵에 담겨 있어 여전히 시원한 상태였다.

"좀 드실래요?"

"됐어, 무슨 술이야. 여기 온 사람들은 다 맥주만 마시니?"

"원래 야구장에선 많이 마셔요."

분명 자기도 마시고 싶다는 눈으로 날 쳐다봤던 것 같은데, 이제 와서 거절을 한다. 내가 그냥 착각한 거였나, 하고 넘기기엔 부러움의 눈초리가 얼마나 매서운지 옆통수가 따가울 정도였는데.

은희는 결국 반으로 묶었던 머리를 풀어 높은 포니테일로 질끈 묶어버렸다. 그러고는 뒷목에 부채질을 하기 시작하는데, 어지간히도 더운가 싶어 선우는 다시 한번 은희에게 저의 맥주를 건넸다.

"한 모금이라도 드세요······."

선우를 흘겨보던 은희는 헛기침을 몇 번 하더니, 결국 선우의 맥주를 건네받고는 마시기 시작했다. 그런데 문제는 한 모금이 아니라 남김없이 다 마셔버렸다는 거다. 벙찐 선우는 얼음만 남은 컵에서 시선을 떼지 못했다. 나한테 취하지 말라고 평생 동안 신신당부를 해왔던 사람이 맥주 원샷을 해?

"한 모금만 마신다면서요."

"또 사 주면 되잖아. 쪼잔하게 굴지 마."

누굴 닮아서 그러는지 원……. 은희의 새초롬한 불평이 뒤따라왔다. 아니 내가 쪼잔해서 그러는 게 아니라, 분명히 엄마가 술 같은 거 절대 마시지 말라고 해놓고 이렇게 원샷을 때려버리니까 그렇지. 그리고 내가 엄마 아니면 아빠를 닮았겠지 누굴 닮았겠어요, 하고 속으로만 생각했다.

선우는 입맛을 쩝 다시며 머리를 긁적거렸다. 엄마가 이렇게 좋아할 줄 알았으면 처음부터 두 캔을 사 오는 거였는데. 음식도 막상 사 오니까 나보다 더 잘 먹고. 선우는 은희에게 괜히 미안한 마음이 들었다. 엄마 말을 믿지 말았어야 했는데. 이런 사소한 거에도 솔직할 줄 모르니까 내가 그동안 엄마의 진심을 몰랐던 거 아니었을까.

본격적으로 경기가 시작되고 나서도 선우는 은희가 경기를 즐길 수 있을지 걱정이 됐다. 야구를 아예 모르던 은희였던지라 룰을 이해 못 할 게 분명했기 때문에. 그런데 역시나 교수 아니랄까 봐, 빠삭하게 공부를 해온 모양이었다. 저게 견제구지? 저게 도루지? 하면서, 야구를 즐겨보지 않으면 모를 만한 단어들까지 사용하며 물어대기 시작한 것이다.

5회 초까지는 하피 마린즈 공격 순서에 팬들이 자리에서 일어나 응원가를 부를 때에도, 은희는 팔짱을 낀 채로 뚱하게 관람을 했다. 이번에도 타이탄 블레이즈에게 지고 있었다. 모처럼 엄마랑 온 날인데 이런 날까지 지냐 하피야. 한재이 지금쯤 집에서 보면서 좋아하고 있겠지? 으으, 분하다.

그런데 6회 초에서 반전이 일어났다. 갑자기 하피의 역전 쓰리런이 터졌다. 내내 뚱한 모습으로 있던 은희는 갑자기 소리를 지르면서 방방 뛰며 좋아하기 시작했다. 마치 태어날 때부터 하피 마린즈의 팬이었던 것처럼. 그러고는 응원가까지 공부를 해왔던 건지, 아니면 여기에 와서 익힌 건지, 팬들을 따라 응원가도 부르기 시작했다.

은희는 그렇게 팬들 사이에 자연스럽게 녹아들어 하피 마린즈를 응원하다가도, 중계 카메라가 은희 쪽을 향하면 고개를 반대쪽으로 돌리며 손바닥으로 얼굴을 가렸다. 은희 성격엔 방송이라도 타게 될까 봐 그러는 게 분명했다. 그치, 바깥에선 온갖 고상한 척은 다 하고 다닐 텐데, 야구장에서 열광적으로 응원하고 있는 모습이 전파를 타면 좀 치명적이긴 하겠지. 그놈의 이중성, 이제 갖다 버릴 때도 되지 않았나?

"이렇게 역전할 줄은 몰랐네."

"재밌었죠?"

"뭐, 나름. 볼만했어."

집으로 돌아가는 길에 은희가 들뜬 목소리로 말했다. 내내 관심 없는 척하더니, 막상 하피가 이겨서 기분이 좋긴 좋은 모양이었다. 입가에 미소가 걸린 걸 보면.

그러다가 문득 야구장 안에 있는 네 컷 사진관이 선우의 눈에 들어왔다. 선우는 은희의 손을 잡고 옷장 앞으로 끌고 갔던 것처럼 이번에도 사진관 안으로 이끌었다. 은희는 무슨 사진이냐며 낯간지럽다고 몸서리를 쳤지만, 역시나 선우가 하자는 대로 이끌려 왔다. 오늘 하루 종일 이런 식이었다.

"우린 저런 거 안 써?"

선우가 부스마다 배경색들을 확인하고 있을 때였다. 은희가 머리띠들이 모여 있는 곳들을 검지로 가리키며 말했다. 선우는 그런 은희를 얼빠진 얼굴로 바라보며 한동안 아무 대답도 하지 못했다.

아까 야구장에서 응원 도구로 머리띠를 씌워주려고 했더니 머리가 망가진다고 질색팔색을 하길래 어쩔 수 없이 혼자 써야만 했다. 이번에도 머리띠 같은 건 죽어도 싫다고 할

게 뻔해서 말도 안 꺼냈는데, 먼저 쓰자고? 이해할 수 없었지만 애초에 은희는 이해할 수 있는 사람이 아니었으니까.

"이런 데 왔으면 저런 것도 쓰고 해야 하는 거 아니야?"

"아까는 머리 망가져서 싫다면서요."

"이건 사진으로 남기는 거니까 그렇지. 싫으면 말어, 왜 이렇게 딴지를 걸어대니? 아니면 하나 골라주든가."

선우는 딴지를 거는 게 아니었다며, 손사래를 치고는 당장 은희에게 어울릴 만한 머리띠를 물색해보았다. 그러고는 씨익 웃으며 악마 뿔이 두 개 달린 머리띠를 손에 집어 들었다. 이거 엄마랑 아주 딱이네. 겉으로는 천사인 척하면서 속에는 악마가 전세 들어 살고 있잖아. 아니야, 내 생각엔 전세도 아니고 자가 같아.

그리고 선우는 천사 날개가 달린 머리띠로 정했다. 은희는 악마니까 자신은 천사로 할 요량이었다. 그러자 왜 너 혼자만 천사를 하냐며 불만 섞인 목소리로 물어오는 은희였지만, 이내 악마 머리띠를 착용하고 만다. 오늘따라 말을 잘 듣는 은희가 너무나도 낯설게 느껴졌다.

"포즈는 첫 번째는 브이 하고, 두 번째는 볼하트 하고……."

"잠깐만, 잠깐만. 볼하트가 뭐야?"

역시 교회만 다니고 공부만 한 사람답다. 볼하트도 모르는 건 좀 심한 거 아닌가 싶었지만, 선우는 반쪽짜리 손하트를 볼에 가져다 대는 게 볼하트라고 상냥하게 알려주었다. 은희는 처음으로 취해보는 포즈에 쭈뼛거리면서도 꽤 열심히 찍는 것 같더니, 결과물을 보니까 확실히 인물이 다르긴 달랐다. 한재이 말대로 우리 엄마 진짜 이쁘네. 엄마가 아니라 그냥 언니 같다. 선우는 출력된 사진이 구겨지지 않도록 소중하게 가방에 넣어두었다.

집으로 돌아와서는 너무 덥고 찝찝한 하루였다며, 피곤해 죽겠다며 싫은 소리만 잔뜩 늘어놓던 은희가 씻어야겠다고 안방으로 쏙 들어가버렸다. 나보다 더 재밌게 놀아놓고 마지막까지 저런다.

은희가 방으로 들어가고 나서도 선우는 오늘의 여운이 아직까지 남아 있어서, 씻으러 들어가기 전 재이와 잠시 메시지를 주고받았다.

'하피가 이김ㅋㅋㅋㅋㅋ'

'ㅋㅋㅗ'

선우가 샐샐거리며 재이와 메시지를 주고받을 때였다. 식탁에 있던 은희의 핸드폰이 울리기 시작했다. 전화가 온 듯했다.

선우는 은희의 핸드폰을 들고 안방으로 향했다. 그런데

은희의 모습이 보이질 않았다. 벌써 씻으러 들어갔나, 이따가 전화가 왔다고 말해줘야겠다 싶어서 다시 거실로 나오려던 선우의 시선이 한곳에 붙박였다. 침대맡에 아까 전 은희와 함께 찍었던 네 컷 사진이 붙어 있었다.

#

 은희는 요즘 들어 혼자 갤러리에 드나드는 일이 잦아졌다. 생각이 많을 때 혼자 갤러리에서 시간을 보내다 보면 복잡한 머릿속이 금세 정리되고는 했다. 오늘도 갤러리에 들러 마음에 드는 작품 앞에 한참을 서 있었다. 선우가 다시 집에 돌아온 뒤로 꽤 많은 변화들이 일어났다.
 가장 큰 변화는 선우와 떨어져 있던 시기에 몰래 보았던 그 미소를, 야구장에서 다시 볼 수 있었다는 것이었다. 그동안은 자신이 선우의 세상에서 사라져야만 선우가 행복한 미소를 지을 수 있을 거라고 믿어 의심치 않았다. 그러나 선우는 저에게도 그 미소를 지어주었더랬다.

 그래서였을까, 이대로 다 괜찮을 줄 알았다. 모든 게 드디어 제자리로 돌아온 거라고 생각했다. 그날 선우와 함께 웃었고, 같은 일상을 공유했으며, 선우는 여전히 내 곁에 있었으니까.

하지만 그게 전부였다. 선우는 저의 곁에 있었지만, 예전처럼 선우를 아무렇지도 않게 다시 감싸 안을 수는 없었다. 선우는 더 이상 저와 같은 곳에 서 있지 않았다. 마치 따로 존재하는 것처럼.

선우를 붙잡고 나면 충만해질 거라고 믿었는데, 텅 비어버린 마음은 좀처럼 채워지지 않았다. 아니, 애초에 채워진 적이 있긴 했을까. 선우를 다시 끌어안아도 여전히 공허하다면 나는 도대체 무엇을 붙잡아야 했을까.

은희는 답장할 수 없었던 마티유의 마지막 메일만 하염없이 들여다보았다. 그에게 묻고 싶었다. 그라면 정답을 알고 있을지도 모른다는 바보 같은 생각이 들었다. 그때 내가 틀렸던 건지, 그래서 지금 이렇게 뒤만 돌아보고 있는 건지, 이제 나는 무얼 붙잡아야 할지.

그러나 은희는 길게 썼던 메일을 모두 지워버리고, 짤막한 한 줄만을 남긴 뒤 전송 버튼을 눌렀다.

'그때 널 놓친 걸 후회해.'

도망치듯 메일함을 꺼버린 은희가 두 눈을 감았다. 나는 언제를 후회하는 걸까. 이십 년 전일까, 아니면 미술관에서

였을까.

갤러리 의자에 멍하게 앉아 있던 은희는 손목시계를 보았다. 어느새 선우를 데리러 갈 시간이었다. 오늘은 작업실 앞에서 선우를 태우고 같이 집으로 돌아가기로 약속한 날이었다.

은희가 작업실 앞에 도착했을 때 선우는 이미 밖에서 은희를 기다리고 있었다. 요즘 작업이 잘 안 풀린다더니 일찌감치 정리를 하고 나온 모양이었다. 확실히 얼굴부터 금방이라도 울어버릴 것처럼 울상이었다. 그 모습이 괜히 귀엽기도 하고 짠하기도 했다.

"고생했어. 바로 집으로 들어가지 말고 한 바퀴 돌까?"
"좋아요."

축 처져 있는 선우를 환기시켜 줄 겸 건넨 말이었다. 바로 집으로 돌아가게 된다면 다시 졸업 작품에 대해서만 생각하게 될 테고, 그럼 울적해질 게 분명하니까.

오늘에서야 선우의 졸업 작품 진행 상황을 제대로 보게 된 은희였다. 폴리싱 작업까지 마친 선우는 고양이 털의 질감을 어떻게 표현해야 할지 고민 중이라고 했다. 털의 질감…… 털의 질감이라. 점토로 겹쳐 쌓듯이 표현한 다음에 아크릴로 채색하는 건 어때? 은희가 대답하자 선우는 좋은 방법인 것 같다며 미소를 지었다.

선우가 형상화하고 있는 고양이는 재이가 키우고 있는 고양이라고 했다. 한때 자신이 데려오고 싶었던 고양이였다고. 은희는 이제서야 궁금해졌다. 과거의 저에게는 '그깟 고양이'에 불과했던 존재가, 저의 딸에게는 과연 어떤 의미였는지.

"그 작품은 어떤 의미를 담고 있는 거야?"

"자유요."

자유. 그 두 음절을 떠올릴 때마다 은희는 현기증이 일었다. 이전엔 단순히 선우가 없어서 그런 것일 거라고 생각했건만, 이제는 그런 이유가 아닌 것 같았다. 조금 전 마티유에게 보냈던 메일이 눈앞에 아른거렸다.

"왜 자유야?"

"자유로워 보여서요. 슈슈는."

"이름이 슈슈야?"

"네, 귀엽죠?"

엄마 영향으로 프랑스어로 지은 거예요. 선우가 명랑한 목소리로 대답했다.

"슈슈 사진 있어?"

"당연하죠."

선우는 곧바로 주머니에서 핸드폰을 꺼내 들어 은희에게 슈슈 사진 여러 장을 보여주었다. 귀여워라, 네가 예뻐할 만도 하네. 은희가 넌지시 말했다. 그런 은희의 반응에 신이 난 모양인지, 선우는 태블릿을 꺼내 이내 슈슈의 스케치까지 하나하나 보여주기 시작했다.

"선우야."

태블릿으로 슈슈의 스케치를 훑어보면서 웃고 있던 선우가 고개를 들어 은희를 바라보았다.

"넌 자유가 뭐라고 생각하니?"

은희는 프랑스에서, 마티유의 곁에 있을 때 있었던 모든 일들이 자유라고 생각했다. 그런데 선우는 과연 무어라고 대답할까. 슈슈나 재이와 관련된 이야기를 할까. 그게 아니면…….

음, 고민하는 소리를 내는 선우를 보니 은희는 괜스레 심장이 쪼그라드는 기분이 들었다. 선우에게 필요 없는 존재가 되고 싶지는 않은데, 혹시라도 선우가 그렇게 말할까 봐 겁이 났다. 엄마가 없는 세상이 자유라고 말할까 봐, 그 말이 자신을 영원하게 무너뜨릴까 봐.

은희가 초조함을 이기지 못하고 침을 꼴깍 삼키며 운전대를 손가락으로 두드리고 있을 때였다. 선우가 성글성글 웃으며 맑은 목소리로 입을 열었다.

"엄마랑 이렇게 저녁 드라이브하는 거요."

#

개인 작품을 준비하던 은희는 작업실 문틈 새로 선우와 눈이 마주쳤다. 거기서 뭐 해, 안으로 들어와. 어색하게 시선을 피하는 선우를 보면서 은희가 웃으며 반색했다.

은희의 작업실은 주인의 성격만큼이나 깔끔했다. 재료들이 이곳저곳에 정신없이 널브러진 선우의 작업실과는 달리, 은희의 작업실에는 모든 재료들이 정갈하게 정돈되어 있었다. 목재 가구에 스며든 오래된 물감 자국은 은희가 이곳에 있었던 시간들을 증언해주었고, 물감 냄새와 나무 냄새가 섞인 향기가 작업실에 가득했다.

작업실 안으로 조심스럽게 들어온 선우는 은희의 작업물을 보자마자 작게 감탄했고, 은희는 자상하게 웃었다. 얼마 전 선우가 보여주었던 슈슈의 모습을 유화로 작업하던 중이었다.

사진을 찍어도 되느냐고 묻는 선우에게 은희는 선선히 그러라고 대답했다. 재이한테 보여줘야지, 선우가 해맑은 목소리로 말해왔다. 선우와 마지막으로 화기애애하게 작품 이야기를 했던 게 언제였는지 까마득했다.

"내년 봄쯤 개인전을 한 번 더 열 생각이야."

"정말요? 주제는요?"

"그건 아직 비밀이야."

원래는 신앙을 주제로 한 전시를 열 계획이었다. 선우의 졸업 작품이 될 뻔한 다비드상도 같이 전시할 예정이었다. 그때까지만 해도 개인전을 다시 열 생각 따위는 눈꼽만치도 없었다.

그러나 은희의 작업실 한구석에는 지난 이십여 년간 세상에 공개되지 못한 캔버스들이 쌓여 있었다. 모두 마티유를 떠올리며 그려온 것이었고 몇 가지 작품을 제외하고는 마티유에 대한 감정을 해소하는 정도에서 끝냈다. 은희의 신념이 그림들을 세상에 공개하면 안 된다고 자신을 붙들었다. 허나 은희도 이제는 자신이 생각했던 자유를 세상에 내비치고 싶어졌다. 그를 영원히 작업실 한구석에만 보관해두고 싶지 않았다.

개인전을 열게 된다면, 전시회 이름은 'Perle'가 될 것이다. 프랑스어로 '진주'라는 뜻이었다. 마티유가 저에게 자유와 함께 선물해주었던.

은희는 고개를 들어 선우를 보았다. 용건이 있어서 온 것 같은데, 괜히 작업실을 돌아다니며 이것저것을 만지작거리는 모습을 보아하니 입이 안 떨어지는 게 분명했다.

"그나저나 할 말 있어서 온 거 아니야?"

"그렇긴 한데……."

"왜, 무슨 고민 있니?"

선우가 입술을 오므리며 구석에 있던 의자에 걸터앉았다. 꽤 심각한 표정을 짓는 걸 보면 고민이 있는 게 확실해 보였는데, 선우는 시원하게 말문을 열지 못하고 어물쩍거렸다. 손가락을 옴지락대면서 우물쭈물하길래 도대체 무슨 말을 하려고 저러나 싶었다.

그러나 은희는 선우를 재우치지 않았다. 선우가 먼저 입을 열 때까지 가만히 기다려주기로 했다. 마침내 시선이 맞닿았을 때, 선우가 목소리를 짜내듯 운을 떼기 시작했다.

"사실 요즘 저한테 왜 잘해주시는 건지 궁금해서요. 엄마가 변해서 좋긴 한데, 솔직히 좀 갑작스러워요."

은희는 선우가 어떤 의중으로 이런 이야기를 꺼냈을지 생각해보았다. 잘해주는 게 부담스러웠을까. 아니면 이제야 엄마 노릇을 해보려고 하는 게 같잖게 느껴졌을까. 그것도 아니면, 모든 게 꾸며진 거짓일까 봐 두려워져서 이렇게 묻는 것일까. 알듯 말듯한 선우의 말을 다시 한번 곱씹어 보았지만 결코 그 의도를 파악할 수 없었다.

그러나 그 질문에 명확히 대답할 수 없는 건 은희도 마찬가지였다. 내가 선우에게 왜 잘해주기 시작했더라. 단순한 죄책감 때문이었던가, 정말 선우를 놓아줄 준비를 하고 있어서였던가, 아니면 선우가 떠날까 봐 불안해서였던가. 입술을 달싹이던 은희가 입을 열었다.

"선우 너도 눈치챘겠지만 그 사람, 엄마가 옛날에 사랑했던 사람이야."

성경책에서 네가 찾았던 사람 있잖아. 말을 이어가는 은희의 목소리가 가늘게 떨렸다. 은희는 마티유를 처음 만났던 순간부터 함께 있어 행복했던 순간들, 그리고 신의 뜻을 거역하는 것이라는 이유로 헤어져야만 했던 순간까지 모든 걸 털어놓았다. 바닥만 보고 있던 선우는 시선을 들지 않은 채 가만히 듣고 있었다.

"사실 얼마 전에 그 사람한테서 연락이 왔는데, 엄마가 피했어."

마티유에게 충동적으로 메일을 보낸 뒤, 그에게서 답장이 왔다는 건 알고 있었지만 차마 확인할 수 없었다. 메일에 어떤 내용이 담겨 있을지 몰라 두려웠다. 반가움일까, 원망일까, 미련일까, 혹은 그조차도 없는 담담함일까. 그게 어떤 내용이든 마티유의 답변을 마주할 용기가 없었다.

"아직도 사랑하세요?"

그 물음이 은희의 귀에 시리게 박혔다. 사랑하지 않는다 말하면 스스로가 생각하기에도 거짓말 같았고, 사랑한다 말하면 이제 와서 그게 무슨 의미인가 싶었다.

"글쎄, 잘 모르겠어. 아직도 사랑하는 건지, 행복했던 시절의 나를 사랑하는 건지."

태어나서 처음으로 자유를 알았던 시절, 그 시절을 떠올리니 마티유의 달착지근한 향이 코 밑에 아른거렸다. 그날의 푸른 하늘이 아직도 기억 속에 선명한데, 어째서 아득히 멀어졌을까.

"그럼 만나야만 알 수 있는 거네요. 엄마도 마음의 준비를 하세요."

선우답지 않은 단호한 대답에 은희가 쓴웃음을 지었다. 이미 끝난 관계인데, 마음의 준비를 한다고 달라질 게 있기나 한 건지 모르겠다. 저에게 왜 잘해주느냐고 물었던 선우의 질문이 다시 한번 귓가에 맴돌았다. 그래서 그런 건가 보다. 이번엔 후회하고 싶지 않아서.

"근데 이해가 잘 안 가요. 왜 그분이랑 헤어지는 게 신의 뜻이라는 거예요?"

이내 선우의 말이 날카로운 비수처럼 날아왔다. 그때 은희는 부모님의 말을 곧이곧대로 믿는 수밖에 없었다. 저가 마티유를 계속 만나면 저의 가족 전체가 구원을 받지 못한다고 했다. 은희는 어머니의 위압적인 얼굴이 떠올라 갑자기 숨이 턱하고 막혔다. 자신을 향한 어머니의 표정은 언제나 날카롭고 무서웠으며, 신은 널 벌할 거라는 비난 어린 목소리는 어린 은희에게 동굴처럼 울려댔다. 도망칠 수 없는 그물처럼 끈적하고도 시린 목소리였다.

"네 할머니가 그렇게 말했으니까."

"이상해요. 할머니는 신이 아니잖아요."

신이 아니다. 그 말에 은희의 척추가 저릿거렸다. 한 번도 생각해보지 못한 지점이었다. 어머니의 말이 곧 신의 뜻이라는 것은, 자신에겐 너무도 자명했던 진리라서.

신이 아니라면 누가 내 인생을 이렇게 만들었을까. 어머니인가? 어머니가 내게 신처럼 굴었을 뿐인가? 은희의 머릿속이 혼란으로 가득 찼다.

"미안해, 선우야."

은희가 애수 어린 얼굴로 말했다. 용서를 받을 생각은 없었다. 용서를 받을 수 있을 거라고도 생각하지 않았다. 저로

인해 선우의 인생에 아로새겨진 상처에 대해 진정 어린 사과를 하고 싶었다.

 미안하다는 말에 선우의 동공이 크게 흔들리면서 물비늘 같은 표정이 스쳤다. 그와 대조되는 선우의 미소들이 함께 떠올랐다. 내가 잘해주었다는 이유만으로 선우는 그렇게나 행복해했었는데, 부모님도 내게 그렇게 해줄 수는 없었던 걸까. 나는 매일 밤 자성의 시간을 보내고 있는데, 부모님은 단 한 번이라도 그런 순간이 있기는 했을까.

 부모님도 변했더라면 지금의 나도, 선우도, 더 행복해질 수 있지 않았을까. 그렇게 힘든 일 따위 겪지 않아도 됐을 만큼. 은희의 관자놀이가 쩡쩡 울렸다. 결국 자신의 부모는 변하지 않았다는 사실이, 자신을 바람 앞의 한 줌 불씨처럼이나 위태롭게 만들고 있었다.

 늘 생각했다. 선우는 내가 살지 못했던 삶을 살면서 행복해하는데, 왜 나는 행복할 수 없었는지. 그리고 이제는 알았다. 나의 부모는 변하지 않았고 나는 변하려 했다.

 은희는 왈칵 눈물이 나올 것만 같아서 선우를 그만 작업실에서 내보내기로 했다. 선우의 앞에서 눈물을 보이고 싶지는 않았다. 마음은 끝을 알 수 없는 심홍 속으로 가라앉는 것만 같았다.

#

선우를 작업실에서 내보낸 뒤, 문에 기대어 쓰러지듯 주저앉은 은희가 멍하니 작업실 천장을 올려다보았다. 천장의 무늬는 어릴 적 은희의 방 천장과 비슷했다. 은희의 기억 속에는 아직도 그때의 감각이 선명했다.

어린 시절 부유했던 은희의 너른 집에는 어머니가 고용한 사용인이 몇 있었다. 어머니가 집에 계시지 않을 때에도 늘 집에 상주하던 사람들. 저의 주변을 항상 빙빙 맴도는 것만 같았던 사람들. 은희는 집 안에서조차 마음이 편치 못했다. 그들과 눈이 마주칠 때면 마치 어머니에게 감시를 당하고 있는 것만 같았으니까. 아니, 그들은 처음부터 어머니의 사람들인 것이 분명했으므로.

마티유에게 이별을 고하고 나서 그를 그리워할 기회조차 주어지지 않았다. 사랑하는 마티유의 얼굴을 떠올리며 그림을 그렸다가 어머니에게 들켰던 순간. 은희의 얼굴로 날아든 손바닥 때문에 중심을 잃고 바닥으로 쓰러진 은희의 뺨은 벌겋게 부풀었다. 마티유를 그리는 동안 이미 너무 많은 눈물을 흘렸던 터라 버틸 만한 힘이 은희에게는 없었다.

"일어나, 고은희."

아픈 과거가 천장에서 깜빡거리며 명멸했다.

"찢어, 당장."

가까스로 바닥에서 일어난 저의 손에 어머니가 유화용 나이프를 강압적으로 쥐여주며 말했다. 자신이 보는 눈앞에서 당장 그림을 찢으라고. 거부하고 싶었으나 머리칼을 잡힌 채 뺨을 맞는 바람에 두피가 얼얼했다.

은희의 떨리는 손이 힘겹게 마티유의 그림을 찢었다. 캔버스가 찢겨지는 것과 동시에 은희도 함께 비틀리며 찢겨졌다. 차라리 저의 가슴을 찢어발기는 것이 덜 고통스러울 것 같았다.

지훈과의 결혼식 날짜가 코앞까지 다가왔을 때, 한 가지 생각이 은희의 뇌리를 스쳤다. 도망치자, 프랑스로. 어머니가 나를 찾지 못할 만한 곳으로. 마티유가 있는 곳이라면 어디든 괜찮으니까. 설령 그곳이 지옥불이라 하더라도 마티유만 있으면 나는 괜찮을 것 같으니까.

그렇게 마음을 먹자마자 은희는 바로 출국 준비에 돌입했지만, 아무리 방을 뒤엎어 보아도 여권이 보이지 않았다. 미친 사람처럼 방을 뒤지고 있는 자신을 보면서 한 사용인이 다가와 애처롭다는 목소리로 말했다. 어머니께서 여권과 캐리어를 함께 처분하셨다고, 당분간은 한국에 있어야만 한다고. 어머니는 은희가 어디에 있든 찾아낼 것이니 허튼 생각 따위는 하지 않는 게 좋을 것이라 하셨다고…….

사랑하지도 않는 사람과의 결혼식이 당장 내일모레인데, 사랑하는 마티유를 보러 갈 수가 없다. 생각해보면 참 우스운 일이었다. 분명 마티유에게 내가 먼저 이별을 말하지 않았던가. 그런데 이제 와서 이게 대체 무슨 꼴사나운 짓일까. 은희는 땅바닥에 온몸이 내팽개쳐지는 고통을 느끼며 삽시간에 무력해졌다.

억눌렀던 기억들 사이로 가혹한 진실이 솟구쳐 올라왔다. 정확히 그때부터, 은희는 자신에게 일어나는 모든 일들이 다 신의 뜻이라고 의심치 않고 '완전하게' 믿기 시작했다. 나에게는 아무런 선택지도 주어지지 않는다고 여겨졌기에, 내가 나의 인생을 통제할 수 없어서, 그러지 못해서……. 그 모든 게 신의 뜻이라고 합리화를 해야만 했다.

지고하신 신의 뜻이 합리화라니, 당시에만 해도 그딴 건 몽상이라 여겼다. 어떻게 한낱 인간에 불과한 내가 하나님의 뜻을 다 헤아릴 수가 있겠어. 그러나 그게 합리화가 아니고서는 자신의 지난 과거들이 설명되지 않았다.

천장을 우두망찰하게 올려다보던 은희의 뺨을 타고 뜨거운 눈물이 흘러내렸다. 아주 깊숙이 가두어두었던 일들이 하나둘씩 떠오를 때마다 눈물도 한줄기씩 흘러내렸다. 가슴 깊은 곳에서 진물 같은 고통이 끓어올랐다.

이십 년이 넘게 흐른 지금에서야 깨달았다. 마티유와 헤어진 것, 지훈과 결혼한 것 모두 신의 뜻이 아니었다. 그 모든 것은 어머니의 뜻이었고 고은희가 직접 선택한 일이었다. 모든 게 자신의 선택대로 이루어진 일이라는 사실을 깨닫자마자 무언가 따귀를 휘갈기는 느낌에, 은희는 흐트러진 정신을 수습하느라 헛숨을 토했다.

온몸이 가시덩굴에 에워싸인 사람처럼 고통스러워졌다. 그 고통은 지금껏 진실이라고 믿어온 모든 것들을 어디 한번 계속 믿어보라고 조롱하듯이 은희를 짓이기며 쥐어짜고 있었다.

"너는 내 작품이야 은희야."

지훈과의 결혼식 날, 웨딩드레스를 입고 있는 저에게 말했던 어머니의 냉소적인 목소리가 한 번 더 귓가에 울려 퍼졌다. 지난날을 떠올리던 은희는 무저갱으로 처박히는 기분이었다. 그런 비인간적인 행위를 사랑이라고 믿었고, 여길 수밖에 없었던 스스로가 애석하고 처량해서 차라리 미쳐버리는 편이 속 편할 것 같았다. 지옥 같은 과거를 떠올리면 떠올릴수록 은희는 심연으로 깊숙이 매몰되고 있었다.

떠올리고 싶지 않은 과거들이 파도처럼 밀려오다가 부서지기를 반복했다. 천장을 향하던 시야는 철사처럼 비틀리더니 빙글빙글 말려들어갔다. 가슴 한가운데서 분노가 들끓었다. 이제는 혼탁해진 정신을 바로잡는 게 힘이 들었다.

어머니는 내 앞에서 왜 신의 행세를 했을까. 은희는 소리라도 지르고 싶은 심정이었다. 어째서 신의 대리인처럼 굴며 내 인생을 망쳐놓았느냐고 묻고 싶었다. 죽은 자는 말이 없기에 무덤이라도 파헤치며 묻고 싶었다. 대답을 들을 수만 있다면 정말로 그렇게 하고 싶었다.

은희는 죽을힘을 다해 자리에서 일어나 안방으로 비척비척 걸어갔다. 그리고 서랍 깊숙한 곳에 넣어두었던 어머니의 유품들을 꺼내들었다. 화려한 브로치와 낡은 일기장 여러 권이 있었다. 어머니의 일기장은 단 한 번도 읽어본 적이 없었다. 그녀의 인생이 궁금했던 적이 없었으므로. 그러나 이제는 그녀가 저에게 신처럼 굴었던 이유가 궁금해졌다. 은희가 파르르 떨리는 손으로 어머니의 일기장을 처음 펼쳐보았다.

1995년 11월 19일
하나님께서 나에게 은희를 맡기셨고, 나는 그분의 뜻에 따르고 있다. 은희를 제대로 키우는 것은 나에게 주어진 일이자 책임이며, 나의 사명이다. 하나님께서는 나에게 은희가 잘못된 길로 가지 않도록 인도해야 한다고 말씀하셨다. 은희는 아직 어리고 미성숙하기 때문에, 나는 은희를 반드시 올바른 길로 이끌어야 한다. 은희는 나 없이 아무것도 할 수 없다. 하나님께서도 그 사실을 아시기에 나에게 은희를 맡기신 것이다. 이 세상에서 은희가 행복할 수 있는 유일한 방법은 나와 함께 있는 것이다.

하지만 은희가 자꾸만 나의 말을 듣지 않아 안타깝다. 은희를 향한 나의 사랑이 부족한 것일까? 아니면 은희가 나의 사랑을 거부하는 것일까? 둘 중 무엇이라 하더라도 나는 절대 은희를 포기하지 않을 것이다. 은희를 위해서라면 나는 무엇이든 할 수 있다. 은희가 원하는 것이나 부족하다고 느끼는 것이 있다면 내가 전부 채워줄 것이다. 나는 하나님의 사명을 받아 은희를 보호해야 할 의무가 있으니까. 내가 아니면 누구도 은희를 지켜줄 수 없고, 오직 나만이 은희에게 진정한 사랑을 줄 수 있으니까.

2002년 6월 28일
은희가 나의 기대를 저버리고야 말았다. 내가 자기를 위해서 얼마나 많은 것들을 갖다 바쳤는지, 얼마나 많은 사랑과 희생을 베풀어왔는지 은희는 알기나 할까? 그 사실을 안다면 나에게 이렇게 실망감만을 안겨줄 수는 없을 것이다. 은희는 나의 사랑을 결코 받아들이지 않으려 한다. 나는 은희를 위해 최선을 다하고 있지만, 은희로부터 돌아오는 것은 결국 불순종뿐이다. 은희가 계속해서 나의 뜻에 반대하며, 나의 곁에서 멀어지는 것 같아 두렵다. 은희는 왜 이리도 나를 무시하며 나를 무너뜨리려 할까?

내가 은희를 어떻게 키워왔는지 그 누구도 알 수 없을 것이다. 나는 은희에게 가진 모든 것을 내어주었고, 오직 은희만을 위해 살아왔다. 은희가 무엇을 원하든 나는 은희가 원하는 만큼의 사랑을 주었다. 만약 은희가 그것을 받아들이지 않는다면, 그것은 내 문제가 아니라 은희의 문제다. 은희는 내 사랑을 왜곡하려 한다. 그 왜곡 때문에 내가 은희에게 바친 희생들이 모두 없는 일처럼 여겨질까 무섭다.

2002년 8월 5일

오늘 은희가 또 나의 뜻을 거역했다. 은희는 항상 나를 부정하고 거부한다. 정말 화가 나서 참을 수가 없다. 내가 평생 동안 얼마나 아끼고 사랑했는데, 은희는 왜 나를 배신하고 배반하려

드는 것일까. 내가 은희에게 한 모든 일들은 다 은희를 위한 것이었는데, 어째서 나의 노력을 인정하지 못하는 것일까. 나는 은희가 태어난 순간부터 늘 은희의 행복만을 위해 살아왔다. 그러니 은희가 나를 이해하지 못하는 것은 나의 탓이 아니다. 나의 뜻대로 되지 않는다면, 은희는 절대로 행복해질 수 없다. 은희는 나를 떠나고 싶어 하지만, 나의 곁을 떠나게 된다면 은희의 삶은 완전히 끝이 날 것이다. 은희는 나 없이 살 수 없다. 나는 은희를 위해 존재하니까. 은희를 지키기 위해서라도 이보다 더 큰 희생을……….

거기까지 읽었을 때 은희가 황급히 일기장을 덮어버렸다. 두 팔에 소름이 오소소 돋았다. 일기장에선 하나님의 뜻으로 시작했던 것이 점차 어머니의 뜻으로 변질되어가고 있었다. 평생 자신을 자신의 소유물로 여겼으리라 짐작하기는 했지만, 그 마음이 이렇게나 여실히 드러나는 글을 보니 침을 삼키는 행위조차도 힘이 들 정도로 섬뜩했다.

그러나 가장 오싹했던 것은, 자신도 어느 정도 선우에게 이 일기장과 같은 감정을 느끼고 있었다는 것이다. 당시에는 어머니 때문에 죽을 만큼 괴로웠지만, 이곳에 선우를 대입해보니 공감이 가는 스스로가 혐오스러워 헛구역질이 나기 시작했다.

"그래서 선우가……."

은희가 갈라지는 목소리로 힘겹게 혼잣말을 했다. 선우는 내가 어릴 적 느낀 고통을 고스란히 느끼고 있었던 거야. 나는 내가 당했던 짓들을 선우에게 행하고 있었던 거고, 그래서 선우가 나 때문에 죽고 싶다고 말한 거야…….

그놈의 체면, 빌어먹을 완벽주의. 지훈의 책망하는 목소리가 귓가에 웅웅거렸다. 다음으로는 역겨운 가식과 이중성이라는 선우의 원망 어린 목소리가 귓전을 때렸다. 나는 단 한 번도 내 인생에 자족한 적이 없었지만, 늘 그런 척만을 하며 살아왔고 그 둘은 그것을 알고 있었던 것이다. 특히 선우. 선우가 저에게 했던 질문 하나가 떠올랐다. 엄마는 남들 앞에서 착한 척하는 거 지겹지도 않은가 봐요. 그런 물음도 어쩌면 모두 같은 지점에서 출발한 걸지도 모른다.

그럼 지금, 무슨 연유로 선우는 행복하며 나는 불행한가. 어째서 나의 어머니는 변하지 못했고 나는 변할 수 있었는가. 불쾌한 의문들이 불꽃처럼 튀어 올라 은희를 괴롭혔다. 난장판이 되어버린 은희의 머릿속은 쉽사리 정리가 되지 않았다.

그래, 선우는 합리화를 하지 않았다.

외면하고 싶은 먹구름 같은 현실이 축축하고 습한 공기처럼 달려들었다. 선우의 인생과 자신의 인생에 현격한 차이가 있었던 이유는 모두 그 때문이었다. 선우는 저처럼 체념과 회피로 일관하지 않았다. 어떻게 해서든 저에게서 벗어나기 위해 발버둥 쳤고, 부딪치려 애썼다. 그 점에서 자신은 어머니를 탓할 자격도 없는 것이었다. 저는 애초에 선우처럼 부딪쳐볼 생각조차 하지 못했으니까.

신이 내게 천벌을 내린 게 아니야, 내가 내게 벌을 내린 거야. 내가 내게……. 은희는 가슴이 뻐근해져 숨이 제대로 쉬어지질 않았다. 저의 인생을 황량하게 만든 주인이 결국엔 스스로였다는 사실이 명치를 들이받았다. 이 모든 게 고은희의 선택이었고, 그 결과물이었다.

일기장을 놓치듯이 내려놓은 은희가 이번에는 브로치를 부서질 듯 손에 꽉 쥐었다. 처분해버리고 싶은 마음이 굴뚝같았지만, 유품이니만큼 그러지 않기로 했다. 그 대신 어머니가 남긴 가장 큰 작품이었던 '지금까지의 고은희'를 버리기로 했다. 어머니의 입맛대로 가지치기당한 분재, 고은희. 그것 또한 어머니의 유품이 될 수 있을 테니까.

지금 와서 생각해보면 어머니도 그녀의 어머니에게 똑같이 당했던 걸지도 모르지. 그 고통스러운 고리를 선우가 드디어 끊어준 것일 테고…….

 반짝거리는 브로치 위로 은희의 눈물이 한 방울씩 떨어졌다. 뜨거운 불구덩이가 은희를 사르고 지나가고 있었다.

#

 12월의 공기는 피부를 베는 것만큼이나 차가웠다. 은희는 빨갛게 튼 손으로 연구실 문 앞에 놓여 있던 소포를 조심스럽게 들어 올렸다. 바스락거리며 종이가 부드럽게 스치는 소리에 이어 은희는 그 자리에 한참을 멎어 있었다. 눈을 맞아 눅눅하게 젖어버린 포장지처럼 은희의 발은 좀처럼 떼어질 줄 몰랐다.

 추운 것도 잊어버리고 몇 분을 더 그러고 서 있었는지 모른다. 소포를 쥐고 있던 손에 감각이 없어질 때쯤이 되어서야, 뒤늦게 연구실 문을 열고 안으로 들어올 수 있었다.

 그러나 연구실 안으로 들어오고 나서도 은희는 한동안 소포를 뜯어보지 못했다. 차마 용기가 나지 않아서, 소포를 책상 위에 올려 둔 채 발신인의 이름만 멍하게 들여다보고 있었다.

 'Expéditeur: Mathieu Leblanc'

이십 년이 넘도록 잊으려 애를 썼던, 그러나 조금도 잊히지 않았던 이름이 은희의 마음을 어지럽혔다.

은희는 자신을 행복하게 만들 수 있는 방법을 알고 있었다. 그 방법을 아주 오래전부터 알고 있었지만, 그렇게 살 수 있는 용기가 없는 사람이었다. 저의 삶을 주체적으로 살 수 있다는 생각 같은 건 단 한 번도 해보지 못했다. 이대로 신의 뜻에만 따라 살다가 죽으리라고 생각했다. 은희의 삶은 20대, 마티유와 헤어졌을 때에 멈춰 있었으므로.

그런데 이제 멈춘 그 삶을 다시 살아보기로 했다. 고은희가 행복해질 수 있는 방법들을 하나씩 실행으로 옮겨보기로 했다. 가장 먼저 할 일은, 자신이 지금껏 외면해왔던 두려움들과 마주하는 것이었다.

"넌 처음 만났을 때부터 다른 사람을 떠올리면서 살았던 것 같아."

마지막으로 지훈을 만났던 날, 그가 했던 말을 떠올렸다.

"그러니까 지금이라도 네가 원하는 대로 살아. 나도 이제부터 날 위해 살 거니까."

지훈의 말대로 이제는 꾸며진 인생이 아니라 자신의 인생을 살고 싶었다. 더 이상 남들의 시선 따위에 휘둘리고 싶지 않았다. 쉬운 일이 아니라는 건 알고 있었지만, 차근차근 해보려고 했다. 이혼이 흠이 아닌 해방이었다는 걸 이제는 알았으니까. 체면이고 완벽주의고…… 그런 것들에 넌더리가 난 건 은희 역시 마찬가지였다.

숨을 깊게 들이마신 은희는 소포로 손을 뻗어 내용물을 꺼내보았다. 작은 캔버스 위에 은희의 얼굴이 그려져 있었다. 대학 시절의 웃는 얼굴은 저가 봐도 여전히 낯선 모습이었다. 캔버스의 상태를 보아하니 그린 지 오래되지 않은 듯했다. 저도 기억하지 못하고 있던 과거의 모습을, 그는 이렇게나 선명하게 기억하고 있는 걸까. 그의 시간도 나처럼 그때 멈춰 있는 걸까.
그림을 찬찬히 매만지던 은희가 캔버스를 뒤집자, 짧은 프랑스어 문장이 눈에 들어왔다.
'À bientôt(곧 만나)'
그제야 손끝이 가볍게 떨렸다.

***

선우는 저의 졸업 작품을 말없이 보고 있는 지훈의 옆모습을 물끄러미 지켜보았다. 오랜만에 마주하는 지훈의 얼굴이었다. 전시회 오프닝에 맞춰서 오지 못해 미안했다고 말하는 지훈의 얼굴은 여전히 익숙하면서도, 어딘지 모르게 지친 기색이 드리워져 있었다. 선우는 그런 지훈에게 괜찮다고 대답하며 웃어 보였다. 오늘도 바쁜 와중에 시간을 내서 와주었다는 사실을 알고 있었다.

"고양이네."

"응."

"이게 네 졸업 작품이야?"

"응."

짧은 대화가 오가고, 둘 사이에 다시 정적이 내려앉았다. 졸업 작품에서 눈을 떼지 않는 지훈은 작품을 감상하는 것 같으면서도, 한편으로는 어떤 생각에 깊이 잠긴 사람처럼 보였다.

"잘 만들었네."

"엄마도 어제 보고 갔어."

은희의 이야기가 나오자 지훈의 눈썹이 아주 살짝 움직였다. 작품 제목에 '자유'라는 단어가 들어가게 된 것도, 작품의 질감을 이렇게 표현하게 된 것도, 모두 은희의 의견이었다는 말이 목구멍까지 올라왔다가 사라졌다. 은희의 첫사랑을 알게 된 이후, 선우는 문득 지훈이 그동안 어떤 감정을 품고 살아왔을지 궁금해졌다.

"아빠는 어떻게 지냈어?"

"똑같이 지냈어. 일하고, 가끔씩 사람들 만나고."

똑같이 지냈다는 말과 달리 지훈의 목소리엔 어쩐지 힘이 빠져 있었다. 예전과 크게 다르지 않은 얼굴이었지만, 지훈의 눈가에는 마지막으로 보았을 때보다 세월과 피로가 더 얹혀 있었다.

그런 모습을 보고 있으니 지훈이야말로 많은 걸 견디면서 살아왔을지도 모른다는 생각이 들었다. 아빠와 엄마 사이의 관계를 깊이는 알 수 없지만, 사실은 아빠도 엄마 못지않게 자기만의 상처를 안고 살아왔을지도 모른다고.

"엄마는 잘 지내고 있지?"

"잘 지내, 전시 준비도 하고."

"그래, 다행이네."

지훈의 짧은 대답에 선우는 한동안 침묵을 지켰다. 한 가지 질문이 선우의 머릿속을 끊임없이 돌아다니고 있었다.

"……우리 가족한텐 이게 최선이었겠지?"

누군가에게 늘 묻고 싶었지만, 은희에게는 차마 묻지 못했던 것을 지훈에게 묻기로 했다. 선우의 질문이 떨어진 뒤

공기가 한순간에 묵직해졌다. 지훈은 작품을 바라보던 시선을 거두지 않은 채로, 한 박자 늦게 대답했다.

"최선이었는지는 모르겠지만……."

지훈이 한숨을 작게 내쉬고 말을 덧붙였다.

"그래도 엄마는 여전히 네 엄마고, 나도 네 아빠야."

그때야 지훈은 비로소 선우를 바라보며 다시 한번 확실한 어조로 말을 이었다.

"그건 안 변해."

선우가 가볍게 고개를 끄덕였다. 어쩌면 너무도 당연한 말이었다.

"알아."

그리고 묵직한 공기가 너무 오래 지속될 것 같아서, 이번에는 조금 더 밝은 목소리로 입을 열었다.

"아빠, 나 배고파. 얼른 사진 찍고 밥 먹으러 가자."

#

선우는 재이의 하얀색 셔츠 깃을 탁탁 털어주면서 숨을 크게 들이마셨다가 내쉬었다. 오늘은 재이가 면접 때문에 모처럼 단정하게 차려입은 날이었다. 분명 저의 면접도 아니고 재이의 면접이건만, 간절함이 옮기라도 한 건지 평소답지 않게 더 긴장이 되는 선우였다.

어느새 따뜻한 4월이었다. 선우는 늦겨울 재이와 함께 졸업식을 마쳤고, 졸업과 동시에 집에서 나와 재이와 살게 되었다. 디자인 회사에 들어가기 위해 취업 준비를 하던 재이는 가장 지망하던 회사의 1차 서류 합격 소식을 들었다. 그리고 오늘이 드디어 면접을 보는 날이었다.

서류에 합격했다는 문자를 처음 받았을 때는 집이 떠나가도록 재이와 소리를 질렀다. 그날은 역시 이 회사가 인재를 알아보는 안목이 있다며 재이와 자축을 했더랬다. 재이는 포트폴리오 역할을 해주었던 졸업 작품에 영혼을 갈아 넣은 보람이 있다고 말했다.

선우는 집을 나오면서 입시 미술 학원에 보조 강사로 취업을 했다. 취업이라기보다는 아르바이트에 가까운 개념이었지만, 만만치 않은 일정을 보면 취업이라 해도 과언이 아니었다. 무려 주 6일에다가, 매일 오후 두 시부터 밤 열 시까지 근무였으니까.

선우는 조각 공방을 차리고 싶었다. 해외 유학이 아니라, 한국에 남아서 가장 하고 싶은 일이었다. 어릴 적부터 선우는 자신만의 공간에 대한 갈망을 가지고 있었다. 자신의 마음대로 설계할 수 있는, 온전히 자신만을 위한 공간에서 자유를 누리고 싶었다. 공방은 자신이 자유롭게 조각을 하는 안식처가 되어주리라 믿어 의심치 않았다. 그 때문에 힘든 일정도 꿈의 초석을 다지기 위한 발판에 지나지 않았다.

그리고 오늘, 재이의 면접이 오후 두 시였다. 공교롭게도 저의 출근 시간과 겹치는 바람에 재이가 면접을 마치고 집으로 돌아왔을 때 옆에 있어주지 못해 미안했다. 또 생생한 후기를 듣고 싶었는데, 그러지 못하게 되어 조금 아쉬웠다.

"면접 끝나면 연락해."

"어차피 출근하면 연락도 안 되면서."

"입시 학원은 바쁘니까 그렇지. 애냐?"

일단 한 번 출근을 하면 핸드폰을 볼 시간이 없는 건 사실이었다. 저녁 시간이나 쉬는 시간이 되어서야 간신히 볼 수 있었는데, 그렇다고 해서 그 시간이 긴 것도 아니었다. 어쩔 수 없이 재이의 연락에 답이 늦은 적이 꽤 있었는데 내심 그게 서운했던 모양이다.

재이를 면접 장소로 보내고 나서야 선우도 출근 준비를 하기 시작했다. 졸업 전시회 오프닝이 있었던 날, 선우는 자신의 독립 계획을 처음으로 은희의 앞에서 모두 꺼내놓았다. 그러나 은희가 그 사실을 알게 되었다 한들, 정말로 저를 순순히 보내줄 수 있을까, 한편으로는 의구심을 가지고 있었다. 하지만 그렇게 걱정했던 것이 무색하게끔 은희와 아무런 충돌 없이 집을 나올 수 있었다. 어찌나 쿨하게 보내주던지, 김이 다 샐 정도였다.

은희는 선우가 원하지 않는 삶을 다시는 강요하지 않겠다고 말했다. 집을 나가서 지내고 싶으면 그렇게 하라고 말했고, 유학을 가고 싶지 않거나 교회를 다니고 싶지 않다면 그렇게 하라고 말했다. 또, 네가 진짜 원하는 일이 공방을 차리는 것이라면 그 또한 원하는 대로 하라고 말해주었다.

은희는 선우의 모든 선택을 존중하겠노라고, 그럼에도 불구하고 도움이 필요하면 언제든지 말하라 했지만 선우는 기꺼이 사양했다. 은희의 도움 없이 스스로의 힘으로 헤쳐나가고 싶었다.

출근길, 햇살을 받으며 거리를 걷고 있을 때 선우의 핸드폰이 울렸다. 은희였다. 집을 나온 뒤로는 이렇게 전화 통화로 한 번씩 안부를 묻고는 했다.

"그나저나 공방 이름은 정했어?"

오늘 재이가 회사 면접을 보는 날이라는 이야기를 나눌 때였다. 갑작스레 은희가 공방에 대한 이야기를 물어왔다.

"벌써요? 아니요, 아직 정해진 거 아무것도 없어요."

"있잖아. 사실은…… 내가 생각을 좀 해봤어."
"정말요? 뭔데요?"
"유월의 선물, 어때?"
"유월의 선물……. 좋은데요? 입에도 딱 붙고. 근데 왜 유월이에요?"

네가 유월에 태어났으니까 그렇지. 은희가 말끝을 늘리며 선우의 물음에 받아쳤다. 아, 그럼 내가 선물이라는 뜻이 되는 건가……? 이런 낯간지러운 이야기는 원체 잘 하지 않는 은희였기에, 선우는 볼을 긁적이며 멋쩍은 미소를 지었다.

"그것도 그렇고. 유선우, 이름에서 한 글자씩 따온 것도 있고."
"'우' 자는 어디 갔어요?"
"몰라, 시끄러워."
"장난이에요. 저 그 이름으로 할래요. 마음에 들어요."

결국 선우는 웃음을 참지 못하고 생글생글 웃으며 대답했다. 은희가 지어준 이름이 정말 마음에 들었다. 다만 공방을 언제 오픈할 수 있는가가 문제였다. 국가의 창업 지원금 덕분에 빠르면 올해 안으로도 가능할 것 같았는데, 가능성은 아직 미지수였다. 임대료 보증금이며, 인테리어며, 장비며…… 생각보다 준비할 게 너무 많았다.

"아무튼 오늘도 힘내고, 다음 주에 내 개인전 잊지 말고 와야 돼."

"그 얘기 전화 끊을 때마다 하는 거 아시죠?"

"네가 너무 바쁘게 사니까. 하나뿐인 엄마 개인전 잊어버리면 어떡해?"

"그럴 일 없다니까요."

은희는 전화를 끊을 때마다 곧 열릴 자신의 개인전에 반드시 오라는 이야기를 항상 덧붙였다.

사실 선우는 은희가 말하기도 전에 미리 학원에 이야기를 해놓고 일정을 빼둔 참이었다. 그날은 꽃다발을 사서 가는 것으로 재이와 이야기까지 마친 상태인데도, 은희는 자꾸만 까먹으면 안 된다고 말하고는 했다.

내일은 드디어 일주일에 단 하루인 휴일이었다. 그동안은 좀비처럼 집에서 잠만 잤지만, 내일은 간만에 재이와 놀러 나가기로 했다. 재이가 그간 열심히 준비해왔던 면접이 끝난 다음 날이니까, 이럴 때일수록 스트레스를 잘 풀어줘야 한다고 생각했다.

그러다가 면접 생각을 하니 선우는 또 삽시간에 심란해졌다. 한재이, 면접 잘 보고 와야 하는데. 어차피 결과는 당장 나오지도 않겠지만, 오늘 하루 종일 초조해서 일에 집중이나 될는지 모르겠다.

  그래도 오늘은 아침부터 왠지 느낌이 좋았다. 은희가 전화로 마음에 드는 공방 이름을 지어준 것도 그랬다. 모든 게 다 잘 풀릴 것만 같았다. 선우는 저도 모르게 콧노래를 불렀다. 학원으로 향하는 선우의 발걸음에 활기가 샘솟았다.

***

  전시회 오프닝이 시작되기 전, 은희는 심호흡을 크게 했다. 한두 번 하는 개인전도 아닌데 오늘따라 저답지 않게 가슴이 두근거렸다.

  갤러리 밖에는 은희의 개인전을 알리는 큼직한 현수막이 걸려 있었고, 전시회 제목은 은희가 생각해왔던 그대로였다. 마티유와의 이야기를 상징하는 진주, Perle. 은희는 갤러리에 있는 거울을 보며 아이보리 트위드를 입은 자신의 모습을 한 번 더 점검했다. 작품의 주제와 나름 잘 어울리는 옷이라 생각하여 고심해서 고른 옷이었다.

  지난날을 상기하면 예전의 자신과 지금의 자신은 완전히 다른 사람이었다. 다른 것도 아니고 첫사랑과 관련된 전시회를 열다니. 예전의 은희였다면 절대로 용납할 수 없는 일들이었다. 원래 같았으면 신앙과 관련된 개인전을 열고 늘 그랬던 것처럼 가짜 인생을 살아갔겠지.

은희는 갤러리 한구석, 햇빛이 드리우는 창가 앞에 섰다. 작품들이 갤러리에 하나둘 걸릴 때마다 벽돌처럼 자신을 짓누르던 과거의 무게가 조금씩 가벼워졌지만 마음 한켠에서는 여전히 두려움이 휘몰아치고 있었다.

은희는 두 손을 꼭 모으고 눈을 감았다. 눈꺼풀과 손끝이 자꾸만 떨려왔다. 불안정한 숨을 들이마시며 입술을 꾹 깨물었다가, 힘겹게 입을 열었다.

"이제는……."

목소리가 울컥하며 떨렸다. 그 한마디조차 내뱉는 데 온 힘을 다 쏟아야 했다. 시디신 침을 여러 번 삼켜보았지만, 목은 여전히 타들어가는 것만 같았다.

"이제는 제 삶의 방향을 스스로 책임지고 선택하려 합니다. 더 이상 두려움에 갇혀 살지 않고, 저 자신을 사랑할 수 있는 사람이 되고 싶습니다."

숨이 턱턱 막혀왔지만, 겨우겨우 기도를 이어나가는 은희였다. 자신이 품은 모든 진심을 신 앞에서 털어놓고 싶었지만 목소리가 제대로 나오지 않았다. 가슴은 유화 물감이 겹겹이 덧칠된 것처럼 무거웠다. 한동안 고개를 숙인 채 침묵

하던 은희가 다시 간절한 마음으로 기도를 이어갔다.

"부디 부족한 저를 용서하시고, 제 선택을 축복해주세요……. 그리고 제 딸 선우를 비롯한 사랑하는 사람들과 이 길을 함께할 수 있기를 소망합니다."

아멘.

은희는 맞물려 있는 손가락에 힘을 주었다가 천천히 풀어냈다. 그리고 고개를 들어 창밖을 바라보다가, 뒤돌아 발걸음을 옮기기 시작했다. 마치 지난날의 자신을 그 자리에 두고 떠나는 것처럼.

오프닝이 시작되자마자 저의 학생들, 선우와 재이 그리고 관계자들의 축하를 받고 그들 하나하나와 이야기를 나누다 보니 정신이 산만해진 은희였다. 전시회 오프닝마다 늘 이렇게 혼이 쏙 빠져나가버리기 일쑤였다.

심지어 오늘 재이가 1지망 회사에 면접까지 최종 합격했다는 소식을 들어, 오프닝이 끝나는 대로 셋이서 맛있는 식사를 하러 가자고 약속했다. 겹경사라는 선우의 말에 은희가 작게 웃으며 대답했다. 그러게, 진짜 겹경사네.

오늘 선우는 연하늘색 블라우스에 슬랙스를 입었고, 재이는 셔츠에 넥타이까지 매고 왔다. 왜 넥타이까지 매고 왔느냐고 장난스레 물으니, 재이는 저에게 잘 보여서 나중에 이 갤러리에 자기 작품이 전시되어야 한다는 말을 늘어놓기 시작했다. 어이가 없다가도 너무 선우 친구다운 대답인지라 은희는 웃음이 터져버렸다.

관계자들과 이야기를 나누다가 흐트러진 정신이 어느 정도 차분해진 은희가 다시 선우를 찾았다. 선우는 재이와 슈슈 그림에 빠져 있을 줄 알았더니, 다른 그림들을 구경하는 데 여념이 없었다. 그도 그럴 것이 이십 년이 넘도록 빛을 보지 못했던 그림들이었으니까.

은희는 꽃다발을 품에 안고 갤러리 안을 쭉 둘러보았다. 갤러리는 여전히 사람들로 북적였다. 은희는 천천히 갤러리 정중앙으로 걸어갔다. 이번 전시회의 대표작이 가장 큰 액자로 걸려 있었다. 대표작은 은희의 뒷모습에서 오른쪽 귀가 클로즈업되어 있고, 귓불에 달린 진주 귀걸이에 초점을 맞추고 있는 그림이었다. 그 진주 귀걸이는 마티유가 저에게 고백할 때 선물해주었던 귀걸이와 같은 귀걸이였다. 사람들은 작품을 보며 진주가 이렇게나 디테일하게 표현될 수 있을 줄 몰랐다고 말해주었다.

작품 제목은 '영원한Timeless'이었다. 마티유와의 이야기를 영원히 간직하고 싶은 마음에서 지은 제목이었다. 마티유에게 다시 가닿을 수는 없더라도, 이렇게나마 그를 추억하고 싶었으니까.

"Timeless…….'

그때였다. 사람들이 수런수런대는 사이, '영원한' 작품 앞에서 익숙한 목소리가 들려왔다. 동시에 은희의 심장이 쿵 내려앉았다. 그 목소리에 은희의 숨은 한꺼번에 쏟아져버리는 듯했고, 품에 안고 있던 꽃다발은 떨림에 요동쳤다. 작품 앞에서는 지난 이십 년 동안 한량없이 그리워해왔던, 미술관에서 스쳐 지나가야만 했던 푸른 눈동자가 보였다. 은희의 눈앞이 아득해지면서 가슴이 울렁거렸다. 혹시 그냥 닮은 사람은 아닐까.

그러나 대번에 알아볼 수 있었다. 목소리마저 그대로인 그의 음성이 은희의 심장을 뒤흔들었기에. 은희는 속이 덜컥 뒤집어지는 느낌이었다. 마티유였다.

마티유의 입꼬리는 살짝 올라가 있었지만, 눈은 말없이 은희를 응시하고 있었다. 마티유의 미소는 은희가 기억하는 것처럼 따스하면서도 낯설었다.

얼이 나간 사람처럼 마티유와 눈을 맞추고 있던 은희는 저도 모르게 얼굴로 피가 쏠리는 듯했다. 마티유의 푸른 눈동자는 은희의 가장 빛나던 순간들을 아련하게 끌어 올렸다. 은희는 마치 젊은 날의 한순간으로 돌아온 듯한 묘한 착각에 빠졌다.

목 안에서 메마른 모래알들이 엉겨 붙기라도 한 것처럼 어떤 소리도 나오지 못했다. 그동안 잘 지냈느냐는 평범한 인사조차 건네지 못하고, 은희는 그저 마티유를 물끄러미 바라보고만 있을 뿐이었다. 자신의 붉어진 얼굴과 떨리는 손끝을 마티유가 눈치채지 못하기를 바라면서.

"은희."

마티유가 나지막이 은희의 이름을 불러왔다. 마치 그 이름 하나로 전부를 말하는 것처럼. 마티유의 목소리에는 헤아릴 수 없는 감정들이 담겨 있었다.

대답해야 한다는 걸 알면서도 차마 입술이 떨어지질 않았다. 은희의 붉은 눈자위에서 기어이 눈물이 흘러 눈앞이 부옇게 보였다. 시야가 물속에 잠긴 듯 일렁거렸다. 심장은 손에 쥔 꽃다발이 뜨겁게 느껴질 정도로 세차게 뛰고 있었다.

작가의 말

모든 행복한 가정은 서로 닮았고, 모든 불행한 가정은 제각각으로 불행하다.

나의 이야기는 톨스토이 『안나 카레니나』의 문장에서 출발했다. 나는 가족의 따뜻함이 아닌 그 이면에 자리한 어두움을 조명하고 싶었다. 가족이라는 이름 아래, 얼마나 다양한 방식으로 서로에게 상처 입힐 수 있는지 보여주고 싶었다. 선우와 재이의 가정 환경이 극명하게 대비되는 것도 그 연장선이었다. 그러면서도 서로의 아픔을 끌어안고 앞으로 나아가고자 하는 사람들의 모습을 그리고 싶었다. 그렇게

이 이야기, 『사랑의 질감』이 탄생했다.

처음 작품을 구상할 때만 해도 은희는 악인이었다. 선우의 성장을 돕는 장치에 불과했다. 그러나 쓰면서부터 많은 게 달라졌다. 독선적이던 은희가 자신의 과거를 돌아보기 시작했다. 자기방어적이던 은희가 자신의 트라우마를 직면하기 시작했다. 타인의 시선에 매달리던 은희가 서서히 자신의 길을 가기 시작했다. 결국 이 작품을 완성으로 이끈 건 은희의 변화였다. 가정폭력의 가해자이면서도 피해자인 은희의 '각성'이었다. 원고를 마칠 무렵, 진정한 주인공은 선우가 아니라 은희일지도 모르겠다고 생각했다.

소설을 쓰는 건 나의 오랜 꿈이었다. 그 꿈을 포기하지 않도록 곁에서 응원해준 이들에게 고마움을 전하고 싶다. 특히 나의 작품을 발견해주신 전강산 팀장님께 감사의 말을 전하고 싶다. 팀장님 덕분에 많은 것을 배울 수 있었다. "원고가 가진 힘을 믿는다"는 팀장님의 격려는 아마 오래도록 잊히지 않을 것이다. 또한 작품 개발을 위해 힘써주신 나무옆의자 가족분들께도 깊이 감사드린다.

사랑은 만질 수 없지만 그 질감은 분명히 존재한다. 어떤 사랑은 부드럽고 포근하게 느껴지지만, 어떤 사랑은 거칠고 아프게 다가오기도 한다.

  모녀 간의 사랑, 친구와의 우정, 첫사랑과의 추억, 스스로를 사랑하는 마음까지. 그 다채로운 사랑의 질감을 통해 독자 여러분께 위로와 공감을 전할 수 있기를 바란다.

2025년 7월

윤우진

사랑의 질감

초판 1쇄 인쇄 2025년 7월 10일
초판 1쇄 발행 2025년 7월 17일

지은이 윤우진
펴낸이 이수철
주　간 하지순
편　집 최찬미
디자인 박예진
영업관리 최후신
콘텐츠개발 전강산, 최진영, 하영주
영상콘텐츠기획 김남규
관　리 진호, 전수연

펴낸곳 나무옆의자
출판등록 제396-2013-000037호
주소 (10449) 경기도 고양시 일산동구 호수로 358-39 동문타워1차 703호
전화 02) 790-6630　팩스 02) 718-5752
전자우편 namubench9@naver.com
인스타그램 @namu_bench

ⓒ 윤우진, 2025

ISBN 979-11-6157-237-6　03810

* 이 책의 전부 또는 일부 내용을 재사용하려면
  사전에 저작권자와 도서출판 나무옆의자의 동의를 받아야 합니다.
* 잘못 만들어진 책은 구입하신 곳에서 바꾸어드립니다.